D1699717

Joko Sander wuchs in einem Dorf in Norddeutschland auf. An der Hochschule für bildende Künste, Berlin, studierte er Grafik-Design. Nach dem Studium arbeitete er zunächst als Art Director in verschiedenen Unternehmen, bevor er in München eine Werbeagentur gründete. Für seine Arbeiten wurde er mit etlichen nationalen und internationalen Preisen ausgezeichnet. Joko Sander lebt heute in einem alten Farmhaus in der Nähe von Kapstadt. "Der Schatten des Fotografen" ist sein erster Roman.

Joko Sander

Der Schatten des Fotografen

ROMAN

Autor: Joko Sander
Umschlaggestaltung: R·M·E, Roland Eschlbeck,
unter Verwendung einer Fotografie von Joseph Keller,

Verlag: tredition GmbH
ISBN: 978-3-86850-916-8
Printed in Germany

Bibliografische Information der Deutschen Nationalbibliothek
Die Deutsche Nationalbibliothek verzeichnet diese Publikation
in der Deutschen Nationalbibliografie; detaillierte bibliografische
Daten sind im Internet über http://dnb.d-nb.de abrufbar.

Your easy rider died on the road.
Man, the easy rider died on the road.
I'm a poor boy here and ain't got nowhere to go.

Blind Lemon Jefferson, *Easy Rider Blues*

Für Susanne – mein Glück

Prolog

Im Schutz der Dunkelheit hatte Joseph Keller sein Haus verlassen. Um die Männer vom KuKluxKlan zu täuschen, war er zunächst nach Süden geflohen. In einem weiten Bogen lief er aber zurück zur Stadt und erreichte mit großer Mühe die Santa Fe Station von Slaton, wo er unbemerkt einen Zug Richtung Norden bestieg. In Amarillo brach er zusammen, mexikanische Baumwollpflücker brachten ihn zum dortigen St. Antonius Krankenhaus. Sein Körper war mit Brandblasen überzogen, die sich entzündet hatten. Sein Rücken, gezeichnet von furchtbaren Schlägen, war Blut unterlaufen. Joseph Keller rang mit dem Tod. Niemand wußte, was geschehen war, erst ein Artikel im San Antonio Express sorgte für Aufklärung.

Katholischer Priester in Slaton geteert und gefedert
Associated Press, 5. März
Joseph M. Keller, ein katholischer Priester aus Slaton, Texas, geriet an einem entlegenen Ort im Norden der Stadt in einen Hinterhalt. Er wurde überfallen und von einer Bande ver-

mummter Männer zusammengeschlagen, geteert und gefedert. Motor Chapel St. Peter wurde bei dem Überfall zerstört und brannte völlig aus. Die Männer nannten keine Gründe für ihre Tat, aber Pfarrer Keller wurde aufgefordert, die Stadt zu verlassen. Die Schläger hätten ihm gegenüber behauptet, dass sie nicht vom KuKluxKlan seien, erklärte seine Haushälterin.

6. März 1922, San Antonio Express
San Antonio, Texas

Die Zeitungen von Slaton berichteten weder an diesem noch an den nächsten Tagen über den Vorfall. Die aufstrebende Stadt an der Eisenbahnlinie hatte viele Deutsche angelockt, die hier Arbeit gefunden hatten und so verbreitete sich die Nachricht über das Verbrechen an Pfarrer Keller trotzdem in Windeseile. Zwei Wochen später erschien ein weiterer Bericht über den brutalen Überfall. Auf der Titelseite des Southern Messenger konnte man folgendes lesen:

Priester geteert und gefedert
4. März 1922
Der deutsche Priester Joseph Keller wurde in der Nacht zum Sonntag von einer Bande vermummter Männer überfallen. An einer entlegenen Stelle, nördlich der Stadt (Slaton, Texas), wurde er geteert und gefedert. Motor Chapel St. Peter brannte bei dem Überfall aus. Pfarrer Keller wurde von den Klansmännern unmissverständlich aufgefordert, die Stadt zu verlassen. Er ist seit dieser Nacht wie vom Erdboden verschluckt. Nach Meinung der Berichterstatter sind die Ausschreitungen auf Vorwürfe zurückzuführen, Keller sei ein Spion gewesen und habe sich während des Weltkrieges pro-deutsch verhalten.

16. März 1922, Southern Messenger,
San Antonio und Dallas, Texas

In Slaton war niemand an der Aufklärung des Verbrechens interessiert. Die Ermittlungen wurden verschleppt, die ausgesetzte Belohnung von 2.500 Dollar führte nicht weiter und die Täter wurden nie ermittelt. Der unbequeme Priester war weg und seine Pfarrgemeinde versuchte ihn schnell zu vergessen – Gras wuchs über die Sache. Die Jahre vergingen. Das Auto trat seinen Siegeszug an und verdrängte die Eisenbahn fast vollständig aus dem Bild amerikanischer Städte. Unrentable Strecken wurden eingestellt und auch der Bahnhof von Slaton wurde geschlossen. Die einst so pulsierende Stadt versank in der Bedeutungslosigkeit.

Im Herbst 1976 sorgte das längst in Vergessenheit geratene Verbrechen jedoch noch einmal für Aufregung in Slaton.
Pfarrer Peter Morsch richtete das Wort an seine Gemeinde.
"Lasst uns für die Verstorbenen beten! Lasst uns besonders unseres verstorbenen Bruders Joseph Keller gedenken, der mein Vorgänger war und dem in Slaton so viel Unrecht getan wurde. Lasset uns beten! Kyrie eleison! Herr erbarme Dich!"
Ein Rumoren ging durch das Kirchenschiff, es wurde unruhig, Pfarrer Morsch aber betete unbeirrt weiter.
"Lasst uns auch für die Männer beten, die an diesem Verbrechen beteiligt waren. Lasset uns beten! Kyrie eleison!"
Ratlos sahen sich die Gläubigen an. Nur wenige hatten etwas von den Ereignissen vor über 50 Jahren gehört – und von ihnen wollte keiner wieder daran erinnert werden.
Die Blicke zweier alter Männer kreuzten sich. Unmerklich nickte der ältere der beiden dem anderen zu. Nach dem Gottesdienst standen die Gemeindemitglieder in kleinen Gruppen vor der St. Peter's Kirche von Slaton. Heftig redeten sie auf ihren Pfarrer ein. Nur die beiden alten Männer machten sich schnell davon. Sie stiegen in einen klapprigen Dodge und fuhren in

Richtung Zentrum. Wortlos saßen sie eine Weile nebeneinander. Als der Ältere etwas sagen wollte, fiel ihm der andere ins Wort.
"Halt's Maul, wir sind gleich da!"
Er parkte den Wagen vor einer heruntergekommenen Kneipe. In Debbie's Saloon war die Hölle los, wie jeden Sonntag. Die Stimme von Willie Nelson quakte aus einer verbeulten Rock O' La. Dichter Tabakrauch hing über den Tischen. Im Nebenraum wurde Billard gespielt. Die beiden Alten setzten sich an die Theke. Sie schienen das Treiben um sich herum gar nicht wahrzunehmen.
"Wie immer?" Debbie erhielt keine Antwort, fragte nicht weiter und zapfte zwei große Bier.
Tief über sein Glas gebeugt stierte der Ältere ins Nichts.
Tränen rollten über sein zerfurchtes Gesicht. Dann richtete er sich plötzlich auf und begann ganz leise, mit zerbrechlicher Stimme zu reden. Nur sein Begleiter hörte, was er sagte. Er sah, dass der Alte am ganzen Körper zitterte.
"Ich hab das nicht gewollt, Gerd", weiter kam der alte Mann nicht. Unwirsch fuhr ihn der Jüngere an. "Was hast du? Ist doch alles okay so! Trink endlich aus und halt dein Maul! Ich weiß nicht, wovon du redest."
Doch er wusste sehr wohl, wovon die Rede war.

Priester in Slaton TX, geteert und gefedert -1922 -
"Banden des KuKluxKlan verübten nach dem Ersten Weltkrieg schwere Verbrechen gegen Priester in West Texas.
Das erste Opfer war Pfarrer Joseph Keller aus Slaton, der in der Diözese von Dallas für die Deutschen Gemeinden angestellt war. Keller verfing sich in einem Netz von Intrigen und Verleumdungen. Der Erste Weltkrieg wütete in Europa und der Herausgeber des Slaton Journal stellte die Deutschen in seinen

Artikeln als Barbaren dar. Pfarrer Keller wehrte sich vehement dagegen. Bald bezichtigte man ihn der Spionage für den deutschen Kaiser, dann auch noch des Ehebruchs. Nachdem der Pfarrer auch noch einen schwarzen Musiker bei sich aufnahm, wurde er von Mitgliedern seiner eigenen Kirchengemeinde an den KuKluxKlan verraten..."

31. Oktober 1976, The West Texas Catholic
Amarillo, Texas

Die Wochenzeitung berichtete ausführlich über die Vorfälle vom Frühjahr 1922. Bis auf die beiden alten Männer konnte sich jedoch niemand mehr an das Verbrechen erinnern. Gerd Koppen, der jüngere von beiden war damals dreiundachtzig, Gustav Feldhaus neunundachtzig Jahre alt. An diesem Sonntag hatte sie die Geschichte wieder eingeholt.

Kapitel 1

Nordwestlich vom geschäftigen Stadtzentrum von St. Louis, dort wo die 19. Straße auf die Cass Avenue traf, lag das Kenrick Seminar.

Das weitläufige Areal war von einer mehr als mannshohen Mauer aus rotem Backstein umgeben und verwehrte dem Vorbeieilenden beinah jeden Blick auf den ausgedehnten Park und die Seminargebäude. Die zwei nach oben abgerundeten Flügel eines mächtigen Eisentores überragten die Mauer an der Cass Avenue um einen ganzen Meter. Dieses Tor teilte die Mauer genau in zwei Hälften und blieb immer verschlossen. Von der Parkseite wurde es zusätzlich durch eine schwere Eisenkette gesichert und niemand konnte sich daran erinnern, es jemals offen gesehen zu haben. Eine gepflasterte Auffahrt lief von hier geradewegs auf das Haupthaus zu. Auch die Auffahrt wurde schon seit Jahren nicht mehr genutzt, dickes Unkraut wucherte zwischen den gewaltigen Steinplatten.

Versteckt am hinteren Teil der Parkmauer gab es einen Zugang zum Konvent, den man über einen staubigen Pfad erreichte,

der zwischen dem Priesterseminar und den angrenzenden Grundstücken verlief. Wenn die Priester und Seminaristen das Gelände verlassen oder wenn sie es betreten wollten, schlüpften sie jedoch durch eine unscheinbare, tannengrün lackierte Eisenpforte, die sich verschämt in den Abschnitt der Mauer duckte, der parallel zur 19. Straße verlief.
Richard F. Brennon, der Dekan des Seminars und sein Freund, Patrick J. Fynch, Bischof von Dallas, zogen aus Gewohnheit ihre Köpfe ein. Auch sie betraten den Garten des Seminars durch die kleine grüne Pforte. Üppiges Efeu überwucherte das Mauerwerk an dieser Stelle. Der niedrige Einschlupf fiel einem Aussenstehenden nicht weiter auf.
Die Männer kamen vom Nachbargrundstück. Sie hatten sich Clemens House angesehen, da die Räumlichkeiten des Kenrick Seminars schon lange nicht mehr für die ständig wachsende Zahl der Studenten ausreichten. Der Wohntrakt platzte aus allen Nähten, doch die Gebäude waren auch veraltet und alle Einrichtungen des Seminars erwiesen sich immer mehr als unzureichend. Bischof Brennon war von seiner Diözese beauftragt worden, das Priesterseminar zu erweitern.
Clemens House schottete sich ebenfalls zur Straße und zu den Nachbargrundstücken durch eine hohe Mauer ab. Mark Twain, der mit richtigem Namen Samuel Clemens hieß, hatte eine Zeit lang hier im Haus seines Onkels gelebt und Reiseberichte für Zeitungen geschrieben. Jetzt wohnte aber niemand mehr dort und das Anwesen stand zum Verkauf.
Die beiden Männer verschlossen die grüne Pforte hinter sich. Dann gingen sie an der Kirche des Konvents vorbei, deren Eingang geschützt unter einer Veranda lag. Der weiß getünchte Vorbau erinnerte an das Portal eines griechischen Tempels. Sein Dach in Form eines stumpfen Dreiecks wurde von vier schlanken Säulen getragen und das Medaillon in seiner Mitte

zeigte Maria mit dem Kind. Alle Gebäude des Konvents waren aus den gleichen roten Ziegelsteinen errichtet worden wie die Mauer, die sie umgab. Die Männer gingen am Verwaltungsgebäude und dem Wohntrakt des Klosters entlang in den hinteren Teil des Parks. Dort setzten sie sich auf eine altersschwache Bank aus verblichenem Teakholz, auf der sie schon als Seminaristen stundenlang diskutiert hatten. Der Dekan des Seminars, Richard F. Brennon, war schlank, hatte dunkle, fast schwarze Haare und sah blendend aus. Er war vielleicht einsfünfundsiebzig groß und wirkte fast zierlich neben seinem Freund, Patrick J. Fynch. Der Bischof von Dallas war mit seinen einsachtundneunzig ein wahrer Hüne. Er hatte rotblonde Haare und die Figur eines Baseballspielers.
Von hier hatte man einen ungehinderten Blick durch den Garten. Niemand war zu sehen, denn die meisten Studenten nutzten den freien Nachmittag für einen Besuch in der Stadt.
Der mächtige Ahorn über der Bank trug noch viele Blätter, und alle hatten schon die prachtvollen Farben des nahenden Abschieds angelegt. Es war Anfang November, der Herbst gab die gespeicherte Wärme des Sommers zurück. Letzte Blüten einer üppigen Trompetenblume leuchteten jasperrot im Schutz der wärmenden Mauer.
"Ich glaube, du mußt dich gar nicht weiter umsehen, Richard." Patrick Fynch war von der Idee, Clemens House zu kaufen, begeistert. Er sprach mit hochrotem Kopf und es sprudelte nur so aus ihm heraus. "Das ist die Lösung, glaub mir. Die Idee ist so einfach, deshalb ist sie auch so genial. Das Grundstück ist riesig, hätte ich gar nicht gedacht, und wir hätten auf lange Sicht Ruhe. Und wenn es nicht anders geht, könnten wir die alten Gebäude hier ja abreißen." Patrick Fynch war gar nicht zu bremsen. "Weißt du schon, was das Ganze kosten soll?"
Richard Brennon wußte es nicht, doch er war, anders als sein

Freund, ein besonnener Kopf und er war ein kühler Rechner.
“Du hast ja Recht, Patrick”, antwortete er. “Es wäre zu schön, aber so einfach ist die Sache nicht, ich weiß nicht mal, ob die Clemens-Erben das Grundstück wirklich verkaufen wollen und wenn ja, zu welchem Preis. Wir müssen jetzt auch gar nicht weiter diskutieren. Nächste Woche fahre ich nach Hannibal und wenn ich zurück bin, weiß ich mehr. Okay?”
Damit war das Thema für Richard Brennon beendet und sein Freund lenkte ein. Sie kannten sich wirklich schon sehr lange.
“Ist ja gut, ich bin auch noch aus einem anderen Grund nach St. Louis gekommen, das weißt du ja.” Ohne Umschweife kam er auf den Punkt. “Ich brauche dringend noch einen Priester für den Westen meiner Diözese.” Er sah seinen Freund an. “Komm schon! Einen!”, hakte er nach. Und wenn man die zwei da so auf der Parkbank sitzen sah, hätte man meinen können, dass der Manager eines Baseballteams mit seinem Baseman über die Strategie für das nächste Auswärtsspiel stritt. “Wie macht sich denn eigentlich der Deutsche, von dem du mir erzählt hast?”
Richard Brennon dachte einen Moment nach.
“Wir werden schon noch etwas Geduld mit ihm haben müssen. Er ist ja auch noch gar nicht so lange hier. Aber wenn du schon nach ihm fragst, solltest du auch ein paar Dinge über ihn wissen.”
“So spannend?” Patrick Fynch sah ihn erstaunt an.
Richard Brennon zuckte mit den Achseln.
“Wie man‘s nimmt. Was willst du zuerst hören, die gute oder die schlechte Nachricht. Oder anders gefragt, was ist dir lieber, die offizielle Version oder die Wahrheit?”
“Dann zuerst die offizielle Version!”
“Er habe sein Studium in Deutschland fast beendet, doch dann hätten sie ihn kurz vor der Ordination entlassen.”

Patrick Fynch zuckte zusammen, unterbrach seinen Freund aber nicht und hörte weiter zu.
"Er hat ein Seminar irgendwo in der Nähe von Kassel besucht, so viel steht fest. Doch wenige Monate vor der Weihe habe er eine Lungenentzündung bekommen und wäre fast gestorben. Er hat überlebt, wie wir wissen, und als es ihm dann besser gegangen sei, so der Abt, habe man ihn nach Hause schicken müssen, denn das Risiko sei einfach zu groß gewesen und man habe ihn in ihrem Orden nicht aufnehmen können."
"Das ist also die offizielle Version, aber das war doch nicht der wirkliche Grund, oder?" Patrick Fynch wurde ungeduldig und starrte seinen Kollegen an. "Was soll das, Richard? Offizielle Version? Wahrheit? Ich versteh nicht! Weswegen erzählst du mir das alles? Mach's nicht so spannend!"
"Wart's doch ab! Das Kloster hat die Geschichte genau so bestätigt, wie ich sie dir gerade erzählt habe, verstehst du? Für die ist Amerika weit weg! Stimmt ja auch. Der Abt hat mich jedenfalls wissen lassen, sie könnten nur gesunde Priester in die Mission senden."
Nein, Patrick Fynch verstand gar nichts und das ärgerte ihn. Puterrot im Gesicht fluchte er so laut und lästerlich, wie er es von seinem Vater, einem irischen Einwanderer, gelernt hatte.
"Sesselfurzer! Alle! Du auch!" Herausfordernd sah er Richard Brennon an, so, als wolle er seinen Freund zum Ringkampf auffordern, und dann schimpfte er weiter. "Offizielle Version! Wahrheit! Jetzt erzähl endlich, was los ist!", blaffte er. Es hatte ihn nicht länger auf der Bank gehalten, aufgebracht stampfte er auf und ab.
Richard Brennon beobachtete den Ausbruch gelassen. Sie kannten sich wirklich schon lange.
Nur ein paar Vögel flatterten verschreckt davon.
"Reg dich nicht auf, setz dich wieder!", sagte er und wies mit

der flachen Hand auf den Platz neben sich. “Gut, dass dich hier niemand sieht. Wir sind nicht auf dem Rummelplatz! Bischof von Dallas? Ich glaub es ja nicht!”
Und dann erzählte er Patrick Fynch alles, was er von Joseph erfahren hatte.
“...aber er will unbedingt Priester werden und nach Hause schicken lassen wird der sich nicht noch mal, da bin ich ganz sicher. Doch in vielen Dingen benimmt er sich ungeschickt und undiplomatisch, nur weil er das Gefühl hat, dass er einen Fehler gemacht hat. Und dann kommt noch etwas dazu, er ist ein Hitzkopf.” Richard Brennon lächelte. “So wie du. Aber er ist auch sensibel und ein sehr musischer Mensch. Spielt wunderbar Klavier und hat uns während der Messe schon auf der Orgel begleitet. Solltest du dir anhören! Nur sein Englisch, sein Englisch...”, fuhr er fort. “...ist wirklich eine Katastrophe! Das ist wirklich ein Problem. Ich habe ihm zwar Martin Hellriegel als Tutor zur Seite gestellt, doch ob der ihm helfen kann? Na, das Nötigste wird er ihm vielleicht beibringen. Ich glaube, die beiden verstehen sich ganz gut.”
Richard Brennon streckte seine Beine von sich, verschränkte die Hände hinter dem Kopf und sah seinen Freund an. “Das war’s, mein Lieber. Na, was sagst du?”
“Ich muss mit ihm sprechen, John!”, antwortete Patrick Fynch. “Jetzt weiß ich auch, warum du mich solange hast zappeln lassen, du Gauner.” Nichts hielt ihn noch auf der wackligen Bank. “Vielleicht geht’s ja morgen, nach dem Hochamt? Wenn das alles stimmt, ist er genau der Richtige für meine deutschen Schäfchen da unten. Denkst du doch auch, oder? Deshalb hast du mich also kommen lassen!”, sagte Patrick Fynch mit breitem Grinsen. “Ja, ich brauche so einen Typen, einen der mit beiden Beinen im Leben steht! Englisch ist da gar nicht so wichtig! Spanisch schon eher! Und das Klima im Westen ist

perfekt. Da hat er so viel zu tun, er wird gar keine Zeit haben, an seine Lungen oder sonstwas zu denken."

Die beiden Seminaristen waren eilig die Cass Avenue hinunter gegangen. Sie freuten sich auf ihren freien Nachmittag.
"Einen Moment, ich bin gleich zurück", sagte Joseph und verschwand hinter den schweren Mauern aus hellgrauem Granit. Martin wartete derweil vor dem trutzigen Gebäude der Pulaski Bank und genoß die letzten Strahlen der Herbstsonne. Es war nicht viel los in der großen Schalterhalle, schon nach wenigen Minuten öffnete sich die stählerne Eingangstür und Joseph stieg triumphierend die Stufen hinunter. Stolz schwenkte er seine Brieftasche.
"Harte Dollars! Das wird hoffentlich reichen für heute", sagte er.
Gut gelaunt überquerten die zwei die Straße und warteten an der Haltestelle Hadley Street auf die nächste Straßenbahn in Richtung Zentrum.
"Und was machen wir mit dem ganzen Zaster?", fragte Martin lachend.
"Ich muß noch ein paar Sachen im Nickel & Dime besorgen, aber sonst", Joseph zuckte mit den Achseln. "Sonst... ach ich weiß nicht, vielleicht zeigst du mir die Stadt. Zeit haben wir genug und vielleicht kommen wir ja an einem Zigarrenladen vorbei."
Als Martin ihm antworten wollte, bremste die Straßenbahn mit einem solch markdurchdringenden Quietschen vor ihnen, dass sie zuerst einmal einstiegen und sich setzten. Dann zuckelte die Bahn weiter.
"Zweimal Pine Street, bitte!" Martin bezahlte und reichte Joseph die Fahrkarte. "Ich denke, als erstes gehen wir mal zu Mr. Bertie", schlug er vor. Er wußte von Josephs Leidenschaft.

"Der Laden wird dir gefallen und wenn wir die Zigarren haben, seh'n wir weiter."
Sie fuhren an der Lafayette Brauerei vorbei. Brinckwirth, Griesedieck & Nolker. Joseph las die verblasste Zeile am Sudhaus und hing seinen Gedanken nach – nur für einen Augenblick tauchten vage Bilder aus der Heimat auf: Maria, seine Schwester, seine Mutter, doch dann stieg ihm plötzlich dieser unverwechselbare, süßlich-herbe Duft von frischer Maische in die Nase. "Nicht schlecht! Riecht vielversprechend, oder?" Er steckte seinen Kopf aus dem offenen Wagen und schnüffelte am würzigen Fahrtwind. Seit langem hatte er sich nicht mehr so wohl gefühlt. "Wenn du mir die Stadt zeigst, lade ich dich hinterher auf ein Bier ein, abgemacht?"
"Okay, abgemacht!"

Rumpelnd bog die Bahn in die 7. Straße ein. Sie näherten sich unübersehbar dem Zentrum, die Häuser standen hier viel enger zusammen als im Brewery District und die Zahl ihrer Stockwerke nahm zu. Die Geschäfte zur Rechten und Linken warben mit riesigen Tafeln um Kundschaft. Kutschen preschten vorüber. Die Fahrgäste reckten die Hälse, wenn sie eines der atemberaubenden Automobile erspähten, die neuerdings die Straßen von St. Louis unsicher machten und als in Höhe des Union Market ein Studebaker stadtauswärts raste, hielten auf dem breiten Trottoir geschäftige Männer mit ihren eleganten Strohhüten und blank geputzten Schuhen für einen Augenblick inne, schauten sehnsüchtig dem knatternden Gefährt nach, dann hasteten sie weiter, wichtigen Terminen entgegen. Eine Allee von Strommasten säumte die Straße. Die Masten schienen zu ächzen unter der gewaltigen Last der Kabel, die man wie Saiten eines Musikinstruments zwischen ihren gleichförmigen Armen verspannt hatte.

Die Straßenbahn verlangsamte ihre Fahrt.
"Pine Street, hier müssen wir raus, Joe!"
Martin war lang aufgeschossen und überragte Joseph noch um einen halben Kopf. Die beiden bummelten die belebte Straße entlang. Die Auslagen der meisten Geschäfte interessierten sie nicht sonderlich. Dann blieben sie jedoch wie gebannt vor dem Schaufenster eines Fordhändlers stehen. Sie trauten sich nicht hinein in den Verkaufsraum und rätselten, wer so viel Geld für ein Automobil aufbringen könnte, die 575 Dollar für das ausgestellte T-Modell lagen jenseits ihrer Vorstellungskraft.
"Also ein paar Dollar hätten wir ja. Vielleicht beim nächsten Mal!" Joseph gluckste vergnügt in sich hinein und gab Martin einen freundschaftlichen Schubs. "Laß uns gehen, eh ich's mir noch anders überlege!"
Sie zogen weiter.
Paare flanierten in Richtung der nahen Uferpromenade. Den Mississippi konnte man nicht sehen, aber eine unternehmungslustige Brise war zu spüren, die von dem gewaltigen Strom aufgebrochen war, um an diesem Nachmittag durch die Gassen der Stadt zu streichen.

Bertie Peitz jun. war vertieft in ein Gespräch. Als er für einen Augenblick durch das Schaufenster nach draußen schaute, sah er zwei junge Männer die Straße überqueren und geradewegs auf seinen Laden zukommen. Den hochaufgeschossenen, wohl etwas jüngeren der beiden, kannte er. Ein Lächeln huschte über Berties Gesicht.
Im Haus Nr. 210, direkt neben Steiners Ticket Office, hatte Franz Hubert Peitz sen. im Jahr 1887 ein Tabakgeschäft eröffnet.
"Mr. Bertie" nannten ihn seine Kunden mit großem Respekt, denn so stand es auch über seinem Schaufenster.

* BERTIE'S *
* EXCLUSIVE CIGARS & TOBACCO *

Nach dem Tod des Vaters führte der Junior das Geschäft erfolgreich weiter und wenn er im Laden stand, trug er stets ein blütenweißes Hemd und darüber eine Weste aus feinster Seide – an jedem Tag der Woche eine andere. Streifenmuster in hellen, freundlichen Farben bevorzugte er, aber er mochte auch die verschwenderischen Paisleys.
Er strahlte seine Kunden, die er über alles schätzte, mit einem gewinnenden Lächeln und freundlichen blauen Augen an. Seine kurzen, rötlich blonden Haare standen wie feinste Borsten eines Pinsels von seinem rundlichen Kopf. Niemand verließ sein Geschäft je mit leeren Händen.
Ein freundlicher Gehilfe mit einer dunkelbraunen Schürze öffnete den beiden die Tür und führte sie in den Verkaufsraum.
“Wenn Sie bitte einen Augenblick Geduld haben, ich bin gleich bei Ihnen, meine Herren. Schauen Sie sich nur in Ruhe um!”, bat Bertie die beiden und wandte sich wieder seinem Kunden zu.
Joseph ahnte, dass dies ein besonderer Laden war, aber er hätte nicht auf Anhieb sagen können, warum. Mit großen Augen musterte er den Inhalt der Schränke und Vitrinen. Reich verzierte Humidore, Zigarrenetuis aus Silber und Elfenbein fanden sich genauso wie Aschenbecher aus kostbarem Porzellan und Tabakdosen aus Fayence. Hier gab es Zigarrenschneider in jeder Form und feinste Zündhölzer und auf den ersten Blick war auch alles da, nur die Zigarren fehlten, er konnte sie riechen, doch er fand nicht eine in der Auslage.
Nichts zu sehen! Er hatte Martin gerade fragen wollen, aber in diesem Augenblick kam Mr. Bertie auch schon auf sie zu und Joseph traute sich nicht mehr.
Und Martin? Der lächelte wissend.

“Hallo Martin, schön, dass Sie sich wieder mal sehen lassen. Und Sie haben jemanden mitgebracht”, begrüßte Bertie Peitz die jungen Männer und Martin stellte ihm Joseph vor.
“Kommen Sie!”, sagte Bertie und ging mit einer einladenden Armbewegung voraus, ohne sich nach ihren Wünschen erkundigt zu haben. Martin folgte ihm bereitwillig.
Hier geht's also lang!, dachte Joseph. Über eine schmale Steintreppe, die ihm zuvor nicht aufgefallen war, gelangte er als letzter in das kühle Kellergewölbe. Hier unten wurde das Geheimnis des Hauses gehütet. Mr. Bertie strahlte. Martin gab Joseph einen leichten Schubs in die Seite, als wolle er sagen, “Na, da staunst Du, was!” Joseph wollte seinen Augen nicht trauen, denn hier unten standen sieben raumhohe herrlich duftende Schränke, ausgekleidet mit spanischem Zedernholz und alle waren bis an den Rand gefüllt mit Zigarren.
Das niedrige Gewölbe war erfüllt von einer einzigen würzigen Wolke. Der Raum war gerade mal zwei Meter hoch und Joseph hatte das Gefühl, mit seinem Kopf an die Decke zu reichen. Die wenigen Lampen sorgten für ein weiches Licht. Das war der schönste Platz, den Joseph sich vorstellen konnte.
“Dann wollen wir mal seh'n, was ich für Sie habe.” An jedem Schrank stand der Name einer berühmten Zigarrenmarke und Bertie Peitz wußte zu jeder eine Geschichte zu erzählen. Er wies die beiden ein in die Geheimnisse der Zigarren-Familien und zeigte ihnen, welche Formate in seinen Schränken reiften, was die Hermoso von einer Robusto unterschied und er schwärmte von der außergewöhnlichen Fingerfertigkeit der Torcedores, den meist weiblichen Zigarrenrollern. Bertie Peitz beschrieb eine atemberaubende, fremde Welt und es bereitete ihm sichtlich Vergnügen.
Und die zwei jungen Männer hörten ihm fasziniert zu.
“Von Kuba kommen wohl die besten Zigarren überhaupt...”

Bertie rollte verzückt mit den Augen, "...und die schönsten Frauen der Welt." Für einen Moment schweifte sein Blick ins Leere, dann fuhr er fort. "Die Zigarren haben eine weite Reise hinter sich, bis ich sie unten im Hafen abholen kann. Allein die Raddampfer brauchen zwei Wochen von New Orleans den Fluß hinauf. Ein beschwerlicher Weg, glauben Sie mir!"
"Sie sind also schon mal dagewesen?", fragte Joseph. "In Havanna?"
Bertie Peitz nickte.
"Gewiss, ja! Doch in New Orleans habe ich noch häufiger zu tun", erwiderte Bertie. "Eine aufregende Stadt, voller Musik, voller Liebe!"
"Aber Kuba, wie ist Kuba?", hakte Joseph nach.
Bertie tat so, als müsse er überlegen.
"Kuba! Havanna!" Seine Augen glänzten. "Ja, ich bin oft dort gewesen. Schwer, dafür die richtigen Worte zu finden." Bertie musste wohl an die Frauen denken, an die Nächte mit ihnen und wie sie getanzt hatten in den Bars. "Davon erzähle ich Ihnen ein anderes Mal", sagte er verschmitzt. "Wenn Sie wiederkommen! Sie kommen doch wieder?"
"Oh ja", strahlte Joseph und schaute Martin an.
"Wenn wir dürfen."
Martin nickte. Er freute sich, dass es Joseph hier gefiel.
Die beiden verbrachten den ganzen Nachmittag in dem Gewölbe und es fiel ihnen schwer, sich aus dem duftenden Paradies zu verabschieden. Bertie machte ihnen einen anständigen Preis, doch Joseph zuckte zusammen, als er die Havannas bezahlte. Nicht mal in New York hatte er so viel für Zigarren ausgegeben. "Wenn das so weitergeht, bin ich bald pleite. Heute Mittag hatte ich die Taschen noch voller Geld." Joseph zuckte die Achseln. "Was soll's, ich glaube, die Stadt sehen wir uns lieber beim nächsten Mal an. Was meinst Du? Ich hab einen Mordsdurst",

sagte er, als sie draußen auf der Straße standen. "Danke, Martin, dein Bier hast du dir wirklich verdient."
Sie gingen hinunter zum Mississippi. Nur für einen Moment verharrten sie an der Levee, der sonst so belebten Uferpromenade, und schauten auf den träge gen Süden treibenden Fluß. Ein kalter Wind strich über den Damm, ungemütlich war es geworden, draußen war wenig los, und auch sie sahen zu, dass sie in eines der gemütlichen Wirtshäuser kamen.

Es schüttete seit den frühen Morgenstunden. Von der Wärme der Vortage war nichts mehr zu spüren, der Sommer hatte sich endgültig verabschiedet und ein unbarmherziger Wind entführte Schwärme schillernder Blätter zu ihrer letzten, flüchtigen Reise. Dicke, bleierne Regentropfen prasselten unaufhörlich auf das Dach der Veranda und übertönten den Schlußgesang.
Die Messe war aus. Schweigend verließen Seminaristen und Priester das Gotteshaus, hielten kurz unter dem schützenden Vordach inne, dann eilten sie beherzt an Patrick Fynch vorbei, durch peitschenden Regen, dem Wohntrakt zu.
Das Revers seiner Jacke schützend hochgeschlagen wartete der Bischof am Eingang der Kirche auf Joseph. Die typische Form seines schwarzen Hutes verriet, dass er aus Texas kam. Der goldene Ring an seiner rechten Hand, mit einem länglichen, dunklen Rubin geschmückt, wies ihn als Bischof aus. In Baltimore hatte er zuerst Theologie und später Jura studiert. Nach seiner Studienzeit hatte er als Rechtsanwalt in einem Vorort von Chicago gearbeitet, bis er eines Tages den Bischof von Dallas traf und durch dessen Einfluß seinen Beruf aufgab, um das Kenrick Seminar zu besuchen. Vor zwölf Jahren erst war Patrick Fynch hier in der kleinen Kirche des Konvents zum Priester geweiht worden – und als jüngster Bischof der Vereinigten Staaten war er vor wenigen Tagen zurückgekehrt.

Seine Diözese umfaßte ein Territorium von unvorstellbarer Weite. Im Westen reichte sie bis nach Mexico, im Norden bis Oklahoma und im Osten wurde sie vom Mississippi begrenzt. Schnell war ihm klar geworden, dass er dringend neue Priester einstellen mußte, um die stetig wachsende Zahl der Katholiken in Texas nur halbwegs angemessen betreuen zu können. Doch so einfach war das nicht, es gab nicht genügend Nachwuchs, und die Idee seines Freundes, Richard Brennon, Priester in Europa anzuwerben, brachte nicht den ersehnten schnellen Erfolg.
Patrick Fynch ließ seinen Blick durch den Park schweifen, in dem er jeden Baum, jeden Busch kannte. Und er kannte auch die Melodie der Jahreszeiten – er mochte das Trommeln der Regentropfen.
"Exzellenz!" Joseph kniete nieder und verneigte sich, aber als er den Ring des Bischofs küssen wollte, wehrte der ab und zog Joseph schnell wieder hoch.
"Nicht! Was soll das? Kommen Sie!"
Patrick Fynch, der wirklich ein Hüne war, sprang wie ein Athlet die Veranda hinunter, ohne die Stufen im Geringsten zu beachten und rannte auf das Haupthaus zu. Vor Energie und Selbstvertrauen strotzend stürmte er durch den peitschenden Regen und das schien ihm großen Spaß zu bereiten, keine Pfütze ließ er aus.
Joseph war so verblüfft, dass er Mühe hatte, dem Bischof zu folgen. Küster und Ministranten, die als Letzte die Kirche verließen, sahen den beiden von trockener Warte aus ungläubig nach und schüttelten die Köpfe.
Feixend blieben sie stehen.
"Der Erste muß der neue Bischof von Dallas sein", sagte ein rundlicher Kaplan mit sehr hoher Stimme und sehr dicken Brillengläsern.

“Aber laufen tut er wie Big Ed von den Cardinals”, fügte einer der Messdiener lachend hinzu.
Außer Atem klopften sich der Bischof und Joseph in der Eingangshalle ihre durchnässten Jacketts aus. Dann führte Patrick Fynch Joseph, immer zwei Stufen auf einmal nehmend, über die geschwungene Holztreppe hoch in den ersten Stock, vorbei an einem Gemälde, das den Gründer des Seminars, Peter Kenrick, zeigte. Sie betraten das Arbeitszimmer seines Nachfolgers, Richard Brennon, der bereits auf dem Weg nach Hannibal war, um über den Verkauf des Clemensgrundstücks zu verhandeln. In der Früh hatte der Dekan einen freundlichen Helfer gebeten, für Feuer im Kamin zu sorgen.
Die beiden machten es sich in Ohrensesseln bequem, die schon etwas in die Jahre gekommen waren und deren cognacfarbenes Leder speckig glänzte. Vor dem Kamin war es wohlig warm und die glimmenden Holzscheite summten ihr Lied. Die Scheiben der Fenster, aus denen man sonst einen herrlichen Blick über den Park hatte, waren beschlagen.
Joseph spürte sein Herz rasen. Nervös rutschte er auf dem glatten Leder hin und her. Richard Brennon hatte ihm in der Hektik vor seiner Abreise nicht viel gesagt, nun wartete Joseph ge-spannt, was sein Gegenüber von ihm wollte. Doch er wußte, dass es um seine Anstellung ging. *Endlich!,* dachte er. Und es ging um Texas, soviel hatte er verstanden.
Nach seiner Ankunft im Seminar war ihm schnell klar geworden, dass es mit seinen Englischkenntnissen nicht weit her war. Immer noch hatte er ein schlechtes Gewissen, weil er während der Überfahrt nicht ein einziges Mal in seine Bücher gesehen hatte. Während der praktischen Übungen fiel das nicht so auf, dachte er. Er machte genau das, was die anderen machten. Doch er verstand nicht alles und das blieb nicht unbemerkt.

Gespannt sah er den Bischof an.
Endlich ist es so weit!, dachte er.
“Bischof Brennon hat mir von Ihnen erzählt”, sagte Patrick Fynch und kam gleich auf den Punkt. “Wir haben uns lange über Sie unterhalten und wenn wir beide uns einigen, würde ich Sie gern mit in meine Diözese holen.”
“Nach Texas?”, fragte Joseph aufgeregt. “Heute?”
“Nein, nein, mein Lieber.”
Etwas ungeduldig, der junge Mann. Genau wie Richard ihn mir beschrieben hat, dachte Patrick Fynch, er lächelte nachsichtig.
“Nein, nicht heute! So schnell wird’s nicht gehen, wir müssen Ihre Weihe wohl noch abwarten, oder? Ist ja nicht mehr so lange bis dahin! Ich verspreche Ihnen aber, dass ich alles dafür tun werde, damit Sie so bald wie möglich nach Texas kommen. Im Sommer, spätestens im Herbst werden Sie soweit sein, hat mir mein Freund Brennon erzählt.” Patryck Fynch sagte das nicht ganz uneigennützig. Er hatte große Probleme, überall in seiner weitläufigen Diözese bildeten sich neue Gemeinden, doch die Gläubigen drohten ihm in Scharen davonzulaufen, denn es gab nicht genug Priester und Gotteshäuser. Er brauchte dringend neue Seelsorger.
“Unsere Gemeinden liegen zum Teil sehr weit auseinander, müssen Sie wissen, besonders die im äußersten Westen. Manche Orte erreichen wir aber schon mit der Eisenbahn. Sie haben bestimmt davon gehört, dass es in den letzten Jahren immer mehr Menschen nach Texas zieht.”
Er bemerkte ein leichtes Funkeln in Josephs Augen, doch bevor dieser etwas erwidern konnte, fuhr der Bischof fort.
“Bestimmt keine einfache Aufgabe, glauben Sie mir. Wir haben viel vor, wir müssen Schulen, Kirchen, oder wenigstens Kapellen bauen, das braucht alles seine Zeit. Die Menschen

suchen die Nähe zu Gott, doch wenn wir sie zu lange allein lassen... “ Er zuckte mit den Achseln. “...ja, dann schließen sie sich eben einer anderen Gemeinschaft an und ich kann es ihnen nicht einmal verdenken. Wir müssen dringend etwas unternehmen! Verstehen Sie, die Konkurrenz ist groß. Amerika ist ein freies Land, jeder kann hier eine Kirche gründen. Manchmal wundere ich mich darüber, wer da alles im Namen unseres Herrn spricht.” Patrick Fynch richtete sich auf. “Jammern bringt uns aber nicht weiter, wir müssen eben besser sein als die anderen.” Er hielt einen Augenblick inne, bevor er fragte: “Wollen Sie mir helfen? Trauen Sie sich das zu?”
Joseph schaute den jungen Bischof verblüfft an. Was sollte die Frage? *Ob gerade ich der Richtige bin? Ich bin selbst auf der Suche nach Gott,* ging es ihm durch den Kopf.
Die Frage irritierte ihn.
“Exzellenz, ich kann Kirchen bauen!”, antwortete Joseph und zögerte einen Moment bis er weitersprach. “Während meines Studiums habe bei einem Ehepaar gewohnt. Mein Vermieter war Architekt, aber auch Baumeister und Zimmermann. Nächtelang haben wir über seinen Plänen gesessen. Er hat mir alles gezeigt und manchmal hat er mich auf seine Baustellen mitgenommen. Ich hab mir eine Menge von ihm abgeschaut.”
Joseph hatte keine Ahnung von Texas, doch er spürte, dass er unbedingt dorthin wollte. Sein Ziel war in greifbare Nähe gerückt. Endlich!
“Bis zur Weihe spreche ich auch ein ordentliches Englisch, Sie werden sehen!”
Patrick Fynch hatte ihm aufmerksam zugehört und ihn genau beobachtet. *Dich nehme ich mit nach Texas!,* dachte er. Ja, er war sich jetzt sicher. Entspannt lehnte er sich zurück und zog ein ledernes Zigarrenetui aus der Jackentasche.
Joseph hatte den Bischof nicht einen Moment aus den Augen

gelassen und kam ihm zuvor. “Fynch geht auch zu Bertie, wenn er in der Stadt ist!”, hatte ihm Martin verraten.
Joseph bot dem Bischof eine von seinen Zigarren an, die er am Morgen eingesteckt hatte. *Danke, Martin!*
“*Partagás!* Wo haben Sie die her?”, fragte Patrick Fynch, musterte die Havanna, drehte sie gekonnt zwischen Daumen, Zeige- und Mittelfinger und führte sie an seine große Nase. “Köstlich!” Verzückt schloß er die Augen.
Joseph beobachtete die Zeremonie und wartete geduldig, bis sein Gegenüber anerkennend nickte.
“Sie waren bei Bertie's! Stimmt's?”, sagte der Bischof. “Toller Laden!”, schwärmte er und wies auf die Zigarren in Josephs Hand.
“Und Sie? Na, machen Sie schon, nehmen Sie auch eine! Allein schmeckt's mir nicht.”
Blauer Rauch erfüllte das Zimmer. Die zwei waren sich einig.

Joseph war glücklich. Bischof Fynch hatte ihm das Gefühl gegeben, dass er gebraucht wurde und Joseph hatte ein Ziel vor Augen: Texas. Viel Zeit war allerdings nicht mehr, nur wenige Monate noch bis zur Weihe. Wie besessen büffelte er nun, um sein Englisch zu verbessern, und die Rechnung von Richard Brennon ging auf, Martin half ihm so gut er konnte.
Vor sechs Jahren war Martin Hellriegel nach Amerika gekommen. Als Fünfzehnjähriger hatte er seine Eltern monatelang bekniet, ihn mit seinem Onkel, der Priester in Starkenburg, Missouri, war, nach Amerika gehen zu lassen. Die Eltern gaben schließlich nach und Martin reiste mit seinem Onkel über den Hafen von Cherbourg, im Norden Frankreichs, nach NewYork. Heute konnte er darüber lachen, aber damals war seine Enttäuschung riesengroß. Was hatte er für ein langes Gesicht gemacht, als bei seiner Ankunft in NewYork keine

Indianer hinter Büschen lauerten, die er hätte bekehren können. Es gab nicht besonders viele Büsche in dieser Stadt, und schon lange keine Indianer mehr, dafür aber jede Menge Wolkenkratzer. So hatte Martin sich Amerika nicht vorgestellt. Aber er war darüber hinweggekommen, hatte das Internat von Starkenburg, Missouri, besucht und schon nach zwei Jahren das Abitur mit Auszeichnung bestanden. Martin war kein Streber, aber ein außergewöhnlich guter Schüler, er lernte einfach schnell. Das Lernen bereitete ihm großes Vergnügen und er sprach längst fließend Englisch.

Jeden Tag paukten die zwei zusammen.

"Amerika hatte ich mir immer ganz anders vorgestellt", sagte Martin eines Nachmittags. "Zuhause habe ich die Romane von Karl May nur so verschlungen, ich hab das alles für bare Münze genommen, und dann laufen wir endlich im Hafen von NewYork ein und ich sehe dort nichts als diese verdammten Hochhäuser. Kein Indianer weit und breit."

"Da hab ich die Stadt aber anders in Erinnerung", antwortete Joseph. "Ich hatte ja nur diesen einen Tag in NewYork, bevor es weiter ging und wollte Bekannte treffen, die ich während der Überfahrt kennengelernt hatte. Um es kurz zu machen, irgendwo unterwegs in Manhattan stand da plötzlich ein total verknitterter Indianer vor mir, mit einem prachtvollem Federschmuck auf dem Kopf. Der bewachte mit versteinerter Miene den Eingang eines Zigarrenladens. Ich weiß, nur *ein* Indianer, aber ein Häuptling!"

Kapitel 2

Helen Walchshauser bereitete mit ihren Töchtern in der Küche den Tee vor. Wie jeden Sonntag hatte sie auch an diesem ihre köstlichen Milchbrötchen gebacken. Und wie immer hatten die Mädels dabei zugesehen und waren ihrer Mutter zur Hand gegangen.
Die drei liebten es, am Nachmittag allein mit Helen in der Küche zu sitzen, denn ohne die Hausmädchen, die ihren freien Tag hatten, konnten sie sich ungestört erzählen, was während der Woche geschehen war. Helen erfuhr von den kleinen und großen Nöten der Mädchen und manchmal vertrauten sie ihr auch ein Geheimnis an – es war die schönste Zeit des Sonntags und während sie sich unterhielten, zog der süße Duft warmer Brötchen und Rosinen durch das ganze Haus.
“Die Weggen sind fertig!”
“Ach, schade, Mama!”, sagte Margaret Mary, die Jüngste. Sie war gerade fünfzehn geworden, mit ihren rotblonden Haaren, die zu einem dicken Zopf geflochten waren und den lustigen Sommersprossen über der Nase saß sie unbekümmert auf dem

mächtigen Küchentisch und ließ ihre dünnen Beine herunterbaumeln.
“Komm da runter!”, befahl Helen.
“Du riechst so lecker.”, antwortete Maggie. Sie sah ihre Mutter mit großen Augen an und fiel ihr um den Hals. Helen wurde ganz verlegen, doch viel Zeit dazu blieb ihr nicht, denn unversehens hingen alle drei Mädels wie eine Traube an ihr und sie hielt sie liebevoll umschlungen, drückte sie an sich und küßte sie nacheinander auf die Stirn.
“Kommt jetzt, Kinder, der Tee ist fertig. Mal seh’n, was unsere Männer machen.”
Das Silbertablett vor sich hertragend, mit dem Service aus feinstem China-Porzellan darauf, verließ sie die Küche, im Gänsemarsch gefolgt von Emma, der Ältesten, Waltraud, der Zweitgeborenen und zuletzt Margaret Mary. Im Salon aber trafen sie niemanden an. Helen stellte das Tablett auf den Tisch und schaute im Wintergarten nach den beiden. Die Tür nach draußen war nur angelehnt, es zog feucht herein. Die Männer standen unten im Garten und rauchten. Es regnete nicht mehr.

John Walchshauser und Martin Hellriegel hatten sich nach dem Essen über die Veranda hinaus in den herbstlichen Garten getraut. Sie vertraten sich die Beine auf dem mit feinen, weißen Kieseln aufgeschütteten Weg, denn das Erdreich ringsum hatte sich vollgesogen wie ein Schwamm und war völlig aufgeweicht.
Triefnasse Haufen zusammengekehrten Laubs zeugten von der vergangenen Pracht des letzten Sommers.
Kalt war es geworden und unwirklich still. Kein Vogelgezwitscher mehr, auch aus den benachbarten Gärten war kein Laut zu hören. Einzig von den bizarren Ästen der kahlen Bäume klatschte hier und da ein übergewichtiger Tropfen zu Boden.

Es roch nach Herbst und düstere Wolken hingen an diesem Novembertag über der Stadt.
Für einen Moment blieben sie in der Mitte des gußeisernen Pavillons stehen, den der Hausherr vor einigen Jahren nach seinen Plänen im Garten hatte aufstellen lassen. Schweigend standen sie nebeneinander, schauten den Garten hinauf auf das Haus der Familie und rauchten ihre Zigarren. Dann bemerkten sie Helen und winkten ihr zu.

Johannes Walchshauser war ein erfolgreicher Architekt und weit über die Grenzen von St. Louis bekannt. Mit seiner Frau und dem kleinen Wilhelm, der damals ein Jahr alt war, hatte er vor dreiundzwanzig Jahren Mainz verlassen, um sein Glück in Amerika zu suchen. Die ersten Jahre hatte die junge Familie in Chicago gelebt.
John, wie ihn hier alle nannten, war nach seiner Ankunft von einem Architekturbüro zum anderen gezogen, aber nirgendwo hatte er seine Ideen verwirklichen können. Er hatte das Gefühl, dass ihn niemand verstand. Der junge Architekt war auf der Suche nach etwas Neuem, Unbestimmten, und nicht einmal seiner Frau hatte er erklären können, was das war.
"Ich kann es dir nicht sagen. Ich weiß es ja selbst nicht genau", bekam sie zur Antwort, wenn sie ihn fragte.
John hatte sein Glück in verschiedenen Büros versucht, doch nirgendwo hielt es ihn länger. Helen hatte sich während dieser Zeit große Sorgen gemacht, denn es war nicht zu übersehen, dass John unglücklich war.
Als ihm dann ein Freund eine Anstellung im Büro von Adler & Sullivan vermittelte, war John schnell klar geworden, dass er endlich gefunden hatte, wonach er so lange gesucht hatte.
Das Architektenteam um Louis Sullivan war bekannt für seine progressiven Entwürfe und die Ideen von Johns neuem

Kollegen, Frank Lloyd Wright, hatten ihn vom ersten Tag an begeistert. Drei erfolgreiche Jahre hatte er zusammen mit Frank Lloyd in dem renommierten Büro verbracht.
Eines Tages war John dann nach Hause gekommen und hatte Helen mit dem Vorschlag überrascht, nach St. Louis zu ziehen. Louis Sullivan hatte John dort die Bauaufsicht für ein Wohnhaus übertragen und der Bauherr bestand darauf, dass John während der Bauphase vor Ort sein sollte. Das war seine Chance, auf diese Gelegenheit hatte John Walchshauser lange gewartet und er war fasziniert von dem Angebot. Mit diesem Auftrag konnte er sich endlich selbständig machen. Frank Lloyd hatte schon seit dem Frühjahr ein eigenes Büro. Nun war die Sache auch für John entschieden und er zog mit seiner kleinen Familie nach Missouri.
John übernahm die Bauleitung des neuen Wohnhauses von Benjamin W. Fritz, einem der Besitzer der Fritz & Wainwright Brauerei. Schnell hatte John ein Haus für die Familie gefunden. Töchterchen Emma kam zur Welt und im Abstand von wenigen Jahren waren dann Waltraud und Margaret Mary geboren worden. Die junge Familie hattte sich vom ersten Tag an wohlgefühlt in dieser Stadt, über die in anderen Teilen des Landes spöttisch gesagt wurde, dass weitaus mehr ihrer Einwohner Deutsch als Englisch sprächen.
Als St. Louis dann auch noch völlig überraschend den Zuschlag für die Weltausstellung bekam, änderte sich der Puls der Stadt schlagartig. Von einem Tag auf den anderen erlebte St. Louis einen atemberaubenden Bauboom. Unermüdlich schafften nun zahllose Raddampfer das dringend benötigte Baumaterial für die aufstrebende Metropole heran. Dabei ging es an manchen Tagen bedrohlich eng zu auf dem Fluss und die Lichter der Bars und Kneipen längs der Levee, der Dammstraße oberhalb des Mississippi, schienen nie zu erlöschen.

John Walchshauser hatte es geschafft.
Er war ein gefragter Architekt. Unweit des Hafens, in der Chestnut Street, hatte er sein neues Büro bezogen. Er hatte den Auftrag für ein Hotel an der Washington Avenue und für eine Kirche in Starkenburg erhalten, das etwa 100 Meilen westlich von St. Louis lag.
Aber er wollte mehr, er wollte Hochhäuser bauen, wie er es von Sullivan gelernt hatte. Tag und Nacht saß er in seinem Büro und arbeitete an seinen Plänen.
"Form follows function!", hatte der alte Sullivan ihnen immer gepredigt und die Philosophie seines Lehrmeisters, dessen Kompromisslosigkeit John so oft verflucht, dessen Energie er jedoch immer bewundert hatte, ja, dieser Leitsatz war längst zu seinem eigenen geworden. *Der alte Sullivan hat ja wirklich Recht!,* dachte er dann, wenn er über seinem Reißbrett saß.
Oft fuhr John nach Chicago, um Billy, wie alle seinen Sohn Wilhelm nannten, zu besuchen. Billy studierte Architektur und wenn es Johns Zeit zuließ, fuhr er von dort weiter nach Spring Green. Nächtelang diskutierte er mit Frank Lloyd über neue Projekte. Neunzehn Jahre lebten die Walchshausers schon in St. Louis. John leitete sein Büro mit großem Geschick und Helen hielt ihm den Rücken frei, sie organisierte den Haushalt mit kluger Hand, Billy studierte, die Mädchen besuchten die Schule der Franziskanerinnen. Es ging ihnen gut.

Die Männer bemerkten Helen im Wintergarten und winkten ihr fröstelnd zu.
"Ungemütlich.", schimpfte John und schüttelte sich. "Laß uns hochgehen! Wir müssen den Mädels erzählen, wen du uns Heiligabend mitbringst."
Angezogen vom Duft der Brötchen gingen die beiden zurück ins Haus.

Nach dem Tee setzte sich Martin an den Flügel, den John vor zwei Jahren gekauft hatte, denn Margaret Mary, seine jüngste Tochter, hatte unbedingt Klavierspielen wollen. Es war ihr sehnlichster Wunsch und so war die Familie zu dem Steinway gekommen, der den großen Salon auf magische Weise zu beherrschen schien. Das Mädchen war fasziniert von seinem geheimnisvollen Glanz, der sie an das tiefe Schwarz von Morellen zu erinnen schien, die sie so gern aß und sie liebte die atemberaubende Form des Flügels. Liebevoll, ja fast andächtig strich sie jedesmal über seine spiegelnde Oberfläche, bevor sie zu Üben begann.
"Was ist mit unserer Wettfahrt?", fragte sie Martin. Sie hatte auf dem Hocker neben ihm Platz genommen und schnell das Notenbuch aufgeschlagen. Doch sie wartete nicht auf seinen Einsatz, sondern strahlte ihn übermütig an und begann auch schon zu spielen, ohne einmal auf die Noten zu sehen, denn das Stück kannte sie ja auswendig. Sie versuchte nur eins, schneller zu spielen als er.
Es war ein großer Spaß und nur darum ging es – eine Wettfahrt auf dem Klavier.
"Gewonnen. Du hast gewonnen!", gab sich Martin lachend geschlagen und die Familie jubelte und applaudierte vergnügt.
"Bravo, Bravo!" riefen sie.
"Mit Joe wird dir das aber nicht so leicht gelingen. Der kann wirklich Klavier spielen. Wart's nur ab!", warnte Martin.
Doch Maggie ließ sich nicht beirren. Sie rutschte auf dem Schemel solange hin und her, bis er bereitwillig Platz machte.
"Das werden wir ja sehen. Wann kommt er denn?", fragte sie kess, aber sie wartete nicht auf eine Antwort, dafür war jetzt wirklich keine Zeit.
Mit Hingabe spielte sie vor, was sie in den vergangenen Wochen gelernt hatte. Später setzten sich Emma und Waltraud

mit ihren Gitarren dazu und Helen begleitete sie auf der Laute. Martin hörte ihnen von seinem Lieblingsplatz zu, er hatte sich in *seinem* Ohrensessel verkrochen und blätterte in einem Buch. "Ich bin mal geee-sss-pannt auf diesen Jossssephh!", lispelte Maggie albern, als Helen aus der Küche kam und Martin eine Pappschachtel in die Hand drückte.

"Für deinen Freund. Er soll sich's schmecken lassen! Und richte ihm bitte aus, wir würden uns sehr freuen, wenn er mit uns Weihnachten feiert." Und mit einem Augenzwinkern fuhr sie fort. "Bring ihn bitte mit! Du hast ja gesehen, Maggie braucht unbedingt eine neue Herausforderung am Klavier." Dann sah sie ihre Tochter an. "Und nicht nur dort!"

Die Mädels stießen sich gegenseitig in die Seite und verabschiedeten sich kichernd von Martin. Der machte sich auf den Weg. Es war nicht weit zur Chouteau Avenue, wo er in die Straßenbahn stieg.

Schon als Fünfzehnjähriger hatte Martin unbedingt Priester werden wollen, um Indianer zu bekehren, wie er allen erzählte. Zusammen mit seinem Onkel Georg, der wie er aus Heppenheim stammte, war er nach Missouri gereist. Pfarrer Georg Höhn betreute dort die Gemeinde von Starkenburg und er hatte seiner Schwester, Martins Mutter, versprochen, für Martins Ausbildung zu sorgen und so hatten die Eltern ihren Sohn schweren Herzens gehen lassen.

John Walchshauser und Georg Höhn hatten sich beim Bau der neuen Kirche kennengelernt und als Martin nach dem Abitur nach St. Louis ging, um am Kenrick Seminar zu studieren, hatten ihn die Walchshausers mit offenen Armen aufgenommen.

Rumpelnd bog die Straßenbahn von der 12. Straße in die Clark Avenue. Martin wurde unsanft aus seinen Träumen gerissen und schaute mißmutig durch die beschlagenen Fenster.

Gegenüber dem Justizgebäude erkannte er das düstere Gelände des ehemaligen Sklavenmarktes. Es schauderte ihn jedes Mal, wenn er hier vorbeifuhr, denn das markerschütternde Kreischen der eisernen Räder klang in seinen Ohren wie das Wehklagen der ungezählten Menschen, die man hier noch vor wenigen Jahren wie Vieh gehandelt hatte.

Am folgenden Tag traf er Joseph zum gemeinsamen Mittagessen im Refektorium.
"Ich soll dir herzliche Grüße von Helen Walchshauser ausrichte.", sagte er und stellte einen verbeulten Pappkarton auf den Tisch. "Nachtisch, Joseph!"
Er konnte sich ein Grinsen nicht verkneifen, denn er wußte wohl, dass Joseph das Essen der Vincentian-Brüder als große, persönliche Prüfung ansah. Es war Joseph immer zu wenig und das Wenige schmeckte ihm nicht. Aber Joseph beklagte sich nicht, obwohl er ständig hungrig war und manchmal etwas knurrig. Doch jetzt hatte er es eilig.
"Laß uns gehen!", drängte er.
Und obwohl es ziemlich kalt war, setzten sich die zwei auf die wacklige Bank im hinteren Teil des Gartens. Hastig öffnete Joseph den Karton, als er Helens Leckereien ausgepackt hatte, war er so entzückt, dass er beinah vergessen hätte, sich bei Martin zu bedanken.
"Thaank uuhhh!"
Martin ahnte, was Joseph hatte sagen wollen und erzählte ihm von seinem Besuch bei den Walchshausers.
"Sie haben uns eingeladen. Zu Weihnachten!"
"*Uns?* Die kennen mich doch gar nicht", antwortete Joseph. Er schüttelte den Kopf und kriegte keinen Bissen mehr herunter. *Weihnachten,* dachte er und sah auf das Sandwich in seiner Hand. Er spürte einen dicken Kloß in seinem Hals.

“Schmeckt’s dir nicht?” Martin stutzte einen Moment und redete schnell weiter. “Ich hab’ ihnen von dir erzählt. Sie sind schon ganz neugierig auf dich. Außerdem ist die kleine Maggie ganz versessen darauf, zu hören, wie du Klavier spielst.” Er ließ Joseph nicht aus den Augen. “Na, komm schon!”, sagte Martin und stupste Joseph mit dem Ellbogen in die Seite, so wie er es immer tat. “Die Walchshausers sind wirklich nett, sie haben einen Steinway und leckeres Essen gibt’s auch, Joe!” Doch Joseph ließ den Kopf hängen, er wollte nicht, dass Martin seine Tränen sah. Schweigend trotteten die beiden durch den Garten zurück. Aber der Tag endete mit einer weiteren Überraschung. Der Kurator des Klosters hielt einen Brief aus der Heimat für Joseph in Händen.

Osterkappeln, 12. November 1912

Mein lieber Joseph,

Dank für Deinen lieben Brief. Nur wenige Tage nach Deiner Abreise bist Du zum zweiten mal Onkel geworden. Wir haben unseren Sohn im Gedenken an Vater auf den Namen Leonard taufen lassen. Ernst ist Taufpate, er hat Dich würdig vertreten. Wir sind alle wohlauf. Mutter und August lassen Dich herzlich grüßen. Wir sind erleichtert, dass Du die lange Reise gesund überstanden hast und unversehrt in St. Louis angekommen bist. Bald mehr!

Wir denken jeden Tag an Dich!!!
Gerade jetzt. Frohe Weihnachten!

Deine Schwester Elisabeth

Sie hatte die Zeilen auf die Rückseite eines Fotos geschrieben. Es zeigte den kleinen Leonard, der im Täuflingskleid auf dem Schoß seiner Großmutter Johanna lag. Johanna Keller saß in einem Lehnstuhl. Schwiegersohn August und ihre Tochter Elisabeth standen dahinter. Enkelin Clara, mit einer weißen Schleife in der blonden Mähne, schmiegte sich an die Mutter und ließ den neuen Bruder nicht aus den Augen.
Lange hielt Joseph das Foto in seiner Hand.
"Weihnachten...?"

Es dämmerte bereits, als sie am Heiligen Abend das Haus der Walchshausers in der 8. Straße erreichten.
Martin läutete.
"Ich bin ein bisschen aufgeregt. Nur gut, dass wir heute nicht Englisch sprechen müssen!", sagte Joseph.
Dann wurde die Tür geöffnet, der Hausherr begrüßte die beiden und führte sie in die Eingangshalle, wo Helen schon mit Waltraud und Emma auf die Besucher wartete.
"Herzlich Willkommen! Schön, dass Sie gekommen sind." Sie wurden durch ein Kreischen und Gejauchze unterbrochen. Alle Blicke richteten sich nach oben. Maggie rutschte, verfolgt von ihrem Bruder, auf dem Treppengeländer vom ersten Stock zum Flur herunter und landete prustend und gut gelaunt direkt vor ihnen.
"Da bin ich! Hallo Martin! Guten Tag, Herr Keller." Übermütig deutete sie einen Knicks an.
"Sagen Sie einfach Joseph bitte, sonst muss ich Sie noch mit Fräulein ansprechen!"
Maria!, dachte er. *Sie sieht aus wie Maria!*
"Nein, lieber nicht!" Maggie schüttelte energisch den Kopf.
"Wirklich nicht!", fuhr Helen dazwischen. "Zum Fräulein ist es noch weit hin, davon haben Sie sich ja gerade selbst über-

zeugen können!" Sie war verärgert. "Benehmt euch bitte! Wenigstens heute, Kinder!"
Auch Billy begrüßte die Gäste. Er hatte Weihnachtsferien und war schon seit einigen Tagen aus Chicago zurück.
"Dann sind wir ja komplett!"
Beschwingt kam John aus der aus Küche. Auf der rechten Hand balancierte er gekonnt das silberne Tablett und reichte jedem ein Glas mit dampfendem Weihnachtspunsch.
"Frohe Weihnachten!"
Sie prosteten sich zu.
"Frohe Weihnachten!"
Noch immer standen sie in der hell erleuchteten Eingangshalle. Hier wartete die Familie jedes Jahr auf die Bescherung. Sie unterhielten sich mit glühenden Wangen, denn der Punsch zeigte schon bald seine Wirkung. Als John sein Glas geleert hatte, stellte er es zurück auf das Tablett, löschte schnell alle Lichter und verschwand. Es wurde still im Flur. In der Dunkelheit verharrend verfolgten sie gespannt, wie das Wohnzimmer auf der anderen Seite der geätzten Glasscheiben nach und nach vom warmen Kerzenlicht erleuchtet wurde.
Dann erklang, wie aus weiter Ferne, ein helles Glöckchen und die große Flügeltür zum Salon öffnete sich.
Joseph mußte an seine Mutter denken, an seine Schwestern, an seinen Schwager August und seinen kleinen Neffen, Leo.
Weihnachten in Osterkappeln. Doch plötzlich kamen auch andere Bilder zurück und die Erinnerung an Hünfeld war wieder da.
Er schluckte.
Seine Wangen glühten, sein Herz schlug bis zum Hals und er war dankbar für den gnädigen Kerzenschein.
"Bitte eintreten, das Christkind war da!"
John nahm Helen bei der Hand, Billy führte Emma und Martin

begleitete Waltraud. Joseph folgte der weihnachtlichen Prozession an der Seite von Maggie. Die zupfte ihn am Arm und er folgte ihr bis zum Klavierschemel. Sie setzte sich schnell und gab ihm zu verstehen, dass er sich ebenfalls setzen sollte. *Sie ist noch ein Kind,* dachte er, *viel jünger als Maria, aber sie ist genauso unbekümmert. Maria...*

Die anderen standen in einem Halbkreis um den geschmückten Tannenbaum, dessen silberne Spitze beinahe bis an die Decke reichte. Am Nachmittag hatte Billy mit seinem Vater den Baum über und über mit silbernen Glaskugeln und Lametta geschmückt. Das Licht der nach Honig duftenden Kerzen brach sich tausendfach im Christbaumschmuck – es war eine Pracht. Unter dem Tannenbaum lagen unzählige Päckchen, die mit üppigen Schleifen liebevoll verziert waren.

"Ich weiß, dass Sie Klavier spielen", flüsterte Maggie ihm ganz unbekümmert ins Ohr.

Joseph nickte geistesabwesend.

"Martin hat mir das verraten", hörte er ihre Stimme. *Ihre?* Wessen Stimme hörte er da eigentlich? Er war ganz durcheinander.

"Würden Sie mir helfen, bitte!", hörte er die Stimme aus weiter Ferne fragen, und es war wohl doch Maggie, die ihn fragte, und die saß neben ihm auf dem Klavierhocker.

* DEUTSCHE WEIHNACHTSLIEDER *

Das Mädchen schlug das Notenbuch auf, und begann zu spielen. Joseph blätterte irritiert die Seiten um. *Hatte sie ihn darum gebeten?* Er war mit seinen Gedanken ganz woanders. "Am Weihnachtsbaum, die Lichter brennen", hörte er die Familie singen und Martin sang nach Kräften mit. Maggie spielte ein Weihnachtslied nach dem anderen und Joseph blätterte weiter

die Seiten um und erst als “Stille Nacht, heilige Nacht!” an die Reihe kam, hatte er sich gefangen.
“Dann wollen wir mal seh’n, für wen da etwas unter dem Baum liegt”, sagte Helen geheimnisvoll und verteilte mit John die Geschenke. Ein aufgeregtes Stimmengewirr erfüllte das Wohnzimmer. Es duftete nach Tannengrün und Bienenwachs, nach Weihnachtsgebäck und heißem Punsch.

Nach dem Essen machte es sich John in seinem Ohrensessel bequem und versuchte, seine neue Taschenuhr zu stellen. Helen setzte sich neben ihn auf die Lehne, strich ihm durch die Haare und küßte ihn auf die Stirn. Vergnügt schauten sie dem ausgelassenen Treiben um den Tannenbaum zu. Martin hatte sich in *seinen* Ledersessel neben der Stehlampe verkrochen. Er war in seinen Roman vertieft und hatte alles um sich herum vergessen.
Joseph hatte die Christmas Cigars aus Bertie’s Zigarrenladen ausgepackt. Er stand im Wintergarten und unterhielt sich angeregt mit Billy. Die zwei waren eingehüllt in eine duftende Wolke kubanischen Zigarrenrauchs.
Die Mädels posierten vor dem Fenster des Wohnzimmers und probierten ihre neuen Hüte auf, denn die großen Scheiben eigneten sich wunderbar als Spiegel. Aufgekratzt schubsten sie sich hin und her, zogen verwegene Grimassen und musterten glucksend die ungewohnten Kreationen auf ihren Köpfen.

“Entschuldige mich bitte einen Moment!”, sagte Joseph. Er ließ Billy im Wintergarten stehen, durchquerte eilig das Wohnzimmer und kehrte mit einem Notenbuch aus der Eingangshalle zurück.
“Ich habe etwas für heute Abend vorbereitet”, sagte er mit klopfendem Herzen, als er vor Helen und John stand.

“Martin hat mir erzählt, dass Sie Robert Schumann über alles lieben.” Er wies auf den Steinway. “Darf ich?”
“Oh ja! Bitte!” Überrascht sahen sich John und Helen an und lehnten sich zurück.
Etwas ungelenk versuchte Joseph sich zu verneigen.
“PHANTASIE!”
Martin schaute auf. Er klappte sein Buch zu. Billy schloß die Tür zum Wintergarten und ließ sich in den nächsten Sessel fallen. Die Mädchen waren mit ihren Geschenken beschäftigt und hatten gar nicht auf Joseph geachtet. Schnell drapierten sie ihre Hüte wieder unter den Baum. Waltraud und Emma setzten sich zu ihren Eltern, nur Maggie nicht, die setzte sich schnell auf den Klavierhocker und hielt gespannt den Atem an.
Martin nickte ihm aufmunternd zu und Joseph setzte sich zu ihr. *Sie ist noch ein Kind,* dachte er. An diesem prachtvollen Instrument konnte ihm nichts passieren. Anders als draußen in den Straßen von St. Louis und anders als im Seminar, wo er sich manchmal so dumm und hilflos vorkam.
Im Musikzimmer des Konvents hatte er sich auf den Abend vorbereitet, hatte dort solange gesessen und geübt, bis er endlich seine Sprache wiedergefunden hatte – die Musik.
Leidenschaftlich, vielleicht ein wenig zu heftig begann er mit dem ersten Satz. Erstaunt sah sich die Familie an, Martin hatte nicht zu viel versprochen, sie nickten sich zu und folgten ihm fasziniert auch durch den zweiten Satz – das hatten sie nicht erwartet.
Mit einem Höhepunkt, der wie ein kraftstrotzendes *Amen!* klang, beendete er schließlich sein kurzes Konzert.
Er hatte seine Sache gut gemacht.
Stille machte sich breit im Wohnzimmer der Walchshausers und als er das Notenheft zuklappte, umarmte ihn Maggie und drückte ihn so fest an sich, dass er ihr pochendes Herz spürte.

Eine brennende Röte überflutete sein Gesicht und das Mädchen lief verstört aus dem Salon. Helen schaute ihr nach und bemerkte Johns besorgtes Gesicht.
“Er wird Priester! Maggie ist noch ein Kind!”, flüsterte sie.
“Und ich bin der Weihnachtsmann!”, flüsterte er zurück. Er zwickte sie in den Arm. “Sieh mal nach!”
Doch als sie sich nicht rührte, stand er auf und zog Helen mit beiden Armen von der Lehne.
“Da müssen wir jetzt durch, na geh schon!”
Die beiden bedankten sich bei dem verblüfften Pianisten, der immer noch wie erstarrt auf dem Klavierschemel saß und sich am liebsten unter dem Flügel verkrochen hätte, er war wie gelähmt.
“Maggie kann manchmal ganz schön stürmisch sein”, sagte Helen, wie, um sich selbst zu beruhigen.
Das gefällt mir ja so an ihr, hätte Joseph fast gesagt, blieb aber stumm, denn er wußte gar nicht, was er antworten sollte. Es hatte ihm die Sprache verschlagen. *Ihm* hatte die Umarmung gefallen. Ja doch, sehr sogar! Doch das traute er sich natürlich nicht zu sagen. Maggie war ja fast noch ein Kind, aber sie hatte ihm ihre Zuneigung gezeigt, hatte ihn umarmt. Sehr viel Nähe für einen Seminaristen, wie er wußte. Er mochte sie, wie eine Schwester vielleicht, vielleicht auch ein wenig mehr, und nein, er hatte sich nicht in sie verliebt. Oder?
Joseph war völlig durcheinander, er dachte an Maria, die Frau, die er wirklich geliebt hatte, jedenfalls soweit er das beurteilen konnte, denn in Fragen der Liebe kannte *er* sich nicht besonders gut aus, hatte er doch kaum Erfahrung auf diesem Gebiet sammeln können, schließlich hatte er Priester werden wollen. Daher hatte für ihn bis zu dem verhängnisvollen Tag, an dem er Maria das erste Mal gesehen hatte, immer nur eins gegolten. Gott ist die Liebe.

Seine Gedanken führten ihn zurück in die Villa, in der Maria mit ihren Eltern gewohnt hatte. Er versuchte sich zu erinnern, wann er sie, Maria, das letzte Mal in seinen Armen gehalten hatte. Zwei Jahre war das her – eine Ewigkeit. Damals war sein Leben total aus den Fugen geraten. Plötzlich tauchten die Bilder des trostlosen Kaffs in der Rhön wieder vor ihm auf, eine quälende Sequenz von Kälte, Dunkelheit und Tod. Bilder aus den Tagen, als Gott ihn verlassen hatte.

Martin saß da mit offenem Mund. Er konnte es nicht fassen. Josephs Konzert hatte den Verlauf des Heiligen Abends etwas durcheinander gebracht.
Billy grinste und Emma und Wally kicherten verlegen, als ihre Mutter nach einer Weile zurückkehrte. Sie hatte ihre Jüngste getröstet und zu Bett gebracht. Ja, das arme Kind hatte sich verliebt und war völlig verstört.
John brachte ein dampfendes Backblech aus der Küche, voller frisch gerösteter, herrlich duftender Keschte.
"Heiß! Heiß!", rief er laut und setzte das Blech mit den Esskastanien ab. "Greift zu, Kinder!"
Als er Helens Blick sah, wußte er Bescheid.
Ich bin doch nicht der Weihnachtsmann!, dachte er.
Er schüttelte den Kopf, hatte er es doch geahnt, er legte die gefütterten Handschuhe beiseite, schenkte von seinem berüchtigten Punsch nach und prostete Helen zu.
"Schöne Bescherung!"

Kapitel 3

Konnte es wohl je einen schrecklicheren Gedanken für einen jungen Mann geben, der kurz vor seiner Priesterweihe stand, als diesen:
Gott ist *nicht* die Liebe!
Ihr lasst mich sterben, dachte Joseph, denn er spürte das Öl an seinen Füßen, auf seinen bleischweren Augenlidern, der glühenden Stirn und den kraftlosen Händen.
"Durch diese Salbung und durch seine mildreiche Barmherzigkeit verzeihe dir der Herr, was du gesündigt hast durch Sehen, Hören, Reden, Riechen, Tasten und Tun. Amen!", hörte er den Abt das Todesurteil unnachgiebig verkünden.
Sie wollen nicht, dass ich weiterlebe, dachte er in seinem Fieberwahn, doch er träumte das alles nicht.
Alles soll seine Ordnung haben! Oh ja, er wußte, warum sie das wollten.
Maria.
"Maria!", stöhnte er und bäumte sich auf.
Das war alles, was ihm in dieser qualvollen Zeit, in der ihm

Tag und Nacht wie glühendes Magma erschien, über die aufgeplatzten Lippen kam.
Abt Odilo sah den Arzt des Klosters, Dr. Walter Broermann, entsetzt an und auch die anderen Brüder, die sich um das Krankenlager des Seminaristen versammelt hatten, ahnten, dass Joseph Keller nicht Maria, die Mutter des Herrn, gerufen hatte. Es wurde unruhig in der stickigen Kammer, in der außer dem Bett nur ein Schrank und einfacher Holzstuhl standen und ein schlichtes Holzkreuz an der Wand gegenüber der Schrankseite, in Augenhöhe neben dem schmalen Fenster, hing.
Joseph hörte das Stimmengewirr um sich herum und diese Stimmen taten ihm weh.
Er war erschöpft. Doch er wollte ihnen noch etwas sagen, er wollte ihnen sagen, dass er Maria liebte und, dass er leben wollte. Hatte er sie nicht eben noch gerufen?
Das könnt ihr nicht tun! Legt mich um Himmels Willen nicht in diese kalte Kiste, nicht in den Sarg! Bitte!
Seine Lippen versuchten, Worte zu formen, doch er war zu geschwächt. Er konnte die Worte nur denken.
Und was ist schon der Wille des Himmels?
Wie aus weiter Ferne hört er im Chor seine Mitbrüder inbrünstig sein Todesurteil bestätigen:
"Herr, so nimm denn unseren Bruder Joseph auf in dein ewiges Himmelreich!"
Ihr habt einen Pakt geschlossen. Ihr wollt mich loswerden. Nein, ihr wollt mich nicht vor dem Tod retten, dachte er. *Meine Sünden wollt ihr mir vergeben, wie gnädig, und als Sühne habt ihr gleich die Höchststrafe gewählt. Denn wenn ich tot bin, wäre alles so einfach für euch, kein Makel würde am Kloster haften. Das würde euch so in den Kram passen.*
Er bäumte sich auf in seinem Fiebertraum.
Den Gefallen werde ich euch nicht tun!, nahm er sich vor.

Leben wollte er und der Gedanke an Maria hielt ihn am Leben.
Maria.
Joseph hörte ihr Klavierspiel, ihre immer ein wenig aufgeregt klingende Stimme, die so viel zu erzählen wußte und gar nicht verstummte. Er sah ihre zarten, durchscheinenden Hände.
Vage nur nahm er Marias Mutter wahr, die es nicht auszuhalten schien in Hünfeld und immer irgendetwas zu tun hatte, nie zuhause sein wollte oder konnte. Und einmal, nur ein einziges Mal traf er auch ihren Vater, den Bankier, der die Geldangelegenheiten des Ordens regelte und mit kluger und umsichtiger Hand das Vermögen der Brüder mehrte. Heinerich von Haaren hatte ausdrücklich darum gebeten, ihm den besten Klavierlehrer aus den Reihen des Ordens für seine Tochter zur Verfügung zu stellen. Und der Abt übertrug Joseph diese Aufgabe.
Der junge Seminarist war ein überragender Organist und es gab im Kloster niemanden, der so Klavier spielte wie er. Und so kam Joseph in diese Villa, die eine schier unbeschreibliche Anziehungskraft auf ihn ausübte. Und es war nicht Maria, die ihn zuerst verzaubert hatte, nein, gleich auf den ersten Blick hatte ihn dieses so schlicht eingerichtete Haus in seinen Bann gezogen. Joseph liebte die honiggelben Holzböden, deren matter Glanz ihn an kandierte Früchte erinnerten. Er mochte das weißgetünchte, lichtdurchflutete Bürgerhaus mit seinen weißen Fensterläden, das aus dem schwarzen Grün seiner Umgebung herausstrahlte und so gar nicht in das düstere, gottverlassene Hünfeld zu passen schien, sondern vielmehr einen Platz irgendwo am schönsten Ufer der Elbchaussee verdient hätte.
Hünfeld war mit der Welt durch eine eingleisige Eisenbahnstrecke verbunden, die bis nach Fulda reichte und die zunächst für den Abtransport von Bauholz gebaut worden war, das in der Gegend geschlagen wurde. Auch eine holprige Straße führte in das Dorf, das versteckt zwischen den Wäldern der Rhön

lag. Beherrscht wurde es von dem klotzigen Klosterbau aus fettem Sandstein, der über dem Kaff thronte. Hier wohnte die Familie von Haaren. Doch Heinerich von Haaren war, wie auch seine Frau Hedwig, während der Woche selten zuhause. Hedwig hielt es in Hünfeld nie lange aus und war ständig auf Visite, wie sie das nannte, und ihr Mann kümmerte sich um seine Bank im fernen Fulda. Für Maria war gesorgt. ihr Vater hatte für seine Tochter einen Privatlehrer engagiert, der mit seiner Familie in einem kleinen Häuschen unterhalb des Klosters wohnte.
Nachdenklich taxierte Heinerich Joseph.
"Sie wollen also Priester werden? Marias Vater erwartete keine Antwort, dachte nur, *Schade, eigentlich!* und gleich darauf, *Vielleicht besser so!,* und war irgendwie erleichtert, dass von diesem schlanken, vielleicht etwas zu dünnen Kerl mit den kastanienbraunen Haaren und den blauen, lebendigen Augen hinter der Nickelbrille keine Gefahr für seine Tochter drohte.
"Maria scheint Ihr Unterricht gut zu tun", sagte er. "Sie macht enorme Fortschritte. Weiter so!"
Einerseits fühlte sich Joseph geschmeichelt, doch er war ratlos und verzweifelt. Stand er doch kurz vor seiner Priesterweihe und nun das, er hatte sich in Maria verliebt.
Einmal in der Woche bot sich Joseph die Gelegenheit, die mächtigen Klostermauern zu verlassen. An einem Tag Anfang Februar lief er wieder zur Villa der von Haarens. Es war nicht weit, doch es regnete in Strömen, seit Tagen wollte es nicht hell werden in der Rhön und es roch nach kalter Erde.
Marias Vater ging seinen Geschäften in Fulda nach, die Mutter war auf Visite bei einer ihrer Cousinen. Nur Cillie, das Hausmädchen, das eigentlich Cäcilie Wolke hieß und der gute Geist des Hauses war – Maria liebte sie insgeheim jedenfalls mehr als die Mutter – ja, Cillie, die Wolke, schwebte den ganzen Tag

durch's Haus und immer war ihr fröhliches Summen aus einem der vielen Zimmer zu hören. Cillies heiteres Wesen hatte sich auf Maria übertragen.
Cillie Wolke, dieser Name passt wunderbar zu diesem luftigen Haus, dachte Joseph, als er durch den Regen lief. Und er dachte an die Liebe, an Maria. Und es kümmerte ihn nicht, dass er völlig durchweicht in der Villa ankam. Endlich saß *sie* wieder neben ihm. Er fragte sich, warum der Orden *ihn*, gerade *ihn* auf diese Probe stellte. Und er wußte, nein, noch ahnte er nur, dass er diese Prüfung nicht bestehen sollte.
Gott ist die Liebe, hämmerte es in seinem Kopf. *Gott ja! Aber Maria? Wer und was war Maria? Der Teufel etwa? Oder gar die Sünde? Nein, das konnte ja gar nicht sein.* Nach allem, was er gelernt hatte war *sie* auf jeden Fall nicht Gott. Aber sie war ihm viel näher als Gott und sie war wunderschön. Ihre wilden, blonden Haare mochte er sehr. Diese Mähne, die sich einfach nicht bändigen lassen wollte. Und er liebte jede einzelne Sommersprosse, die er in ihrem zarten Gesicht entdeckte, und es gab wirklich viele zu entdecken. Es durchzuckte ihn jedes Mal, wenn sich ihre Hände wie zufällig berührten, und als sie ihn das erste Mal so unvermittelt und offen ansah, wie sie das tat, wenn sie sich unterhielten, da wußte er, dass er sie liebte – und nun durfte Maria nicht die Liebe sein?
Auf keinen Fall für *ihn*, den Priesteranwärter!
Warum ich, gerade ich?, haderte Joseph mit seinem Schicksal und er versuchte sich zusammenzureißen, an etwas anderes zu denken. Doch es gelang ihm nicht! Unaufhörlich trommelte der Regen gegen die beschlagenen Fensterscheiben und Josephs durchnässte Anzugjacke hing schwer auf seinen Schultern.
"Ich liebe Dich", sagte er zu ihr und er war froh, dass es endlich heraus war. Umständlich klappte er ihr Notenblatt zu und traute sich nicht, sie anzusehen. Ihn fror auf einmal.

Und Maria?
Sie schwang sich entschlossen vom Hocker und setzte sich mit grazilem Schwung auf den Flügel aus poliertem Wurzelnußbaum.
“Wenn Vater das sehen würde.” Sie lachte fröhlich und breitete ihre Arme aus. “Komm her!”
Und dann stand er vor ihr, beugte sich zu ihr und küsste sie. Ja, er küsste sie. Nie zuvor hatte er das getan. Mädchen küssen, nie vorher wäre er auf so eine verrückte Idee gekommen. Nein, er wollte doch Priester werden und keine Mädchen küssen.
Warum hat mich der Orden nur hierher geschickt?, fragte er sich noch. Doch da schlang Maria schon ihre Beine um ihn und drückte ihn an sich, ihre Wärme durchdrang seine feuchte Kleidung. Ganz nah war sie ihm, sie duftete herrlich frisch und für einen Augenblick vergaßen die beiden die Welt um sich herum.
“Soll ich dir die Liebe zeigen?”, fragte er sie eine Klavierstunde später. Es ging ihm seit einigen Tagen nicht gut, er hustete, hatte hohes Fieber, doch im Kloster hatte er niemandem davon erzählt, denn auf die kostbare Zeit an der Seite Marias wollte er auf keinen Fall verzichten. Es war auch längst zu spät und die Dinge nahmen ihren Lauf.

In der nächsten Woche fiel der Unterricht aus. Joseph erschien auf einmal nicht mehr zum Klavierunterricht und nichts von dem, was hinter den Klostermauern passierte, drang zunächst nach außen.
“Vergib mir, ich habe gesündigt. In Worten und Taten”, begann Joseph seine Beichte. Er war todkrank, gezeichnet von einer Lungenentzündung. Totenbleich sah er seinen Beichtvater vom Krankenbett an und erzählte mit brüchiger, fiebriger Stimme von seiner Liebe zu Maria.

“Wie kannst du uns das antun? Gott ist die Liebe!”, herrschte Rudolph ihn an. “Du hast große Schuld auf dich geladen.”
Das Sprechen hatte ihn sehr angestrengt, trotzdem richtete Joseph sich mühsam auf. “Gott ist die Liebe, ich weiß! Und ich weiß auch, dass ich mich schuldig gemacht habe.”
Ja, Gott ist die Liebe!, dachte er. *Gott wird mir meine Sünden vergeben!* In dieser Hoffnung ließ er sich zurück in sein Kissen fallen, nicht ahnend, dass nicht nur Bruder Rudolph seine Beichte gehört hatte. Und auch mit diesem Geheimnis passierte, was mit so vielen Geheimnissen geschieht. Erst auf Nachfrage des Vaters erfuhr die Familie von Haaren, dass Joseph an einer Lungenentzündung erkrankt war und auf dem Sterbebett lag.
“Wir beten für ihn. Er hat bereits die Sterbesakramente empfangen, denn es gibt kaum noch Hoffnung”, wurde Heinerich von Haaren beschieden. “Wir tun alles, was in unserer Macht steht!”, versicherte ihm Abt Odilo. Dann bat der Abt des Oblatenklosters Marias Vater in sein Arbeitszimmer und erzählte ihm, was Joseph im Vertrauen auf das Beichtgeheimnis Bruder Rudolph anvertraut hatte.
“Niemand wird von dieser Geschichte erfahren”, versuchte er Heinerich zu besänftigen, denn der war außer sich.
“Wie ich schon gesagt habe,” versuchte ihn Odilo zu beruhigen. “Es besteht nur wenig Hoffnung, Joseph Keller wird die nächsten Tage wohl kaum überleben.”
Doch er sollte sich täuschen.
Abt Odilo wusste vielleicht etwas von Gott. Vielleicht! Aber von der Liebe und vom Leben hatte er keine Ahnung
Am nächsten Tag schon verließ Hedwig von Haaren in Begleitung ihrer Tochter die Villa in Hünfeld, um in die Schweiz zu reisen. Es war ein tränenreicher Abschied, besonders von der geliebten Cillie mochte Maria sich gar nicht trennen. Doch in

all dem Durcheinander und der Hektik vor der Abreise hatte Maria ihrem Vater ein Versprechen abgerungen.
Noch am selben Tag machte sich der Mediziner Dr. Albrecht Broermann in Würzburg auf den Weg, um so schnell wie möglich nach Hünfeld zu kommen. Drei Wochen blieb er dort, verließ das Kloster nur, um für ein paar Stunden im Haus seines Freundes Heinerich auszuruhen und verbrachte Tag und Nacht an Josephs Krankenbett.

Mitte April, der Frühling hatte inzischen auch in der Rhön Einzug gehalten und irgendwo draußen auf dem Atlantik hatte sich eine unvorstellbare Schiffskatastrophe ereignet, konnte Joseph die Krankenstation des Klosters verlassen. Der Abt hatte ihn zu sich gerufen.
Mit klopfendem Herzen stand Joseph ihm gegenüber.
"Du siehst schon viel besser aus. Wie geht es dir?", begrüßte ihn der Abt und ohne eine Antwort abzuwarten, kam er gleich auf den Punkt. "Es grenzt an ein Wunder, dass du noch lebst, Joseph, aber wir werden dich nicht zum Priester weihen und ich denke, du weißt warum."
"Aber ich bin wieder gesund. Gott hat gewollt, dass ich lebe."
"Gott hat dich leben lassen, das ist richtig, du bist aber immer noch sehr schwach und wenn ich Dr. Broermann richtig verstanden habe, musst du dich noch eine Weile schonen." Einen Augenblick schaute der Abt wie abwesend aus dem Fenster in den Klostergarten, dann fuhr er fort. "Ja, Gott hat Dir dein Leben noch einmal geschenkt und vielleicht hat er noch etwas mit Dir vor. Aber nicht hier bei uns. Wir können es nicht verantworten, dich in unseren Orden aufzunehmen, und da ist ja auch noch etwas anderes."
Joseph schluckte, er mußte an Maria denken und er nickte. Ja, da war noch etwas. Doch der Abt erwähnte Maria mit keinem

Wort und bedeutete ihm nur, “Wir können dich auch nicht als einfachen Bruder in unseren Reihen behalten, das wirst du verstehen!” Er reichte Joseph ein Schreiben. “Lies das hier in Ruhe durch. Vielleicht ist das dein Weg? In Amerika werden händeringend deutschsprachige Priester gesucht, schreibt uns der Bischof von St. Louis. Denk darüber nach! Wenn du gesund bist, kannst du es vielleicht dort versuchen!”

Ja, zum Teufel, er wollte es versuchen.
Erst vor wenigen Monaten hatte Joseph Hünfeld verlassen und er hatte keine gute Erinnerung an diese Zeit mit nach Hause genommen. Doch seine Strafe hatte er akzeptiert.
Es muss sein!
Es war Freitag, der 28. August 1912.
Die letzte Nacht im Haus seiner Mutter hatte er kaum schlafen können. Immer wieder hatte er an die bevorstehende Reise aber auch an das, was er zurückließ, denken müssen. Er, gerade er, wollte nach Amerika? Selbstzweifel waren in ihm hochgestiegen. Er wollte in St. Louis schaffen, was er in der Heimat nicht geschafft hatte? Würde er wohl gesund dort ankommen? Und würden sie ihn wirklich zum Priester weihen?
Nur allmählich verdrängte die Angst vor der langen Schiffsreise, aber auch die Neugier auf das, was ihn erwarten würde, seine Zweifel.
Nur für wenige Monate sollte Joseph noch das Priesterseminar in St. Louis besuchen, dann würde man ihn zum Priester weihen, hatte ihm Bischof Brennon versichert. Das Angebot aus Amerika hatte wirklich verlockend geklungen, nach kurzer Bedenkzeit hatte Joseph den Vertrag unterschrieben und nach Amerika zurückgeschickt. Der Orden in Hünfeld hatte sofort mitgespielt. Abt Odilo war erleichtert, dass Joseph seiner Anregung gefolgt war.

Man hätte den Seminaristen nicht zum Priester weihen können, weil dieser schwer erkrankt sei, hieß es nun offiziell.
Dann war alles ganz schnell gegangen. Joseph hatte die wenigen Habseligkeiten verkauft, die er besessen hatte. Er wollte nichts von seinem alten Leben mitnehmen, auch seine Erinnerungen hätte er am liebsten zurückgelassen. Doch so einfach war das nicht. Maria konnte er nicht vergessen.

Vor dem Haus seiner Mutter wartete Joseph auf die Pferdedroschke, die ihn zum Bahnhof von Osterkappeln bringen sollte und obwohl es noch früh war, gerade hatte es fünf vom Turm der St. Lambertikirche geschlagen, kündigten schon die ersten Sonnenstrahlen einen heißen Sommertag an. Einige Arbeiter hasteten vorbei, um den Frühzug nach Osnabrück zu erreichen, sonst war kein Mensch im Dorf zu sehen. Von den umliegenden Bauernhöfen war der morgendliche Weckruf der Hähne zu hören, Kühe meldeten sich mit heiserem Muhen.
Unruhig schritt Joseph den Kiesweg, der durch den Vorgarten zur Straße führte, auf und ab. Immer wieder sah er auf die goldene Taschenuhr, die er von seinem Vater geerbt hatte und hielt Ausschau nach der bestellten Droschke.
Die Zeit verstrich, nichts geschah.
Joseph wartete nicht allein.
Seine Mutter Johanna, die nach dem plötzlichen Tod ihres Mannes vor sechs Jahren die gutgehende Druckerei in Hannover verkauft hatte, seine Schwester Elisabeth und der Hausarzt und Freund der Familie, Dr. Ernst Schütz, warteten mit ihm im Vorgarten des Backsteinhauses, das Johanna Keller vor vier Jahren erstanden hatte und in dem sie nun zusammen mit ihrer Tochter, ihrem Schwiegersohn und deren Töchterchen, Clara, lebte. Seine Mutter schluchzte, mit geröteten Wangen sah sie hilfesuchend von einem zum anderen. Seine Schwester

stützte beide Arme in die Hüften, denn sie erwartete ihr zweites Kind.
Josephs Wunsch, das Kind vor seiner Abreise in den Armen halten zu können, hatte sich nicht erfüllt. Es richtete sich nach *seinem* Fahrplan und es würde sich wohl einen anderen Patenonkel suchen müssen.
"Wann kommt er denn endlich?", fragte Joseph ungeduldig und rückte nervös seine Brille zurecht.
"Tilly ist noch nie zu spät gekommen.", versuchte Ernst ihn zu beruhigen, und in diesem Augenblick bog auch schon die Droschke, gezogen von zwei Friesen, in die Straße.
"Brrrrrr!"
Wilhelm Beckmann, den alle nur Tilly nannten (niemand konnte sich daran erinnern, wie er zu diesem Namen gekommen war), ließ die Pferde anhalten. "Morgen allerseits!", begrüßte er die Wartenden.
Josephs Magen zog sich zusammen, plötzlich fühlte er sich elend und seltsam schwach auf den Beinen. Er spürte einen schweren Kloß im Hals. Es war so weit, jetzt hieß es endgültig Abschied nehmen. Seine Mutter drückte ihn fest an sich und küsste ihn auf die Stirn, so wie sie es immer getan hatte. Sie schluchzte, unfähig etwas zu sagen und wollte ihn gar nicht wieder loslassen. Und er?
Steif wie ein Brett stand er da.
"Leb wohl, Mutter!" Das war alles, was er herausbrachte.
"Mach's gut!", sagte seine Schwester Else. Sie zog ihn zu sich und führte seine Hände behutsam an ihren strammen Bauch. "Keine Angst! Schaut schon niemand zu", versuchte sie ihn zu beruhigen, als sie merkte, dass er sich umsah. "Sollst es doch wenigstens mal fühlen!"
"Ja, wenigstens das", antwortete Joseph unsicher und ließ dabei die Dorfstraße nicht aus den Augen. Er war froh, dass nie-

mand zu sehen war. Zum Schluss drückte er die Hand seines Freundes.
"Pass gut auf sie auf, Doktor!", sagte er zu ihm und wies mit dem Kopf auf die beiden Frauen.
"Mach ich", antwortete Ernst. "Wird schon schiefgehen, da drüben. Viel Glück!"
Joseph sah unschlüssig in die Runde, dann kletterte er schnell auf den Kutschbock. Von hier oben sah die Welt ganz anders aus.
Er wollte endlich los.
"Bis bald, und grüßt August von mir!" stammelte er. "Und danke noch mal!"
"Na, dann woll'n wir mal!", sagte Wilhelm Beckmann, der schon so viele Abschiede erlebt hatte und kurbelte rasch die Bremse frei. "Hüüühh!", trieb er die Pferde an, die sich träge in Bewegung setzten und die drei schauten dem Gespann winkend nach, das gemächlich die Dorfstraße hoch Richtung Bahnhof trottete.
Joseph schaute noch einmal zurück.
Macht's gut! Nächstes Jahr komme ich euch besuchen, dachte er. Doch was passiert nicht alles in einem Jahr.

Pünktlich rollte der Zug aus dem Bahnhof von Osterkappeln. Joseph sah aus dem Fenster, sanft ansteigende Wiesen gaben in einer langgedehnten Kurve den Blick ein letztes Mal auf das Dorf frei und ein kalter Schauer lief ihm über den Rücken. Für einen Moment meinte er gar, das Angelus-Läuten vom fernen Kirchturm hören zu können. Dann waren die Häuser endgültig hinter Bäumen verschwunden.
Angespannt hockte er auf seiner Holzbank. Es schien, als schaue er immer noch aus dem Fenster, und doch fuhr er wie blind dahin, nahm die vorbeiziehende Landschaft gar nicht

wahr. Er hing seinen Gedanken nach und ein schmerzhaftes Gefühl beschlich ihn – die Männer, die ihm gegenüber saßen, würden am Abend zurück bei ihren Familien sein. *Die wissen gar nicht, wie gut sie es haben,* dachte er.
Von Osnabrück fuhr er mit dem Schnellzug weiter, über Rheine und Arnheim erreichte er schließlich Utrecht. Vom Bahnhof des Oosterspoorweg hinüber zur Station ganz im Westen der Stadt leistete er sich eine Droschke, und da noch genügend Zeit war, ließ er den Kutscher auf halber Strecke anhalten, Zeit für eine Rast.
Im *"RICHE"* bestellte er sich Tee und Rosinenbrötchen, die er so gern aß. Doch dann hielt es ihn nicht lange in dem rauchigen Café. Es war ihm zu laut und er fühlte sich unwohl zwischen all den gutgelaunten Menschen. Ewas zog ihn auf die gegenüberliegende Seite des Platzes. Die Luft flirrte über den sengenden Steinplatten und der Weg zum Dom hinüber erschien ihm endlos lang. Durch die mächtige Eingangspforte geschlüpft, empfing ihn das wunderbar kühle Kirchenschiff. Der Duft von Kerzen und Weihrauch schwebte in der Luft. Mit geschlossenen Augen verharrte er einen Augenblick und lauschte in die Stille. Er kniete vor einem Seitenaltar nieder.
"Wo bist du, Herr?", fragte er stumm. Und plötzlich stand der Kutscher neben ihm. Er war Joseph in den Dom gefolgt, um ihm durch ein Kopfnicken zu bedeuten, dass es Zeit sei.

Pünktlich erreichten sie den Westbahnhof von Utrecht. Der Zug stand bereit und Joseph machte es sich bequem in seinem Abteil. Nachdenklich schaute er auf den Bahnsteig herunter. Menschen hasteten vorbei, ihren Zielen entgegen.
Auch Joseph hatte ein Ziel, doch er würde es heute nicht mehr erreichen.
Zwei donnernde Schläge rissen Joseph aus seinen Gedanken.

Erschreckt blickte er auf. Ein zierlicher Mann, der ihm höchstens bis zu den Schultern reichte, stand samt seinem braunen Hut auf dem Kopf hilflos vor dem Abteil. Verschnürt in einen dicken Wintermantel und zwischen zwei gigantischen Koffern eingekeilt konnte der arme Kerl weder vor noch zurück und hoffte auf seine Befreiung.
Houdini!, schoss es Joseph durch den Kopf. Er dachte an die atemberaubenden Tricks des Entfesselungskünstlers, die er in einem Varieté gesehen hatte und das erste Mal an diesem Tag huschte ein Anflug von einem Lächeln über sein Gesicht.
Der hilflose Mann lüpfte höflich seinen Hut und tupfte mit einem schneeweißen Taschentuch den Schweiß von seiner Stirn. Offensichtlich deutete er Josephs Lächeln als Einladung, denn er nickte eifrig und beantwortete so die nie gestellte Frage, ob für ihn in dem Abteil noch ein Platz frei sei, durch eben diese Kopfbewegung selbst.
Ein hünenhafter Träger hatte ihm gerade das schwere Gepäck in den Waggon der 2. Klasse gewuchtet, als der Schaffner auch schon unbarmherzig das Signal zur Weiterfahrt gab. Sekunden später hatte sich der Schnellzug nach Rotterdam stampfend in Bewegung gesetzt und schlingerte nun durch ein Gewirr von Gleisen und Weichen, wie von Geisterhand geführt, aus dem Bahnhof, während Joseph auf schwankendem Boden versuchte, die Abteiltür aufzuzerren, die boshaft Widerstand leistete.
"Darf ich Ihnen behilflich sein?", fragte Joseph den kleinen Mann und bemühte sich ahnungslos um dessen ersten Koffer. Er hatte den holländischen Riesenkofferträger nicht gesehen, der das Gepäck hier so geräuschvoll abgesetzt hatte. Joseph versuchte, das Ungetüm aus dunkelbraunem Leder anzuheben und blickte den zierlichen Mann verwundert an. Das Monstrum schien wie verschweißt mit dem Boden des Eisenbahnwaggons zu sein und bewegte sich nicht.

Zuerst die Tür, jetzt die Koffer.
Das hat man nun davon, dachte Joseph und zerrte das Riesending ins Abteil, überließ es aber gleich vor dem ersten Sitz am Gang der Erdanziehung und verfuhr mit dem zweiten Gepäckstück ebenso.
Der kleine Mann hatte sich inzwischen aus seinem Mantel befreit und hängte ihn an einen Haken. Seinen Hut in Händen haltend, balancierte er auf den Schuhspitzen, reckte die Arme, wuchs über sich hinaus und gab dem Hut zuletzt einen leichten Schubs mit den Fingern, sodass dieser sanft in der Ablage landete.
"Pavel Vig", stellte er sich vor, rückte seine Krawatte zurecht und strich sein Jackett glatt. "Danke für Ihre Hilfe, junger Mann! Reisen Sie auch nach Rotterdam?" fragte er Joseph unverblümt.
"Ja, heute geht's nur bis nach Rotterdam. Morgen Abend fahre ich weiter. Auf der ROTTERDAM nach Amerika", fügte Joseph hinzu und er wunderte sich, was er dem Mann so einfach erzählte, er kannte ihn doch gar nicht. Und doch freute er sich, endlich mit jemandem sprechen zu können und alle guten Vorsätze, vorsichtig zu sein, waren schnell vergessen.
"Mit der ROTTERDAM?" echote Pavel. Dann verließ er kopfschüttelnd das Abteil, drehte sich aber noch einmal um.
"Ich bin bald zurück. Seien Sie doch so gut und achten auf die guten Stücke hier. Obwohl, stehlen...!?" Er beendete den Satz nicht und Joseph hörte ihn im Gehen noch sagen: "Wir beide haben noch viel Zeit."
Und während draußen fruchtbare Gärten, von ungezählten Kanälen durchwirkt und idyllisch gelegene Landsitze, eingebettet in gepflegte Parkanlagen, an ihm vorbeizogen, dachte Joseph an die vergangenen Monate zurück. Noch vor einem halben Jahr hatte er sich auf die Priesterweihe in Hünfeld vorbereitet.

Maria hatte er Klavierunterricht gegeben und sie hatten sich geküsst. *Und nun?,* fragte er sich. Nun saß er hier in diesem Schnellzug, der in einem atemberaubenden Tempo durch die Provinz Utrecht stürmte und dachte an Hünfeld.
Er glaubte immer noch, seine Mitbrüder hätten ihn gesund gepflegt. Dr. Albrecht Broermann hatte ihm nicht verraten, dass Marias Vater ihn gebeten hatte, nach Hünfeld zu kommen. Und der Abt hatte keine Veranlassung gehabt, ihn über den genauen Sachverhalt aufzuklären. Odilo hatte geduldig abgewartet, bis Joseph wieder auf den Beinen war, um ihn dann vor die Tür zu setzen. Doch Joseph beklagte sich nicht. Er hatte jetzt einen Vertrag aus Amerika in Händen und der Schein blieb gewahrt, das Wichtigste für den Orden – und auch für ihn. Josephs Familie hatte von all dem, was in Hünfeld passiert war, keine Ahnung, niemandem hatte er von seiner Liebe erzählen können. Wie auch? Er hatte versucht, Maria zu finden. doch sie blieb wie vom Erdboden verschluckt. *Bestimmt hat der Orden auch dafür gesorgt,* dachte Joseph. Er lachte bitter.
Er war unterwegs nach St. Louis, was hatte er auch schon für Alternativen gehabt? Als Klavierlehrer hätte er sich vielleicht durchschlagen können. Aber sich für einen Hungerlohn von unbegabten Kindern triezen zu lassen und seiner Mutter vielleicht noch länger auf der Tasche liegen, das wollte er auf keinen Fall. Soldat hätte er in der Heimat auch noch werden können, wie sein Schwager – doch er, Joseph, in den Krieg ziehen, sich totschießen lassen für den Kaiser? Er hatte sich anders entschieden.
Ob die Gemeinden in Amerika wirklich so dringend auf Priester warteten, wie ihm Bischof Brennon in seinem Brief versichert hatte? Joseph wollte gern daran glauben. Es war seine Chance und er wollte diese Chance nutzen. *Vielleicht gelingt es mir ja, meinen Fehler wieder gutzumachen,* dachte er.

Und er wollte noch eins.
Er wollte Gott wiederfinden!
Aber das würde nicht so einfach werden. Gott hatte ihn verlassen, war vor einem halben Jahr einfach auf und davon und er, Joseph, hatte sich auf den Weg gemacht, um ihn wiederzufinden. Weiter kam er nicht mit seinen Gedanken.

"Wenn wir schon unter uns bleiben, schlage ich vor, dass wir unsere Jacken ausziehen", stöhnte Pavel, der inzwischen zurückgekehrt war. Schnaufend griff er nach einer Zeitung und fächerte sich die flüchtige Illusion von frischer Luft zu. Er sah dabei zum Fenster. "Was meinen Sie?", fragte er. "Klemmt das hier etwa auch?"
Joseph hatte verstanden. Nein, das Fenster klemmte nicht. Gierig schnappten die beiden nach dem Fahrtwind und dann machten sie es sich bequem.
"Darf ich fragen, wie Sie heißen?", fragte ihn Pavel.
"Keller, Joseph Keller", antwortete Joseph.
"Darf ich Sie Joseph nennen?", fragte Pavel. "Wenn Ihnen das recht ist?", fügte er rasch hinzu.
"Kennen Sie denn die ROTTERDAM?"
"Nein", antwortete Joseph. Woher sollte *er* das Schiff denn kennen, wunderte er sich. Warum wollte sein Gegenüber das überhaupt wissen?
"Ich habe meinen Vertrag bei einem Agenten unterschrieben und der hat mir versichert, dass es ein großes und sehr sicheres Schiff wäre", antwortete Joseph irritiert. "Aber Sie sind schon mal mit der ROTTERDAM gefahren, oder?"
"Nein, nein, wo denken Sie hin?", wehrte Pavel entsetzt ab. "Ich komme zwar regelmäßig nach Rotterdam und habe das Riesending auch schon mal im Hafen liegen sehen. Aber ich bin noch nie an Bord eines Schiffes gewesen. Noch nie!"

Und flüsternd fügte er hinzu, obwohl sie noch immer allein im Abteil waren. "Ich habe ganz furchtbare Angst vor Wasser. Und vor Schiffen! Ich kann nicht schwimmen, müssen Sie wissen. Und wenn ich nur daran denke, wie viele Menschen da in einem Rutsch nach Amerika transportiert werden...", Pavel schüttelte sich und Joseph hatte das Gefühl, dass der zierliche Mann bei dem Gedanken daran immer kleiner wurde, in sich zusammenschrumpfte. "Das wäre mir viel zu eng!", stöhnte Pavel. "Ein ganze Stadt auf einem Dampfer. Unfassbar! Können Sie sich das vorstellen?"
Joseph schüttelte vehement den Kopf, doch er konnte nicht verhindern, dass auch ihn diese Vorstellung in Panik versetzte. Aus eisigen Tiefen tauchte langsam die TITANIC vor ihm auf. Vier Monate war es erst her, dass der Luxusdampfer während seiner Jungfernfahrt versunken war und eintausendfünfhundert Menschen in den Tod gerissen hatte. Wochenlang hatten die Zeitungen über nichts anderes berichtet und die Überlebenden der Katastrophe hatten immer wieder neue erschütternde Details der tragischen Ereignisse jener Nacht preisgegeben.
Jeden Tag hatte er seitdem an *seine* Überfahrt denken müssen und jedes Mal hatte er dabei ein flaues Gefühl im Magen verspürt. Doch eine andere Möglichkeit nach Amerika zu kommen, gab es nicht. Er fühlte sich plötzlich wie gefangen in dem stickigen Abteil. Feine Schweißperlen standen auf seiner Stirn. Irgendwie machten ihm die Äußerungen seines Gegenüber Angst, doch an ein Zurück war gar nicht zu denken, dafür war es jetzt zu spät.
In einer Stunde würden sie ihr Ziel erreichen.
"Ich will Sie nicht beunruhigen." sagte Pavel. Josephs finsterer Blick war ihm nicht entgangen. "Wissen Sie, ich bin schon mein ganzes Leben lang auf der Reise, wenn auch nicht mit dem Schiff, und bisher ist noch immer alles gut gegangen."

Er überlegte einen Augenblick, bevor er weiter sprach. "Wenn ich mutiger wäre, dann wäre ich schon längst weg! Aber ich bin eben nicht mutig", fügte er resigniert hinzu. "Außerdem warten meine Frau und mein Töchterchen in Berlin auf mich."
Er richtete sich auf, als er die beiden erwähnte, um gleich wieder in sich zusammenzusacken. "Ich sehe sie viel zu selten. Manchmal bin ich monatelang nicht daheim", fuhr er fort. "Sie haben sich bestimmt schon über den Mantel gewundert, im April war ich das letzte mal Zuhause, da war es noch kühl und jetzt schleppe ich das schwere Ding schon den ganzen Sommer mit mir rum. Schrecklich!", sagte er und zuckte resigniert mit den Achseln.
"Über Ihren Mantel habe ich noch gar nicht nachgedacht", schwindelte Joseph, während das kuschelige Kleidungsstück unschuldig an seinem Haken baumelte. "Aber über Ihren Koffer hab ich mich *schon* ein bisschen gewundert", sagte er. Das tonnenschwere Gepäck faszinierte ihn. Er versuchte sich vorzustellen, wie dieser zierliche Mann damit umherreiste.
"Also, Joseph, bis Rotterdam haben wir vielleicht noch ein Stündchen. Ich beneide Sie. Wirklich! Amerika ist ein großartiges Land. Ich werde wohl nie dorthin kommen und bis an mein Lebensende als Reisender in Europa unterwegs sein."
"Dann sind das Ihre Musterkoffer?" fragte Joseph.
"Könnte man sagen!", lächelte Pavel sanft, beugte sich über den größeren der beiden Koffer und wuchtete das Ungetüm mit Josephs Hilfe auf den Sitz.
Staunend beobachtete Joseph dann, wie der Mann eine Flasche nach der anderen, jede hatte eine andere Form, behutsam aus dem Koffer barg. Kunstvoll hatte Pavel sie in seine Wäsche gewickelt, er war ein wahrer Meister darin.
Ein paar der Flaschen waren mit Etiketten versehen, andere nicht, und manche waren gefüllt mit Flüssigkeiten, die in

schillernden Farben leuchteten und zu jeder Flasche, zu jedem Etikett erzählte Pavel eine kleine Geschichte. Er berichtete von seinen Reisen, die ihn nach Frankreich, Italien, nach Österreich und Ungarn geführt hatten.
“Meine Schätze”, gab er lächelnd zu verstehen und zeigte liebevoll auf seine Sammlung. “Wir bauen die besten Etikettiermaschinen Europas und die bekanntesten Spirituosenhersteller, die größten Brennereien arbeiten mit unseren Maschinen. Und das hier!” Er hatte, während er erzählte, ein Schnapsglas gefüllt. “Geschenke von Freunden. Zum Wohl! Auf Ihre Reise!”
Er reichte Joseph das Glas, doch Joseph winkte ab.
“Danke. Keinen Alkohol. Nicht tagsüber!”
“Das hier ist Medizin, mein Freund, kein Alkohol”, antwortete Pavel. “Bei diesem Wetter das Beste, was es gibt!”
Ein würziger Kräuterduft stieg Joseph in die Nase – vielleicht hatte der Mann ja Recht? Er nahm ihm das Glas aus der Hand, nippte vorsichtig, leerte es mit einem Schluck und schüttelte sich wohlig.
“Gut! Wirklich gut, Herr Vig!”, sagte er, während Pavel Vig das Glas erneut füllte.
“Pavel, sagen Sie einfach Pavel”, bat er Joseph, prostete ihm zu und kramte weiter in seinem Koffer herum.
“Ein Schätzchen muss ich Ihnen aber noch zeigen”, hörte er ihn sagen. Joseph konnte sich ein Grinsen nicht verkneifen. *Wenn er noch tiefer in den Koffer taucht,* dachte er, *verschwindet er womöglich auf Nimmerwiedersehen und geht verloren.* Doch Pavel tauchte wieder auf und hielt, wie ein Sportler bei der Siegerehrung, eine unscheinbare Flasche triumphierend in seinen Händen, als habe er einen goldenen Pokal gewonnen.
“Eierlikör!”, sagte er mit funkelnden Augen und präsentierte stolz seinen Fund. “Aus Ungarn!” Pavel freute sich wie ein

kleines Kind. “Von Wachteleiern!”, gluckste er vergnügt, als er Josephs verblüfften Blick sah und das Glas mit einer goldgelben, zähen Flüssigkeit füllte.

In den Gängen wurde es unruhig. Der Schnellzug verlangsamte merklich seine Fahrt und die ersten Fahrgäste verließen schon ihre Abteile. Feine Damen mit federleichten Sommerhüten, genervte Herren mit ledernen Aktentaschen, ein blondes, blauäugiges Mädchen mit seiner blonden Puppe, sie alle versuchten, sich den Weg zu den Türen zu bahnen. Jeder wollte der Erste sein. Es war ein abstruser, niemals ausgelobter Wettbewerb – und sie wollten bei diesem Wettstreit zu den Siegern gehören. Niemand beachtete die zwei Herren in ihrem Abteil, die unbeeindruckt von der hysterischen Betriebsamkeit Eierlikör schlürften.
“Rotterdam! Alles aussteigen, der Zug endet hier! Alles aussteigen!”
“Haben Sie schon ein Quartier für die Nacht?”, fragte Pavel, nachdem er einem Träger sein Gepäck anvertraut hatte.
Joseph schüttelte den Kopf. Nein, das hatte er nicht, im Augenblick kümmerte es ihn auch nicht, er fühlte sich prächtig, so unbeschwert. Vielleicht lag das ja an dem letzten Gläschen Likör? Er kicherte, seine trüben Gedanken hatte er irgendwo unterwegs verloren. Nun stand er hier auf dem Bahnhofsplatz an der Oosterkade und sah hinüber nach Noordereiland. Eine salzige Brise wehte vom Hafen herüber.
“Man kann das Meer riechen”, sagte Pavel. Tief sog Joseph die frische Luft ein. “Da hinten, ist sie das vielleicht?” fragte er plötzlich und wies auf einen stählernen Koloss, der hoch über alle Hafengebäude gen Himmel drängte.
“Schon möglich!”, antwortete Pavel knapp. Der Anblick des Monstrums schien ihm Angst zu machen.

Eine Weile schauten sie den geschäftigen Dampfbooten zu, die direkt vor ihnen an- und ablegten, sich nahtlos in den hektischen Schiffsverkehr auf der Maas einfädelten. Viele Menschen hasteten am frühen Abend zum Bahnhof, um ihren Zug zu erreichen, andere wiederum suchten den Weg zum Zentrum.
"Kommen Sie, Joseph, vielleicht hat Annie Dekkers ja noch ein Zimmer für Sie",sagte Pavel plötzlich und marschierte los, den Wintermantel locker über dem Arm. *Er kennt sich hier aus,* dachte Joseph und ließ sich nicht zweimal bitten. Vorbei am Haringvliet zur Rechten, zwischen Oude- und Nieuwhaven hindurch erreichten sie die belebte Hoogstraat. *Geht hier ja zu wie auf einem Rummelplatz,* dachte er. Ihm gefiel das quirlige Treiben. Er mochte die Stadt mit den vielen Brücken, ihre schmalen Backsteinhäuser, die eng aneinander geduckt die Kanäle begrenzten, auch wenn er sie mehr erahnte als dass er sie sehen konnte. Tapfer marschierte Pavel vor ihm durch die Menschenmenge, den Mantel wie ein Schutzschild an die Brust gepresst. Joseph hatte Mühe, ihm zu folgen und nicht aus den Augen zu verlieren, so kämpften sie sich durch das Gewühl, bis sie vor dem Hotel de Hollande standen.
"Herr Pavel!", flötete eine Stimme.
Eine sehr korpulente Frau mit rosigen, freundlichen Gesichtszügen breitete ihre fleischigen, etwas zu kurz geratenen Arme aus wie Flügel und schwebte den Eintretenden auf ihren zierlichen Füßen entgegen. Sie allein schon füllte das spärlich beleuchtete Entrée des Hotels in ihrem wallenden, schwarzen Gewand vollkommen aus.
"Ich grüße Sie!", zwitscherte sie, umarmte Pavel wie einen alten Freund und begrüßte auch Joseph.
Nein, Annie Dekkers hatte kein Zimmer mehr frei.
"Tut mir leid!", sagte sie. "Aber Sie sehen ja, was in der Stadt los ist!"

“Wirklich nichts zu machen, Annie?”, fragte Pavel, während Joseph auf seine staubigen Schuhe starrte, als ob es dort etwas zu entdecken gäbe. Nein, er wollte niemandem zur Last fallen und am liebsten wäre er gleich wieder gegangen.
“Vielleicht hab ich doch was”, sagte Annie schließlich. “Ist aber winzig. Na, für eine Nacht wird’s wohl gehen!” sah sie Joseph aufmunternd an. “Kommen Sie, ich zeig’s Ihnen!”
Alle Peinlichkeit war plötzlich verflogen und ein verlegenes Lächeln huschte über sein Gesicht. *Ein Dach über dem Kopf!,* dachte er erleichtert, froh darüber, nicht weiter suchen zu müssen, hatte er doch Glück gehabt, anders als die, die in den überfüllten Straßen unterwegs waren, um noch eine Unterkunft für ihre letzte Nacht in der alten Welt zu finden.

Die Kammer befand sich unter dem Dach des Hotels und als er die Tür zu dem Verschlag öffnete, prallte er auf eine Wand aus heißer Luft. Er wich zurück, die Bruthitze verschlug ihm den Atem, denn durch die schmale Dachluke verirrte sich kein Lüftchen in das Kabuff. Erschöpft ließ er sich auf die Pritsche fallen. Einen Moment ausruhen! Die Arme unter dem Kopf verschränkt, lag er da, das rohe Gebälk, die nackten Schindeln und unverputzten Ziegel störten ihn nicht. *War das möglich, war er erst am Morgen losgefahren?* Er sah sich doch gerade noch die Dorfstraße hochfahren, in den Zug steigen...
Er hing seinen Gedanken nach und wäre fast darüber eingenickt, als jemand an die Tür pochte.
“Pavel!”
“Für Sie, mein Freund!”, sagte Pavel und drückte Joseph eine Flasche in die Hand. “Für die Überfahrt.” Er wies auf das smaragdschimmernde Elixier, das ihm Kartäusermönche geschenkt hatten. “Wenn überhaupt nichts mehr geht...” Er atmete so schwer, als habe er gerade diesen niederschmetternden

Zustand menschlichen Befindens plastisch vor Augen. "...der hilft!", versicherte er nachdrücklich.
Joseph war sprachlos.
Was für ein Tag!, dachte er und hätte gern "Danke!" sagen wollen, doch mehr als ein Kopfnicken brachte er nicht zustande. Eierlikör hatten sie getrunken, am hellichten Tag! Erwachsene Männer, Eierlikör!? Nicht zu fassen!
Dann hatte Pavel ihm das Zimmer hier besorgt.
Und nun das.
"Ich hab einen Mordshunger!", sagte Pavel. Über die steile Holztreppe hangelten sich die beiden nach unten. Stimmengewirr schwappte ihnen entgegen, jemand spielte auf einer Mundharmonika. Annie Dekkers führte die beiden in die dunstigschwüle Gaststube, einen Raum mit einer niedrigen, vom Rauch geschwärzten Holzdecke. An einem langen Tisch fanden sich noch zwei freie Stühle und sie setzten sich. Die bleiverglasten Fenster zur Hoogstraat standen weit offen, sie gaben den Blick auf die vorbeiströmenden Menschen frei.
Nach einer Weile brachte ihnen der Kellner eine üppige Platte mit duftenden, buttertriefenden Bratkartoffeln, reichte ihnen eine Schüssel mit Heringen und stellte zwei Krüge mit dunklem Bier auf den Tisch. Das Essen war köstlich und machte durstig und es war schon ziemlich spät, als sich die beiden voneinander verabschiedeten.
"Viel Glück!", flüsterte Pavel ihm zu, als Joseph mit schweren Beinen hinauf auf den Boden kletterte.
Er schmeckte noch immer den Dunst von salzigem Fisch und süßen Zwiebeln. Joseph fühlte sich wie erschlagen und die staubige Hitze in dem Verschlag drohte ihn zu ersticken.
Schweißgebadet wälzte er sich in die Nacht.

Kapitel 4

Annie Dekkers zog Joseph an ihren mächtigen Busen und drückte ihn mit ihren kurzen Armen so eng an sich, dass ihm kaum Platz zum Atmen blieb. Unwillkürlich mußte er an den Traum der vergangenen Nacht denken.
Regungslos verharrte er, die Finger gespreizt, die Arme wie festgewachsen am Körper. Doch die Wärme dieser Frau durchflutete ihn ganz und gar, taute ihn auf. Noch niemandem war es gelungen, sich ihrer Herzlichkeit zu entziehen.
"Viel Glück in Amerika, Herr Joseph", sagte sie, und er, er sah sie mit glühendroten Wangen an.
"Danke", stammelte er verlegen.
Ungezählten Auswanderern hatte Annie Dekkers in den vergangenen Jahren Lebewohl gesagt. Selbst war sie nie an Bord eines der Überseeschiffe gewesen, die von hier in die neue Welt aufbrachen, doch wußte *sie* sehr wohl, was Joseph auf der ROTTERDAM erwartete – es war ja auch nicht schwer zu erraten, dass *er* nicht als Passagier der Ersten Klasse in die Neue Welt reisen würde.

“Brot, Speck und etwas zu Trinken habe ich eingepackt. Es wird bestimmt ein langer Tag und warm soll es auch werden”, sagte sie. “Eh ich’s vergesse, Pavel läßt Sie grüßen und eine gute Reise wünscht er Ihnen!”
Pavel hatte ihm am Abend erzählt, dass er sehr früh aufbrechen müsse, um zu einer Genever-Brennerei im nahegelegenen Schiedam zu fahren.
Joseph griff seine Koffer, schnaufte tief und schritt auf die Hoogstraat hinaus, dicht gefolgt von Annie Dekkers. Plötzlich gellte ein Pfiff durch die Gassen. Ja, sie konnte pfeifen.
Joseph sah sich erstaunt um, Annie lächelte ihn nur an und zuckte dabei mit den Schultern, als wolle sie sagen “So wird das gemacht!”, denn nach wenigen Augenblicken hielt eine Droschke vor ihnen.
“Zum Hafen!”, gab Annie ihre Anweisungen und drückte dem Kutscher ein paar Münzen in die Hand, schob Joseph auf den Sitz und los ging’s.
Und Joseph? Er fühlte sich in der Droschke nicht wohl, Annie hatte es gut gemeint, doch er hatte zu Fuß gehen wollen, wie alle. Von hier oben wurde ihm erst bewusst, wie viele Auswanderer in der Stadt unterwegs waren. In einer endlosen Prozession bewegten sie sich auf Noordereiland zu. Alle waren schwer bepackt und manche schienen ihren gesamten Hausstand mitnehmen zu wollen: Koffer, Kisten, Töpfe und Pfannen wurden transportiert. Jeder mußte mit anfassen, auch die Kinder, und jeder schleppte etwas vermeintlich Unentbehrliches Richtung Hafen.
Die Droschke kam nur stockend voran, in den engen Gassen wurde es zusehends voller. Joseph beobachtete einen Mann mit zwei riesigen Koffern – woher hatten die Menschen nur diese riesigen Gepäckstücke? – auf den Rücken hatte sich der Mann einen Kontrabaß geschnallt, den er wie einen Rucksack trug.

Handwerksleute zogen vorbei, von denen manche Gerätschaften mit sich trugen, die er noch nie gesehen hatte.
Die Kutsche wurde von einer Gruppe singender Männer in farbenprächtigen Trachten überholt. Ihre Stiefel glänzten in der Sonne. Die Burschen trugen schwarze Samthosen, dazu weiße Hemden und ihre roten Westen waren üppig bestickt und mit Goldknöpfen verziert. Joseph hatte keine Ahnung, woher sie stammten, doch er wäre zu gern ausgestiegen, um sich der munteren Truppe anzuschließen und mit ihr zum Hafen zu marschieren, sich von der heiteren und gelösten Stimmung mitreißen zu lassen. In der Kutsche kam er einfach nicht voran, doch noch traute er sich nicht auszusteigen, hatte Annie doch die Fahrt bezahlt.
Also blieb er brav sitzen, rührte sich nicht vom Fleck und beobachtete den Auftrieb in den Gassen. Er wunderte sich über die vielen Juden: die Männer in lange, schwarze Mäntel gehüllt, schwarze Hüte auf dem Kopf, mit wilden Bärten und lustigen Schläfenlocken über den Ohren, auch ihre Frauen und Kinder waren in Schwarz gekleidet. Die Juden sangen nicht. Ja, das fiel ihm auf. *Merkwürdig,* dachte er, als ob sie sich nicht trauten, sie tuschelten nur miteinander, während sie nach vorn gebeugt, so, als würden sie gegen irgendeinen Sturm ankämpfen, zum Hafen strebten.
Endlich erreichte die Droschke De Boompjes, die breite Uferpromenade. Hier wimmelte es nur so von Menschen und alle mußten auf die andere Seite des Flusses. Joseph sah über die Maas hinüber und er spürte, wie sein Herz plötzlich schneller schlug – da hinten lag das Schiff, ragte beängstigend hoch über die Hafengebäude hinaus und zog alle magisch an.
Nicht alle, den Kutscher schien das ganze Durcheinander auf dem Boulevard überhaupt nicht zu interessieren, unbeeindruckt hielt er auf die Willemsbrücke zu, die ausschließlich für

den Wagen- und Fußgängerverkehr gebaut worden war und parallel zur der prächtigen Eisenbahnbrücke verlief. Eine unübersehbare Menschenmenge strömte hier zusammen, wie zähe Lava hatte sie sich durch die Adern der Stadt Richtung Hafen gewunden, um nun auf dem Platz vor der Brücke miteinander zu verschmelzen, bevor sie hinüber nach Noordereiland gepresst wurde.

"Schau an, der feine Pinkel reist wohl erster Klasse", hörte Joseph plötzlich jemanden in der Menge maulen, und was sonst noch alles auf dem Gehweg gegrummelt wurde, wollte er gar nicht verstehen. Sein Herz raste.

So, ja, genau so muss sich ein Delinquent auf der Fahrt zum Henker vorkommen, dachte er.

Joseph hatte genug, obwohl er von hier oben einen famosen Blick über den zähen Menschenbrei hatte, fühlte er sich in der Droschke unbehaglich. Hoch über allen, vielleicht auf einer Kanzel stehend, das hätte ihm wohl gefallen, aber in dieser Kutsche kam er sich plötzlich vor wie auf einem Präsentierteller und er hatte das Gefühl, alle zeigten mit dem Finger auf ihn. *Gleich zerren sie mich hier runter,* dachte er. *Jetzt reicht's! Zu Fuß komme ich doch viel schneller vorwärts. Worauf warte ich eigentlich noch?* Unentschlossen rutschte er auf der Sitzbank hin und her, bis er schließlich dem Kutscher ein Zeichen gab.

"Aussteigen! Halt endlich an, ich will aussteigen!", schrie er, wartete gar nicht erst ab, bis die Kutsche zum Stehen kam und tauchte erleichtert in den Strom der Auswanderer ein.

"Wo wusst du denn hen?", fragte ihn ein knorriger Alter, der ihn aus der Kutsche hatte steigen sehen. Der alte Mann stellte für einen Moment seine Koffer ab, wohl auch, um ein wenig zu verschnaufen und klopfte Joseph freundschaftlich auf die Schulter.

“Lot man, mien Jung, brukst mie nix vertälen”, sagte der Alte lächelnd. “Komm man met uns!”
Seine Gefährten konnten sich ein Grinsen nicht verkneifen und Joseph entspannte sich und schloß sich der Gruppe an.
Langsam bewegte sich die endlose Prozession weiter und Josephs Blick fiel auf das Café FRITSCHIJ, gleich rechts nach der Brücke. Das Café wurde wegen seiner schönen Aussicht auf die Stadt gelobt, doch in dem Gedränge sah sich kein Auswanderer noch einmal um, auch Joseph nicht.
Der Inhaber des FRITSCHIJ bot auf dem Gehsteig Proviant für die Überfahrt an: Käse und Wurst, Zwieback und Brot sowie frisches Wasser in Steinkrügen und köstliche Süßigkeiten. Aber es gab noch mehr im Sortiment des Cafés zu entdecken: Joseph hielt eine wundersame Tinktur, abgefüllt in ein winziges, dunkelbraunes Fläschchen, in der Hand. Das kunstvoll beschriftete Etikett versprach Hilfe gegen allerlei Krankheiten und Wehwehchen.
“EXTRACTUM ZINGIBERIS FLUIDUM*”*, buchstabierte er laut und weiter stand dort in schwungvoll geschriebener Handschrift zu lesen, dass dieses Elixier ganz besonders bei Seekrankheit für Linderung sorgen würde. Die Fläschchen mit der dunkelbraunen Flüssigkeit fanden reißenden Absatz.
Doch Joseph war versorgt und ein Lächeln huschte über sein Gesicht, als er an Pavel dachte. Eierlikör!
Viele der Vorbeiziehenden deckten sich ein letztes Mal für ihre Reise ein, auch wenn sie für die Waren ein paar Cent mehr zahlten als bei den Kaufleuten in der Stadt. Es war die letzte Gelegenheit für einen raschen Einkauf vor dem Einschiffen.
Jedes Mal, wenn ein Dampfschiff an der Prins Hendrikkade lag, zogen ungezählte Auswanderer auf ihrem Weg zum Hafen an diesem Café vorbei und sein Inhaber dankte dem lieben Gott für die reichgefüllten Kassen.

Plötzlich kam Bewegung in die Menschenschlange.
Joseph hörte es vor sich immer lauter, immer unruhiger werden, ein Raunen ging durch die Menge und obwohl er noch nichts zu erkennen vermochte, spürte er, dass er endlich den Hafen erreicht hatte, denn der unverwechselbare Geruch von Salzwasser und Teer, frischer Farbe und rostigem Stahl hing in der Luft.
Und dann sah er sie endlich zum Greifen nah vor sich.
Ein Schauer lief ihm über den Rücken. Bedrohlich ragte die ROTTERDAM aus dem Hafenbecken heraus und streckte den Ankömmlingen abweisend ihr wuchtiges Heck entgegen. Joseph atmete schwer, er fühlte sich winzig. Selbst die Gebäude der Niederländisch-Amerikanischen Dampfschifffahrts-Gesellschaft wirkten neben der ROTTERDAM wie Spielzeughäuschen und schienen sich schutzsuchend an den Kai zu ducken.
Die Massigkeit des Schiffes schien viele Auswanderer einzuschüchtern, als sie sich ihm näherten. Seine blauschwarze Stahlwand überragte die Abreisehalle um etliche Meter und die beiden orangefarbenen Schlote, in der Mitte verziert mit schwarz-weiß-schwarzen Bauchringen, schienen höher als jeder Kirchturm zu sein. Das Ungetüm warf seinen bleiernen Schatten auf die Ankömmlinge, auch seine toten Bullaugen verhießen nichts Gutes und trotz der unerträglichen Schwüle, die über der Stadt lag, fröstelte es viele Passagiere beim Anblick des Schiffes.
Joseph war eingekeilt in der Menge, er konnte weder vor noch zurück. Es gab kein Entrinnen! Er schluckte. Mit dem Zeigefinger versuchte er seinen Hemdkragen zu weiten. Angst beschlich ihn und sämtliche Schlagzeilen der Schiffskatastrophe vom Frühjahr tauchten plötzlich wieder vor seinem Auge auf. Schweiß perlte ihm von der Stirn. Er fühlte sich wie be-

täubt und suchte nach einem Gebet. Lieber Gott, steh mir bei!, versuchte er zu beten. Doch Gott schien ihn nicht zu hören. Kraftlos ließ Joseph sich im Sog der Mitreisenden weitertreiben.

Am Eingang der stickigen Abfertigungshalle reihte er sich in eine der im Irgendwo endenden Warteschlangen ein und je näher er den Inspektoren kam, die mit unbeweglichem Gesicht jeden befragten und jedem einen Zettel an die Brust hefteten, desto schneller schlug sein Herz. Seine Dokumente waren in Ordnung, vor wenigen Minuten war er sich dessen noch sicher gewesen, doch als er endlich an der Reihe war, reichte er sie dem Inspektor mit zittriger Hand und seine ganze Sicherheit war plötzlich wie weggeblasen. Der Mann musterte ihn von oben bis unten, blätterte in den Papieren und Joseph fragte sich, ob vielleicht hier seine Reise schon zuende sein würde. Es schien eine Ewigkeit zu dauern, bis der Inspektor endlich nickte und ihn durchwinkte. Joseph atmete auf. Ja, auch er durfte passieren, auch für ihn hieß es weitergehen, aufrücken und weitergehen...

Zäh ging es weiter, doch immerhin, es ging weiter.

Viele Reisende waren schon seit den frühen Morgenstunden auf den Beinen. Manche hatten gar nicht geschlafen und saßen erschöpft auf ihren Koffern. Andere sahen sich verschüchtert in der Halle um und trauten sich nur zu flüstern, wie in der Kirche. Still war es geworden.

Es ging weiter, wenn auch nur wenige Meter.

Im nächsten Raum wurden die Frauen von den Männern, die Jungen von den Mädchen getrennt. Joseph beobachtete die besorgten Blicke der Mütter. Er hörte die ängstlichen Fragen der Kinder, aber auch die beruhigenden Worte ihrer Väter.

“Was geschieht denn jetzt?”, fragten zwei Mädchen, die sich fest an der Hand hielten, ihren Vater.

"Geht mit Mutter und bleibt brav zusammen! Keine Angst, wir sehen uns gleich wieder. Geht schon, alles wird gut!"
Joseph fühlte sich elend, um ihn kümmerte sich niemand. Er war allein, den alten Mann und seine Begleiter hatte er im Gedränge längst aus den Augen verloren. *Was mache ich hier eigentlich,* dachte er.
Es ging weiter.
In einer riesigen Halle mussten sie sich ausziehen.
Ein hagerer Mann mit fleckiger, gelber Haut zitterte am ganzen Körper, als er untersucht wurde und schaute die Ärzte ängstlich an. Flehend reckte er ihnen seine gefalteten Hände entgegen. Joseph verstand nicht, was gesprochen wurde. Nach einigem Hin und Her zog sich der Alte weinend an und wurde aus dem Untersuchungsraum geleitet.
Joseph schaute ihnen nach, dann war er selbst an der Reihe.
"Nach vorne beugen! Husten! Na los, huste schon! Wir haben hier nicht ewig Zeit."
Er schämte sich und er hatte Angst. Und obwohl er sich wieder ganz gesund fühlte, fürchtete er, im Raum könne man das aufgeregte Rasseln seiner Lungen hören.
Der Arzt horchte ihn ab, trommelte dann mit unbarmherzigen, trockenen Hieben auf Brust und Rücken und notierte etwas in einer dicken, schwarzen Kladde.
Joseph vergaß zu atmen. Sollte ihm vielleicht das gleiche Schicksal wie dem Alten blühen? Ihm war schlecht. *Ich will nicht zurückgeschickt werden,* flehte er stumm, und der kurze Augenblick des Wartens wurde ihm zur Ewigkeit.
Dann, endlich!
Der Beschauer nickte.
"Der Nächste!"
Es ging weiter.
Nachdem er alle Untersuchungen geduldig über sich hatte er-

gehen lassen, trug ein Offizier der Schifffahrtsgesellschaft endlich seine Personalien in die Passagierliste ein.
Die Heimatadresse und das Ziel seiner Reise, St. Louis, wurden vermerkt. Dass er des Lesens mächtig war wurde ebenso sorgfältig festgehalten wie die Tatsache, dass er blaue Augen und braunes Haar hatte, eine Brille trug und fünf Fuß und 9 Inches maß. Auch über seine finanziellen Mittel hatte er Auskunft geben müssen. Fünfundsiebzig Dollar hatte er dabei, ein kleines Vermögen. Dann durfte er weitergehen und fand sich unversehens draußen wieder.
Am Kai herrschte ein heilloses Durcheinander.
Gepäck wurde verladen, Menschen rannten planlos hin und her und rempelten aneinander, Namen wurden gerufen, Verwandte lagen sich erleichtert in den Armen. Joseph entdeckte in dem Getümmel den Vater, der seine Frau und die Töchter wiedergefunden hatte. Fest umschlungen schauten sie ängstlich auf die unergründlichen, schwarzen Schlünde, die sich ihnen aus der steil aufragenden Bordwand des Schiffes entgegenstreckten.
Joseph legte seinen Kopf in den Nacken und folgte ihrem Blick. *Sieht von hier unten so aus, als ob das Ungetüm einen Menschen nach dem anderen verschlingen würde,* dachte Joseph und es schauderte ihn bei dem Gedanken. Es half nichts. Ein Zurück gab es nicht. Wackligen Schritts erklomm er die hölzerne Gangway und vor der finsteren Luke hielt er inne, um noch einmal über den Hafen zu schauen. Unsanft holte ihn aus dem Inneren des Schiffes eine Stimme zurück in die Realität.
"Was gibt's da noch zu glotzen? Beweg endlich deinen trägen Hintern an Bord, oder willst du nicht mitkommen?"
Bin ja schon unterwegs, Blödmann!, dachte Joseph. Er holte tief Luft, gern hätte er dem Kerl noch etwas erwidert, doch er gab sich einen Ruck und dann hatte die ROTTERDAM auch ihn geschluckt.

Er sah nichts, dafür waberte ihm ein ekelerregender, säuerlicher Dunst von Erbrochenem und Kloake entgegen. Er mußte an sich halten, um sich nicht gleich zu übergeben, angewidert wich er zurück. Doch da bellte ihn Blödmann schon wieder an. “Los, weiter! Nicht stehen bleiben! Soll ich dir Beine machen?”
Die wenigen Deckenleuchten verbreiteten ein schmutziges, gelbes Licht, doch Joseph hatte sich schnell an die dürftige Beleuchtung gewöhnt und jetzt konnte er auch den Matrosen erkennen, der in der Nähe der Luke stand und mit weit ausholenden Armbewegungen die menschliche Fracht zur Eile antrieb. Nachrückende Passagiere drängten Joseph immer weiter, tief ins Innere der ROTTERDAM und er verschwand in ihrem verschlungenen Gedärm.

Gegen Mitternacht legte das massige Schiff von der Prins Hendrickkade ab und verließ mit majestätischer Gelassenheit den Königshafen.
Die Fahrt ging zunächst gemächlich die Maas hinunter. An ihren Ufern hatte sich trotz der späten Stunde eine große Zahl winkender Menschen eingefunden. Als das Schiff dann endlich die Nordsee erreicht hatte, nahm es mit dampfenden Schloten Kurs Richtung West-Süd-West und die Lotsenschiffe und Barkassen drehten ab.
Passagiere der ersten und zweiten Klasse hatten zu dieser Zeit längst die großzügigen Speisesäle verlassen und suchten in den Gesellschaftsräumen nach Abwechslung. Sehr beliebt bei den Damen war der Palm Court mit seiner überaus verschwenderisch verzierten Lichtkuppel aus kunstvoll bemaltem Glas. Die Damen ließen sich in einladenden Korbstühlen nieder und plauderten über die Ereignisse der vergangenen Stunden. Noch waren die Salons vom Duft kostbarer Parfüms und einer aus-

gelassenen Heiterkeit erfüllt. Die entschlossenen Schritte der Stewards wurden von seidenweichen Teppichen verschluckt. Man war unter sich, nippte an einem Sherry oder prostete sich mit einem späten Glas Champagner zu, während die Dienerschaft damit beschäftigt war, die Kabinen herzurichten.
Es war eine Lust zu reisen. Wundervolle Tage würde man an Bord verbringen. Im kleinen Ballsaal spielte der Pianist an einem reich verzierten Steinway und einige Paare tanzten ihrer ersten, rauschenden Nacht an Bord entgegen. Nebenan im Rauchersalon trafen sich die Herren zu einer ersten Zigarre.
Den Reisenden bot sich jeglicher Komfort. Alle Räume waren prachtvoll gestaltet und geradezu verschwenderisch ausgestattet und feinste Intarsien an den Wänden gehörten so selbstverständlich zum Interieur wie die mundgeblasenen Leuchten aus Murano.
Der Speisesalon der ersten Klasse hatte eine Höhe von mehr als zehn Metern. Von der umlaufenden Galerie konnte man auf die Dinierenden hinunterblicken oder nach dem Essen den atemberaubenden Blick auf das offene Meer genießen.
Von dieser Pracht bekam Joseph nichts zu sehen.
Tief unten im Bauch des Schiffes, wenige Zentimeter über der Wasserlinie, hatte er sich in einem der unüberschaubaren Schlafsäle den oberen Platz in einem Stockbett gesichert.
Neben seinem Lager ragte ein gewaltiges Lüftungsrohr aus der Decke, durch das der Saal mit Frischluft versorgt wurde, und Joseph ahnte bald, dass er großes Glück mit der Wahl seiner Koje hatte, unablässig wehte ihm ein frisches Lüftchen um die Nase.
Großer Gott wir loben Dich, summte er.
Zu mehr war er nicht fähig in diesem höllischen Durcheinander von Menschen, Stimmen und Gerüchen. *So muss es in der Hölle zugehen, nein, eher im Fegefeuer!*, dachte er. Es surrte

nur so in seinem Kopf. Ihm war übel, er hatte die Orientierung total verloren und seine Augen suchten verzweifelt Halt. Die eisernen Bettgestelle waren fest am Boden und in der Decke verschraubt, das beruhigte ihn. Die Beleuchtung hier unten aber war noch schlechter als die in den endlosen Gängen und Stiegen. Tagsüber mochte ja vielleicht durch die matten Bullaugen ein wenig Helligkeit in das Zwischendeck dringen, man würde sehen.
Ob ich wohl je das Tageslicht wiedersehen werde? Sicher war er sich nicht. Doch das trübe Licht erwies sich auch als große Gnade, denn Joseph konnte den Zustand seiner Matratze nicht genau beurteilen. Ihr beißender Geruch jedoch ließ Schlimmes ahnen und er war sich mit einem Male ganz sicher, auch mit seiner Nase sehen zu können.
Was mache ich hier eigentlich?, dachte er wieder. Er schüttelte erschöpft den Kopf, doch dann nahm er sich zusammen. *Ach was, nur kein Selbstmitleid!*
Er richtete sich ein, verstaute die Reisetasche am Kopfende des Bettes und beobachtete von seinem Hochsitz aus das aufgeregte Treiben in den schmalen Gängen zwischen den Etagenbetten. Noch immer drängten Reisende in den Saal.
Er beobachtete eine drahtige Frau mit kurzen, grauen Haaren, gefolgt von zwei jungen Männern. Die drei kamen näher, geradewegs auf ihn zu, wobei sie jede Gangreihe eingehend musterten, bis sie schließlich vor seinem Bett stehen blieben und sich ansahen.
"Jungs, hier bleiben wir.", sagte die Frau bestimmt, sah Joseph mit ihren klaren Augen an und nickte.
Dann belegten sie die zwei Etagenbetten nebenan und die untere, noch freie Koje von Josephs Stockbett.

Cornelia Bohmer war Anfang fünfzig. Sie hatte wenige Jahre

nach dem plötzlichen Tod ihres Mannes die veraltete Getreidemühle aufgeben müssen. Die Witwe konnte den Betrieb nicht länger aufrecht erhalten, obwohl ihr die beiden ältesten Söhne tatkräftig zur Seite standen.
Ihr Schwager war schon vor etlichen Jahren nach Wisconsin ausgewandert. Immer wieder hatte er dem älteren Bruder in seinen Briefen von Waukesha vorgeschwärmt und ihn ermuntert, auch nach Amerika zu kommen. Alois Bohmer hatte sich im Laufe der Jahre eine exklusive Vertretung für dampfbetriebene Landmaschinen aufgebaut. Er bewohnte mit seiner Frau Wally und den fünf Töchtern ein stattliches Anwesen. Es ging ihnen gut und es gab viel zu tun in seinem Betrieb.
Für seinen Bruder war es zu spät gewesen, aber nun waren seine Schwägerin und die Neffen nach Wisconsin unterwegs.
Der Erlös, den Cornelia Bohmer für die alte Mühle erzielt hatte, war weit geringer ausgefallen als erhofft, doch sie hatte ihre Schulden begleichen können und der Rest des Geldes reichte für die Überfahrt und ein bescheidenes Startkapital.
Andreas, der jüngste Sproß der Familie, war in der Heimat zurückgeblieben. Er hatte eine sichere Anstellung in einem Bankhaus und lebte zusammen mit seiner Frau und den sechs Kindern in Paderborn. Mit Geschick hatte er das Geld seiner Mutter in Dollars getauscht.
"Ein kleines Vermögen", hatte er ihr stolz zu verstehen gegeben. Als dann die Reisedokumente für seine Mutter und die Brüder komplett waren, hatte er die drei zu einer Agentur in Paderborn begleitet und beim Abschluss der Schifffahrtsverträge beraten.
Wenige Wochen später gab es auf dem Bahnhof einen tränenreichen Abschied, ein letztes Mal hatte Andreas seine Mutter und die Brüder umarmt.
"Grüßt Onkel Alo herzlich von mir! Und gebt Milde einen

dicken Kuss. Vielleicht kann sie mir ja mal einen Apfelkuchen schicken!" Er grinste. "Mir läuft das Wasser im Mund zusammen, wenn ich nur daran denke."
Mathilde Bohmer, Milde, wie alle sie nannten, war zusammen mit ihrem Bruder ausgewandert, jedoch nie über die Grenzen NewYorks hinwegkommen. Sie hatte sich während der Überfahrt verliebt und bald nach der Ankunft geheiratet. Mit ihrem Mann führte sie ein gutgehendes Café in Yorkville und ihr gedeckter Apfelkuchen war berühmt. Bei ihr wollten die drei Station machen, sich von der Reise erholen und dann weiter nach Wisconsin fahren. Aber erst einmal befanden sie sich auf der ROTTERDAM.

"Heil Dir, Sklave!" wurde Joseph von einem der beiden Männer grinsend begrüßt. "Herzlich Willkommen auf der Galeere!"
Die Frau mit den grauen Haaren gab ihm die Hand.
"Cornelia Bohmer, nehmen Sie die zwei bloß nicht ernst!" Sie wies mit dem Kopf auf ihre Begleiter. "Meine Zwillinge."
Ihre Augen funkelten. Sie strahlte Joseph an und nickte, als wolle sie ihre Worte noch unterstreichen, denn die zweieiigen Zwillinge ähnelten sich so, wie Brüder sich eben ähneln, mehr nicht. Behende sprang Joseph von seinem Bett und begrüßte die neuen Nachbarn.
"Joseph Keller, angenehm!"
"August, mein Ältester", stellte die Frau mit den grauen Haaren den etwas größeren von beiden vor. "Und das ist Hubert, der Mittlere."
Joseph stutzte, verstand die Reihenfolge nicht, fragte aber auch nicht.
"Seid gegrüßt, Männer!"
Joseph hatte eine Trompete in ihrem Gepäck bemerkt und auch

eine Gitarre hatten sie bei sich – vielleicht würde man ja zusammen musizieren können.

Als er endlich in seiner Koje lag, war an Schlaf nicht zu denken. Noch einmal tauchten die Menschen des vergangenen Tages vor seinem Auge auf: Pavel mit seinen Flaschen, die rosige Annie Dekkers und der maulfaule Kutscher, der knorrige Alte aus Norddeutschland, der Vater mit den verängstigten Töchtern - wo sie wohl untergekommen waren? Blödmann, der unfreundliche Matrose...
Joseph wälzte sich auf seinem Lager. Das Leben von mehr als hundert Passagieren war nicht zu überhören. Da hustete jemand nervös in die Nacht, Männer schnarchten und furzten ungeniert, Kinder weinten in den Armen ihrer erschöpften Mütter, einige Reisende unterhielten sich mit gedämpfter Stimme und mit schlurfenden Schritten suchten erste blasse Gestalten den Weg zum Abort.
Erschöpft fiel Joseph schließlich in einen fiebrigen Schlaf und wenn er durch einen der Fürze aufschreckte, war er dankbar über seinen Platz am Auslass des Lüftungsrohres.

In den frühen Morgenstunden wurde es zunehmend unruhiger im Saal, die stampfenden Bewegungen des Schiffes und das kraftvolle, unaufhörliche Vibrieren seiner Turbinen war hier unten so unmittelbar zu spüren, dass vielen Passagieren übel wurde. Cornelia Bohmer war schon seit Mitternacht auf den Beinen und mit Hilfe einiger Frauen organisierte sie einen Notdienst für die Kranken. Ihr resolutes Auftreten verschaffte ihr Respekt und sie war, ohne es zu wollen, zur Sprecherin des Saales geworden. Niemand verlor ein Wort darüber, doch niemand zweifelte daran.
“Was haltet ihr davon, wenn wir alle Arzneien und Tinkturen

einsammeln, die die Leute von Zuhause mitgenommen haben?", fragte sie in die Runde. "Dann können wir viel besser helfen. Was meint ihr?"
Zwei Frauen zwängten sich mit einem Wäschekorb durch die Reihen. Auch einige der Fläschchen, die Joseph auf dem Weg zum Hafen vor dem Café FRITSCHIJ gesehen hatte, fanden sich in der Sammlung wieder.
"Wir brauchen heißes Wasser. Der Abort darf auf keinen Fall verdrecken!", ermahnte Cornelia die Frauen. "Da müssen alle aufpassen. Das Beste ist, wenn wir uns abwechseln und jeder für ein paar Stunden Dienst vor den Klosetts macht."
Sie wandte sich an Joseph und die Zwillinge, die sich inzwischen gähnend zu den Frauen gesellt hatten.
"Ihr sorgt dafür, dass in den Gängen nichts rumliegt. Und wenn jemand Hilfe braucht, bringt ihn sofort zu uns! Jungs, das organisiert ihr und sucht euch noch ein paar Männer, die mit anpacken!"

Viele Passagiere litten unter der Seekrankheit und mancher wäre gern in Southampton, dem nächsten Hafen, schon wieder von Bord gegangen. Die ROTTERDAM hatte den Kanal erreicht und dort erwischte es schließlich auch die drei jungen Männer.
Kreidebleich saßen sie nebeneinander.
"Wär'n wir bloß in Schwelle geblieben. Sterben hätten wir da auch können. Aber auf'm Meer?", jammerte August. "Nä!", er sah seinen jüngeren Bruder an. Der nickte nur.
"Zuhause könnte ich wenigstens in die Heder kotzen."
Angeekelt wandte er sich dem anderen Leidensgenossen zu.
"Was sagst du denn dazu, Joseph? Was machst du eigentlich hier? Warum bist du denn hier auf der Galeere?", fragte er ihn.
"Ich will Priester werden", antwortete Joseph.

“Priester?”
August konnte es nicht fassen und auch Hubert schaute Joseph verblüfft an.
“Priester, wieso das denn, dafür musst du doch nicht nach Amerika gehen?”
Joseph winkte ab, auch ihm war kotzübel - er hatte das Gefühl, sein Mund sei voll mit, ja mit was eigentlich...
Er fühlte sich elend.
“Später, ich erzähl es euch später.”
Schwer atmend und grün im Gesicht kauerte er da. Er haderte mit seinem Schicksal, dachte an Zuhause, an seine Mutter und seine Schwestern. Wieder wollte dieses beängstigende Gefühl in ihm hochkriechen. Aber jetzt war nicht der Augenblick für Heimweh. Das nicht auch noch! Er versuchte, seine Angst zu verdrängen, es würgte ihn, doch plötzlich fiel ihm etwas ein und seine Miene hellte sich auf.
“Wartet mal einen Moment!”, stieß er hervor.
Pavels Medizin war ihm wieder eingefallen. Schwerfällig kletterte er in seine Koje, kramte die Flasche mit dem grünen Zeug aus der Reisetasche und streckte sie den Zwillingen entgegen.
“Wenn das nicht hilft, sind wir verloren. Das hier ist vielleicht unsere Rettung.”
Er tat einen kräftigen Zug, hatte jedoch keine Ahnung, was genau er da trank und im selben Moment verschlug ihm der hochprozentige Kräuterschnaps auch schon den Atem. Die Augen quollen ihm aus dem Gesicht und er schnappte nach Luft wie ein Fisch an Land. Er spürte den Schnaps in den Magen rinnen, Zentimeter für Zentimeter und unterwegs nach Süden schien ihm die blaßgrüne Flüssigkeit sämtliche Eingeweide wegzuätzen. Ihm wurde heiß und er fürchtete, das Zwischendeck würde vom feurigen Schimmer seiner Ohren erleuchtet.
“Nur Mut!”, ermunterte er die Zwillinge. “Trinkt, Sklaven!

Nur zu!" Krächzend reichte er ihnen die Flasche. "Auf unsere Gesundheit!"
Auch wenn sich die zwei nach dem ersten Schluck schüttelten, ihnen schien der Schnaps nichts anhaben zu können, ja, er schien ihnen zu schmecken.
"Nicht übel. Auf Amerika!", grinste Hubert.
Die Zwillinge strahlten. Zu Hause hatten sie, wenn es ihnen wirklich schlecht ging, einen selbstgebrannten Magenbitter getrunken. Diese Medizin jedoch schmeckte ihnen viel besser.
"Der hilft! Bestimmt! Wir müssen nur genug davon trinken", meinten die beiden und ließen die Flasche kreisen. Bald tat der Alkohol seine Wirkung.
"Juhuuu, Amerika, wir kommen!", sagte Hubert mit schwerer Zunge und fuhr fort. "Joseph, weisst du was, August und ich sind noch nicht verheiratet", er grinste. "Doch wenn es mal soweit ist, musst du uns trauen! Ist ja wohl klar!" Die Zwillinge klopften sich auf die Schenkel und feixten.
Und Joseph blieb gar nichts anderes übrig und er erzählte den beiden, warum er nach St. Louis gehen wollte.
Die Zwillinge erzählten ihm von der Schinderei auf der Mühle, sie malten sich das schöne Leben in Amerika aus und irgendwie vergaßen die drei darüber ihr ganzes Elend.
"Komm doch mit nach Grafton, Joseph!", versuchten die Zwillinge ihn von seinem Vorhaben abzubringen. "Ein Kerl wie du, was will der denn in St. Louis? Die finden doch bestimmt andere Priester. Wie wär's? Komm mit uns!"
Joseph nahm noch einen Schluck. "Danke, Jungs", winkte er ab. "Ist wirklich nett, aber ich habe mich entschieden. Ich kann euch das heute nicht alles erklären, ich *muss* einfach da hin."
Dann erzählte er von Hünfeld. Von seiner Krankheit. Die Geschichte von Maria, seiner großen Liebe, ließ er jedoch aus.
"Um ein Haar hätten sie mich da begraben!"

Mit hängenden Schultern saß er auf seiner Pritsche.
"Wäre vielleicht das Beste gewesen", sagte er voller Selbstmitleid. "Aber meine Mitbrüder mussten mich ja unbedingt gesund pflegen..."
Er schüttelte sich, die Bilder quälten ihn.
Er war noch immer nicht fertig mit dem Orden. Wohin hatten die von Haarens Maria geschafft? Er war auch noch nicht fertig mit Gott! Joseph ballte die Rechte zu einer verzweifelten Faust. *Ja, ich habe einen Fehler gemacht, zugegeben!,* dachte er. *Aber du wirst schon noch sehen, Gott!* Und wieder spürte er Wut und Enttäuschung in sich hochsteigen.
"Noch einmal passiert mir so was nicht", sagte er wohl zu laut, denn die Brüder schauten ihn verschreckt durch eine Nebelwand aus Alkohol an. Auch Joseph nahm noch einen kräftigen Schluck.
"Versteht ihr?"
Die Brüder nickten. Selig träumten sie ihren Traum mit offenen Augen und wussten nicht im geringsten, was er ihnen hatte sagen wollen. Aber das machte nichts, schweigend saßen die drei nebeneinander und hin und wieder gönnten sie sich ein Schlückchen.

Am nächsten Morgen, jedenfalls dachte er, dass es der nächste Morgen war, konnte sich Joseph an nichts erinnern, nicht an seinen Kummer, nicht an die Seekrankheit.
Nichts!
Regungslos verharrte er auf seinem Lager.
Dann, ganz allmählich kehrten die Bilder des Vorabends zurück und mit dem Erinnern nahm ein zunächst noch entferntes Pochen unter seiner Schädeldecke zu, kam unaufhörlich näher.
Das Pochen wurde zunehmend heftiger.
Ob er wohl schlief? Oder war er tot?

Er war sich nicht sicher.
“Ach was, alles ist gut!”, antwortete er sich im Halbschlaf und träumte weiter.
Und das Pochen?
Das Pochen entfernte sich unbemerkt.

Cornelia Bohmer war während der Nacht nicht eine Minute zur Ruhe gekommen. Mit verschränkten Armen stand sie vor den Kojen und schüttelte den Kopf. “Aufsteh’n, Jungs, laßt uns nach oben gehen, frische Luft schnappen!”
Ohne Murren quälten sich die drei aus ihren Betten, die Zwillinge ahnten, dass dies nicht der geeignete Moment für eine Diskussion war. Schwerfällig reckten sie sich vor den Etagenbetten und Joseph stellte verwundert fest, dass das dröhnende Hämmern unter seiner Schädeldecke verschwunden war. *Pavel hatte Recht,* dachte er. Er fühlte sich nicht gerade taufrisch, doch von der Seekrankheit spürte er nichts mehr, und auch den Brüdern schien es besser zu gehen.
Ihre Gitarre in der Hand, ging Cornelia Bohmer voran und August griff seine Trompete, dann stiegen sie nacheinander durch das dunkle Treppenhaus hinauf. Die Luft wurde immer besser, je höher sie kamen. Auf dem Achterdeck angelangt sogen sie die würzige Seeluft gierig ein. Die Sonne schien von einem wolkenlosen Himmel und sie hielten die Hände schützend über ihre Augen. Nach einer Weile sah Joseph auf seine Taschenuhr – sie hatten den Vormittag verschlafen.
Kein Wunder, dass es hier schon so zugeht, dachte er.
Dicht drängten sich die Passagiere an der frischen Luft und die vier waren froh, als sie neben einem der Lüfter an Deck noch ein freies Plätzchen fanden.
Die mehr als mannshohe, strahlend weiß lackierte Windhutze erinnerte Joseph an eine Riesentuba.

Er sah sich um und entdeckte, dass auf dem Deck noch etliche davon herumstanden. Die Lüfter versorgten die Decks mit Frischluft und er versuchte herauszufinden, welchem davon er wohl die frische Brise über seinem Bett zu verdanken hatte.
Mit dem Ellbogen stieß er Hubert in die Seite und wies mit dem Kopf auf die weißen Trichter. Der feixte, blähte sofort die Backen und ahmte den tiefen Ton eines Sousaphons nach.
Ein Instrument spielte Hubert nicht, dafür hatte er aber die Gabe, die unterschiedlichsten Geräusche zu imitieren. Nela Bohmer beobachtete die zwei und schmunzelte. Dann setzte sie sich auf die gußeiserne Lehne einer Bank. Eine junge Frau war aufgestanden und hatte ihr den Platz angeboten. Sie stimmte ihre Gitarre, schlug einige Akkorde an und begann zu spielen. Um sie herum wurde es still. Andächtig hörten die Passagiere ihr zu. Manche summten zu der bekannten Melodie, andere begannen zaghaft zu singen.

Ännchen von Tharau ist, die mir gefällt,
Sie ist mein Leben, mein Gut und mein Geld.
Ännchen von Tharau hat wieder ihr Herz
Auf mich gerichtet in Lieb' und in Schmerz.
Ännchen von Tharau, mein Reichtum, mein Gut,
Du meine Seele, mein Fleisch und mein Blut.

Nela spielte weiter, Strophe für Strophe und bald hatte sich ein bunt gemischter Chor um sie gruppiert. August begleitete seine Mutter auf der Trompete. Dann gesellte sich ein Mann mit seinem mit Perlmutt verzierten Akkordeon zu ihnen.
Der Wind hatte aufgefrischt und blies so über das Achterdeck, dass man hätte meinen können, das kleine Orchester würde auch noch von den tiefen Tönen einer Tuba unterstützt. Sie trafen sich an den folgenden Tagen regelmäßig, Cornelia Bohmer

gab auch hier den Ton an. Die Passagiere musizierten unter ihrer Leitung mit großem Enthusiasmus. Für ein paar Stunden vergaßen sie ihre Ängste und das Heimweh. Sie hatten sich vorgenommen, die neue Heimat mit einem Ständchen zu begrüßen.
Die Zusammensetzung des Orchesters war ungewöhnlich, denn neben dem Akkordeon stießen noch zwei Geigen, eine Mundharmonika und ein Kontrabaß zum Klangkörper.
Der Flügel, auf dem Joseph hätte spielen können, stand unerreichbar im kleinen Ballsaal der ersten Klasse – so hatte sich Joseph mit seiner kräftigen Stimme in die letzte Reihe des Chors eingereiht.
Nach den Proben stellte er sich an die Reling und zündete sich eine Zigarre an. Es ging hier oben an Deck so eng zu, dass er nach einem Ort Ausschau hielt, an dem er seinen Gedanken ungestört nachgehen konnte.
Während seiner Suche auf dem hoffnungslos überfüllten Deck blieb sein Blick an den Rettungsbooten hängen, immer und immer wieder zählte er. Cornelia Bohmer beobachtete Joseph schon eine ganze Weile. Sie hatte keine Ahnung, was er da machte. Sie war ihm einfach gefolgt und stand plötzlich neben ihm.

Kapitel 5

Joseph hatte Cornelia nicht kommen sehen.
“Ist etwas nicht in Ordnung?”, fragte ihn die Mutter der Zwillinge. Fassungslos schaute Joseph sie an und wies mit einer Kopfbewegung zum Bootsdeck.
“Sechzehn, es sind nur sechzehn”, antwortete er. “Mehr kann ich auf dem ganzen Schiff nicht entdecken.”
Sie verstand kein Wort.
“Auf der TITANIC hatten sie nur zwanzig Rettungsboote”, erklärte er ihr. “Das hab ich aus der Zeitung. Aber das waren viel zu wenig, wie jeder weiß. Hier sind noch mehr Passagiere an Bord und *hier* gibt es noch weniger Boote. Ich verstehe das nicht. Das hätten sie uns doch sagen müssen.”
Die Zwillinge hatten nur den letzten Teil des Gespräches verfolgt und begannen zu zählen. Ja, es waren wirklich nur sechzehn Boote. Auf jeder Seite des Decks acht. Auch sie bekamen nicht mehr zusammen und sie wunderten sich, dass ihnen das nicht schon bei der Rettungsübung aufgefallen war.
“Und jetzt?” Ratlos sahen die jungen Männer Nela an.

“Es reicht schon, wenn wir uns Sorgen machen. Oder? Wir behalten das für uns. Bitte, Jungs! Wir sind mitten auf dem Atlantik. Hier draußen auf dem Meer können wir eh nichts mehr daran ändern. Vielleicht hilft ja beten?”, sagte sie. “Sie wollen doch Priester werden, Joseph, oder? Dann laßt uns zusammen beten, dass alles gut geht!”
Joseph erwiderte nichts. Er bewunderte diese Frau, die sich durch nichts aus der Ruhe bringen ließ und auf jede Frage eine Antwort zu haben schien.
Die vier sprachen mit niemandem über ihre Entdeckung und August hatte eine Idee:
“Wie wär’s, wenn wir ab heute Nachtwache halten. Nur wir drei!”, schlug er vor. “Wir wechseln uns ab! Was meint ihr?”
So hielten sie es dann. Jeder hielt für zwei Stunden Wache an Deck und von den Mitreisenden merkte niemand etwas.

Die Tage vergingen.
Über die grauenhafte Verpflegung an Bord wollten sie nicht lamentieren. Hatten sie sich daran gewöhnt? Nein, aber Nela Bohmer verstand es meisterhaft, die drei jungen Männer mit kleinen Leckereien aus ihrem Korb bei Laune zu halten. Einmal stand, wie aus dem Nichts, ein Glas eingemachter Gürkchen vor ihnen. *Wie macht sie das nur?,* dachte Joseph. Ein anderes Mal gab es für jeden ein Stück Nougat. Ja, auch die Zwillinge wunderten sich immer wieder, wo sie diese Köstlichkeiten aufgetrieben hatte.
Es war jedesmal ein Fest.
Und Joseph gehörte wie selbstverständlich dazu. Er fühlte sich als Mitglied der Familie und Nela gab ihm das Gefühl, dass er willkommen war.

Sieben Tage waren sie nun schon an Bord, langsam neigte sich

die Überfahrt dem Ende zu. Viele Passagiere wurden unruhig und niemand vermochte genau zu sagen, woran das lag, denn vom Festland war weit und breit nichts zu sehen.
Während seiner Nachtwache hatte Joseph dann die ersten Lichter vom Festland herüberleuchten sehen. Schnell stieg er in das Zwischendeck hinab, um die Zwillinge zu wecken.
“Seht mal da rüber! Das müßte Neufundland sein!”, flüsterte er, obwohl außer ihnen kein Mensch an Deck war. Sie standen an der Reling und schauten gespannt Richtung Westen, während sich die ROTTERDAM weiter ihren Weg durch die ruhige See bahnte. Die Nacht war klar und das Leuchtfeuer von St. John deutlich zu erkennen.
“Ich glaube, jetzt haben wir’s bald geschafft. Vielleicht dauert es auch noch ein, zwei Tage, bis wir in NewYork ankommen, aber was meint ihr, unsere Wache können wir doch jetzt getrost aufgeben, oder?”, fragte Joseph, als sie auf dem Weg hinunter in ihren Schlafsaal waren und die beiden nickten müde.

Am folgenden Morgen wurden um sie herum schon die ersten Koffer gepackt und in den engen Gängen des Saales ging es so hektisch zu wie am Tag der Abreise. Aber die Frauen behielten die Übersicht und nur ab und an hörte man das schwere Atmen der Männer – alle waren nervös, denn ihr Ziel war auf einmal zum Greifen nah. Die meisten von ihnen ahnten nicht, was sie erwartete. Doch alle hofften auf ein gutes Ende der langen Reise und alle hofften, ihr Glück in Amerika zu finden.
Eine letzte Hürde wartete aber noch auf sie. Ellis Island.

Die Spannung an Bord wuchs von Stunde zu Stunde.
Die meisten Passagiere hielt es nicht länger unter Deck, jeder wollte der Erste sein, um die neue Heimat zu begrüßen. So standen sie dichtgedrängt beisammen.

Um den Wartenden die Zeit zu verkürzen, gab das kleine Orchester ein Abschiedsständchen. Unter der großen, weißen Tuba nahmen sie Aufstellung. Das Auditorium war größer als sie ahnten, denn auch auf den unerreichbaren Decks der ersten und zweiten Klasse hörten die Passagiere zu und gern ließen sie sich von den Klängen ablenken, die von der dritten Klasse zu ihnen herüberwehten.
Dann war das Konzert beendet und es wurde plötzlich ganz still auf der ROTTERDAM. Sogar das Stampfen der Turbinen setzte scheinbar aus, bevor ein begeisterter Applaus losbrach, der für einen kurzen Moment alle Barrieren zwischen den Decksklassen überwand.
Doch von NewYork war noch immer nichts zu sehen und viele Passagiere wurden unruhig.
“Wann sind wir denn endlich da?”, fragten sie sich.
Nela Bohmer spürte das umsichgreifende Unbehagen und kündigte schnell eine Zugabe an.
Auf den Decks der ersten und zweiten Klasse widmete man sich wieder den Vorbereitungen für die Ankunft in NewYork, während Nela *ihrem* Publikum erklärte, die Jungs würden noch eine Moritat vortragen.
Joseph war aufgeregt, das Herz schlug ihm bis zum Hals, doch er freute sich, dass er zu *ihren* Jungs gehörte.
Dann begann er zu singen:

Sabinchen war ein Frauenzimmer
Gar fromm und tugendhaft
Sie diente treu und redlich immer
Bei ihrer Dienstherrschaft

Dabei zeigte er mal auf August, dann auf Hubert, denn die zwei hatten sich verkleidet und ließen die schreckliche

Geschichte durch ihr gestenreiches Schauspiel lebendig werden und ihr Publikum amüsierte sich köstlich.
Doch dann änderte sich die Stimmung blitzartig.
Passagiere wiesen wild gestikulierend in Fahrtrichtung. Hektik erfaßte plötzlich die Zuschauer und die drei jungen Männer brachen ihre Vorstellung ab. Das Ziel der Reise sei endlich in Sicht gekommen, hieß es plötzlich und einige der Reisenden meinten, sie hätten schon das Festland gesehen.
Doch es kam anders. Dunst zog auf. Das Wetter schlug um und innerhalb weniger Augenblicke wurde das Dampfschiff von einer undurchdringlichen Nebelwand verschluckt.
Die ROTTERDAM verschwand im Nichts.

Für viele Reisende schien es eine Ewigkeit zu dauern, bis dieses Nichts seinen Schrecken verlor. Auch Joseph lauschte gespannt in den Nebel hinein.
Wo bleibt denn diese Stadt?, fragte er sich. Und als er endlich die Barkassen und Schlepper hörte, die das Schiff in den Hafen geleiten sollten, schwanden auch seine Bedenken. Er konnte den Hafen schon riechen. Bald würde er sein Ziel erreichen.
Das Schiff hatte seine Fahrt gedrosselt und es herrschte eine gespenstische Stimmung an Bord, denn zu sehen gab es noch immer nichts. Kinder weinten und dann hörte man ganz entfernt die Stimmen der Seeleute. Die Befehle der Offiziere wurden wie von einem riesigen Wattebausch gedämpft.
Nahezu geräuschlos, wie von Geisterhand geführt, glitt die ROTTERDAM durch das Nebelmeer bis unversehens die schwere Ankerkette, einen letzten Akkord setzend, an der Bordwand herunterrasselte – die Reise war zu Ende.
Es war Montag, der 9. September 1912.
Der neue Tag hatte gerade begonnen.

“TICKETS TO ALL POINTS”, buchstabierten die drei im Chor. “Hier sind wir richtig!” August wies auf das Schild über dem Kartenschalter. “Heute morgen hätte ich keinen Pfifferling darauf gewettet, dass ich es bis hierher schaffe. Als der Inspektor nach meinen Augen grapschte, habe ich gemeint, jetzt ist alles aus. Ich dachte wirklich, der will mir die Dinger einzeln ausreißen und mich dann blind zurückschicken.”
Aschfahl schaute er von einem zum anderen und schüttelte sich, als er von der Prozedur erzählte. Hubert wollte seinem älteren Bruder aber in nichts nachstehen.
“Ich hätte beinah diesem Kerl auf den Schoß gekotzt, ihr wisst schon, diesem Schlachter mit den Riesenpranken, als der mir im Hals herumfuhrwerkte!” Er grunzte angeekelt.
“Was soll’s”, Hubert legte den Arm auf die Schulter seines Bruders. “Jetzt kann’s uns auch egal sein!”
Nela Bohmer hatte sich auf ihren Koffer gesetzt. Erleichtert und müde sah sie zu den dreien hoch.
“Alles ist gut, Jungens!”
Dicke Tränen rollten über ihre Wangen.

Ungeduldig trat Joseph von einem Fuß auf den anderen. Die Schlange vor ihm war lang und es dauerte, bis er endlich an der Reihe war, um das Billett nach St. Louis zu lösen.
Strahlend wandte er sich den Bohmers zu und präsentierte stolz die erworbene Fahrkarte.
“Übermorgen fahre ich weiter, war gar nicht so schwer.”
Er schwindelte, so leicht war es ihm gar nicht gefallen, sich mit dem Kartenverkäufer zu verständigen. Aber der Mann hinter dem Schalter hatte im Laufe der Jahre auf Ellis Island ein paar Brocken Deutsch aufgeschnappt und Joseph schämte sich, dass er während der Überfahrt nicht ein einziges Mal in sein Englischbuch geschaut hatte.

Die Sprache kann ich immer noch lernen, dachte er.
Stolz verließen die vier das Registrierungsgebäude durch die mächtige Pforte des Haupteingangs und stiegen die Stufen der überdachten Treppe hinunter. Da standen sie nun zusammen und schauten sich strahlend an.
Amerika!
Tief atmeten sie die kühle, klare Luft ein. Ein frischer Wind hatte den Nebel vertrieben und die Sonne schien von einem makellosen Himmel.

"Frau Bohmer, Herr Bohmer, Herr Bohmer", Joseph verbeugte sich tief. "Ich gratuliere Ihnen und heiße Sie herzlich willkommen in den Vereinigten Staaten von Amerika."
Die drei lachten. "Thank you, Mr. Keller. Danke! Danke!"
Vom Anleger blickten sie hinüber zu den zwei anderen Armen der künstlichen Insel, die man parallel zur Hauptinsel aufgeschüttet hatte, um dort eine Krankenstation zu errichten.
Liberty Island lag in einiger Entfernung dahinter, doch die Freiheitsstatue wendete ihnen den Rücken zu.
"Sie begrüßt nur die ankommenden Schiffe. Ziemlich unfreundlich, die Dame", meinte August. "Einmal könnte sie sich wenigstens umdrehen und zu uns herüberwinken."
"Ich finde, sie hat einen dicken Hintern. Ich hatte sie mir viel schlanker vorgestellt. So etwa", sagte Hubert, während er mit beiden Händen die Silhouette einer Frau in den Himmel zeichnete.
"Viel zu dick!"
Die Brüder sahen sich an und prusteten los.
"Ja, ja, viel zu großer Hintern", sagte Joseph lachend und bot ihnen die letzten Zigarren an. "Ihr scheint euch ja auszukennen!"
Eine Barkasse näherte sich Ellis Island.

“Es wird Zeit, dass wir rüber kommen.” Joseph zeigte auf die Häuserkette jenseits des Hudsons.

Mathilde Lampe war rechtzeitig in Yorkville losgefahren und hatte ihren Lieferwagen unweit des Hafens in einer Seitenstraße abgestellt. An den Kaianlagen hielt sie Ausschau nach ihrer Schwägerin und den Zwillingen. Barkassen voller Menschen tuckerten unaufhörlich von Ellis Island herüber, um ganze Schwärme erwartungsvoller Auswanderer in die neue Welt zu speien.

“Wir haben’s geschafft, wir haben’s geschafft.” Erst als sie im Hafen von Manhattan standen, löste sich auch ihre letzte Anspannung. Jubelnd lagen sie sich in den Armen. Sie waren am Ziel. Zögernd näherte sich ihnen eine Frau. August erkannte sie zuerst, rannte auf seine Tante zu und fiel ihr um den Hals. “Milde!”, rief er und drückte sie an sich.
“August, bist du das wohl? Was bist du groß geworden, mein Junge!” Sie lachten und weinten und warteten auf die anderen und es wurde eine stürmische Begrüßung.
“Wen habt Ihr mir da denn mitgebracht?”
Auch Joseph wurde umarmt. Er wollte von hier weiter in die Mulberry Street gehen, denn auf seinem Stadtplan konnte das nicht weit sein, doch als er ansetzte, um sich zu verabschieden, fiel ihm Mathilde Lampe ins Wort: “Nichts da, wir nehmen Sie mit. Steigen Sie auf, junger Mann, wir haben Platz genug!”
“Aber das geht doch nicht”, wehrte er ab. “Das kann ich nicht annehmen.”
“Doch, doch, selbstverständlich können Sie! Wir fahren sowieso den Broadway hoch. Na, kommen Sie schon!”, sagte Mathilde Lampe. “Wir haben nicht ewig Zeit.” Sie war eine resolute Person und duldete keinen Widerspruch, von nieman-

dem. Außerdem war sie Geschäftsfrau und immer in Eile. “Diskutieren können wir morgen. Steigen Sie ein!”, sagte sie. “Mein Mann wartet schon auf mich.”
Die Frauen nahmen im Führerhaus Platz.
Der kleine Lieferwagen blitzte in der Sonne. Auf den Türen stand in goldenen Lettern:

∗ CAFÉ LAMPE ∗
One East 84th Street - Third Avenue

Die Männer verstauten schnell das Gepäck auf der Ladefläche und machten es sich zwischen den Koffern so gemütlich wie es ging. Dann fuhren sie los.
“Ich kann’s noch gar nicht fassen, Jungens. Einen Blick hat man von hier.” Joseph verschränkte die Arme hinter dem Kopf und schaute fasziniert nach oben. “Die Häuser wachsen hier wirklich in den Himmel.”
Es gab viel zu sehen und sie kamen aus dem Staunen gar nicht heraus. Aber die Fahrt war viel zu schnell zuende, denn bis Greenwich Village hatte es nur ein paar Minuten gedauert.
“St. Patrick’s! Was sagen Sie nun? Wir sind schon da”, sagte Mathilde und setzte Joseph vor dem prächtigen Pfarrhaus aus braunem Sandstein ab. “Bis morgen dann!”
“Versprochen, morgen Nachmittag besuche ich Sie in ihrem Café. Die beiden haben mir schon so von Ihrem Apfelkuchen vorgeschwärmt. Und nochmal Danke für’s Mitnehmen.”
“Bis morgen, Joseph”, riefen sie ihm zu, als sie die Mulberry Street hochtuckerten und die Zwillinge winkten solange, bis der Lieferwagen in die East Houston Street bog.

Pastor Breuning hatte Joseph an diesem Tag erwartet. Er freute sich über den Besuch aus der Heimat.

“Ihr Sohn ist herzlich willkommen. Er kann bei uns bleiben, solange er mag”, hatte er Johanna Keller schon vor Monaten geschrieben. Nach der Ankunft führte Hermann Breuning seinen Gast durch die weitläufige Anlage, zu der neben dem Pfarrhaus noch ein Waisenhaus und ein Kloster mit einem verträumten Kräutergarten gehörten.
“Wenn Sie sich ausgeruht haben, erwarten wir Sie unten im Speisezimmer.”
Das ganze Haus war erfüllt von einem köstlichen Duft. Die Haushälterin stammte aus dem Rheinland und in der Gemeinde war sie bekannt für ihre Kochkünste.
“Paula hat uns zur Feier des Tages einen Sauerbraten vorbereitet”, sagte Hermann Breuning. Er aß für sein Leben gern und man sah es ihm auch an.
Sauerbraten!, dachte Joseph. *Wenn der so schmeckt, wie er duftet!* Bis spät in die Nacht saß er mit dem Pfarrer in dessen Wohnzimmer und bei einem kühlen Bier erzählte er von seiner Reise und seinen Plänen.

Am nächsten Morgen brach er früh auf, denn ihm blieb nur dieser eine Tag, um sich die Stadt anzusehen.
“Viel zu wenig Zeit, mein Freund. Sie müssen noch einmal wiederkommen!”, sagte Pastor Breuning und dann beschrieb er ihm den Weg. “Das Gescheiteste ist, wenn Sie auf dem Broadway einfach immer Richtung Norden gehen, da können Sie gar nichts falsch machen und an einem Tag ganz Amerika entdecken! Aber passen Sie auf, dass Sie nicht unter die Räder geraten! Ist ein ordentlicher Marsch bis da hoch. Und denken Sie daran, wenn Sie den Central Park erreichen, dann müssen Sie sich rechts halten. Yorkville liegt im Osten, auf der anderen Seite.”

Joseph kam aus dem Staunen gar nicht heraus. *Das also ist New York,* dachte er.
Noch nie hatte er so ein Gedränge erlebt. Vorbei an ungezählten Obst- und Gemüseständen quälten sich Menschen und Pferdedroschken durch die Norfolk Street. Es roch nach Leben: nach frischem Lauch und welkem Kohl, nach billigem Parfüm, kaltem Schweiss und Pferdemist. Das Stimmengewirr war noch vielfältiger als auf der ROTTERDAM. Er konnte gar nicht genug bekommen und versuchte, die verwirrenden Eindrücke in sich aufzusaugen, sie irgendwie in seinem Gedächtnis festzuhalten.
Er fühlte sich wie betrunken.
Nicht schon wieder!, dachte er. *Was für ein Durcheinander! Und nichts passiert hier bei all dem hektischen Treiben!*
Doch die Regeln, die dem ganzen Chaos eine gewisse Ordnung bescherten, durchschaute er nicht, er wunderte sich nur und ging weiter. Der Gestank, der ihm aus den finsteren Hauseingängen der Mietshäuser entgegenwaberte, ließ die Bilder vom Zwischendeck wieder lebendig werden und ihn beschlich eine dumpfe Ahnung vom Elend hinter den Backsteinmauern.
Er ließ sich treiben.
Aus einigen der fremdländischen Lokale duftete es verführerisch. Ja, diese Stadt ging verschwenderisch mit ihren Düften um. Joseph bekam Hunger und gern wäre er irgendwo eingekehrt, aber er traute sich nicht und schlenderte weiter.

An einer der nächsten Straßenecken duckte er sich plötzlich, verschränkte seine Hände über dem Kopf und sah entsetzt nach oben.
Es war nur die Hochbahn, die zwei Stockwerke über ihm auf einer Trasse aus eisernen Stelzen zur nächsten Haltestelle rumpelte und dabei einen Höllenlärm verursachte.

Alles in dieser Stadt war größer, schneller und vor allem lauter, als er es sich das je hatte vorstellen können.
Er ging weiter. Ein paar Straßen nördlich blieb er wie angewurzelt vor einem Zigarrenladen stehen.

∗ K. of L. – CIGARS & TOBACCO ∗

Doch nicht das Schild hatte ihn zum Halten bewegt; ein verknitterter Indianer mit wettergegerbter Haut und einem prachtvollem Federschmuck auf dem Kopf bewachte mit versteinerter Miene den Eingang des Geschäfts. *Der ist Hundert, wenn nicht älter!,* überlegte er. Der Alte rauchte eine Pfeife und als Joseph den Laden betreten wollte, kreuzte der Häuptling, was sollte der Indianer auch anderes sein als ein Häuptling, seine Arme vor der Brust und verneigte sich würdevoll.
Joseph verneigte sich auch, kam sich aber irgendwie albern vor und sah zu, dass er in den Laden eintauchte, um in Ruhe ein paar Zigarren auszusuchen. Mit prüfendem Blick sah er sich jede genau an, zuletzt ließ er sich aber durch ihren Duft überzeugen, drehte die Zigarren behutsam zwischen Daumen und Zeigefinger, führte sie ganz dicht unter die Nase, um das feine Aroma intensiver aufnehmen zu können. Doch dann wurde er übermütig, vergaß all seine guten Vorsätze und kaufte gleich eine ganze Kiste. Er wurde aschfahl im Gesicht, als ihm der Verkäufer den Preis auf einen Zettel kritzelte. Doch zurück konnte er nicht mehr, außerdem hatte er seinen Vorrat während der Überfahrt verbraucht. Als er den Laden verließ, hielt der alte Häuptling immer noch Wache, Joseph nickte artig und sah zu, dass er weiterkam.
Hermann Breuning hatte Recht – es war ein weiter Weg bis hoch nach Yorkville. Viel später als gedacht erreichte Joseph am Nachmittag die 84. Straße. Und hier traute er sich auch,

nach dem Weg zu fragen, denn hier wurde überall Deutsch gesprochen. Bald entdeckte er das Café.

Mathilde Lampe schnitt gerade einen frischen Apfelkuchen an und ihre Schwägerin sah ungeduldig dabei zu.
“Laß mich das machen!”, sagte Cornelia. “Ich helfe dir beim Bedienen, da kann ich die Sprache doch viel schneller lernen.”
Widerspruch war zwecklos, Mathilde Lampe kannte ihre Schwägerin und so blieb ihr gar nichts anderes übrig, als Cornelia eine frische Schürze umzubinden.
Wenig später betrat Joseph das Café. Es duftete nach warmen Äpfeln, frischem Kaffee, süßer Sahne und einem Hauch guter Zigarren. *Das ist es!,* dachte er.
“Hallo, Joseph, da sind Sie ja!” Cornelia Bohmer strahlte, als sie ihn sah und strich ihre Schürze glatt. “Die Jungens sollten auch bald hier sein. Stellen Sie sich vor, Sie sind einer meiner ersten Gäste!”, sagte sie aufgekratzt. “Setzen Sie sich! Kaffee ist fertig, der Kuchen kommt auch gleich! Sie wissen ja, Mildes Apfelkuchen, dafür kommen die Leute aus der ganzen Stadt hierher!”

Am nächsten Mittag fuhr Joseph zur Pennsylvania Station. Ehrfürchtig durchschritt er die gigantische Bahnhofshalle. Gehetzte Figuren kreuzten seinen Weg, eilten gesichtslos ihrem Schicksal entgegen. Niemand schien von den monströsen Dimensionen des Bauwerks Notiz zu nehmen. Mittagssonne flutete durch maßlose Fenster herein.
Er wurde das Gefühl nicht los, diese menschenverachtende Kathedrale stülpe sich tosend über ihn, um ihn zu erdrücken. Paralysiert schaute er vom Treppenaufgang in die Wartehalle hinab, die so groß war wie das Hauptschiff des Petersdoms, der größten Kirche der Christenheit.

Es schauderte ihn. Rasch stieg er die eisernen Stufen zu den Bahnsteigen hinab. Sein Zug stand bereit und er atmete auf, als ihm ein schnauzbärtiger Schaffner mit Nickelbrille seinen Wagen zuwies. Erleichtert tauchte Joseph in die Geborgenheit seines Abteils. Türgriffe, Hutablagen, Fensterheber und Kleiderhaken waren aus Messing – alles blitzte und blinkte. Betört vom Schein der polierten Spiegel und vom Flor der geschmeidigen Teppiche gelähmt, sank er in die dicken, burgunderroten Polster.
Sowas hat die Welt noch nicht gesehen! War er richtig hier? Unsicher nickte er den Mitreisenden von seinem Fensterplatz zu. Ein kurzer Ruck nur, dann verließ der Zug auch schon mit sanftem Brummen die Stadt, immer am Fluß entlang.
Wie am Rhein. Gedankenverloren schaute Joseph den gemächlich dahinziehenden Lastkähnen nach. Wie mochte es erst am Mississippi aussehen?
Von NewYork war schon seit geraumer Zeit nichts mehr zu sehen und an manchen Stellen führten die Gleise so nah am Ufer entlang, dass Joseph meinte, seine Hände in den Hudson tauchen zu können.

Kapitel 6

Seit seinem ominösen Klavierkonzert am Heiligen Abend hatte Joseph die Walchshausers nicht mehr gesehen. Inzwischen waren 6 Monate vergangen und immer wieder hatte er eine Erklärung dafür gefunden, warum er Martin weder an dem einen noch an einem anderen Tag hatte begleiten können. Joseph hatte sich nichts vorzuwerfen, doch er traute sich nicht, Maggie zu begegnen. Es war ihm auch nicht schwer gefallen, immer neue Ausflüchte zu finden, denn Bischof Fynch hatte Wort gehalten, nur ein dreiviertel Jahr nach seiner Ankunft würden sie Joseph zum Priester weihen.
Der Bischof von Dallas hatte es eilig!

"Adsum! – Ich bin da!"
Ja, er war da!
Endlich! Er war angekommen.
Die Antwort auf Bischof Brennons Frage hatte Joseph Keller geradezu herausgeschrien.
"Adsum!"

Priester, Lehrer, auch die Gäste des feierlichen Hochamts zuckten zusammen. Helen und ihre Töchter tauschten Blicke. Der Bischof sah den Diakon verblüfft an, dann lächelte er milde, denn er erinnerte sich.
“Er ist ein Hitzkopf, genau wie du, Patrick.”
Das waren doch seine eigenen Worte gewesen, auf der verwitterten Parkbank, im vergangenen Herbst.

Es war Ende Juni, einer der ersten heißen Tage dieses Sommers. Joseph zitterte am ganzen Leib. Ihn fror in der Backsteinkirche des Priesterseminars.
Zusammen mit den anderen Kandidaten wartete er vor dem Altar auf seine Weihe. Immer und immer wieder hatten sie die Zeremonie während der vergangenen Wochen geprobt.
An diesem Morgen aber fühlte er sich hilflos. Er war wie benommen, ihm war elend und die Stimme des Bischofs erreichte ihn durch eine Wolke betörenden Weihrauchs nur undeutlich. Die Wortfetzen, die er hörte, ergaben keinen Sinn.
“Ihr seid das ... der Erde. Wenn das Salz ... verliert, ... es wieder salzig machen? ... taugt zu nichts ... weggeworfen und von den Leuten ...
Joseph versuchte, sich zusammenzunehmen und der Predigt zu folgen – vergebens.
... Licht der Welt. Eine ... einem Berg liegt, kann nicht ... auch nicht ein ... und stülpt ein Gefäß ... stellt es auf den Leuchter; dann leuchtet es ...
... euer Licht vor den Menschen ... eure guten Werke ... Vater im Himmel preisen.”

Wie in Trance folgte er dem Beispiel der übrigen Diakone und tat das Gleiche wie sie. Er kniete nieder, wenn sie sich niederknieten und er stand auf, wenn sie es taten.

Als die *“Aller Heiligen Litanei”* gesprochen wurde, lag er wie sie der Länge nach vor dem Altar.
Es gelang ihm nicht, seine Gedanken zu ordnen:

Ja, ich will Priester werden! dachte er.
Aber er dachte an Hünfeld, an Maria und er war sich gar nicht sicher, ob er Gott gefunden hatte.
Hilf mir, Gott!

Entrückt kniete Joseph vor dem Altar. Die segnenden Hände des Bischofs ruhten für einen kurzen Augenblick auf seinem Kopf, während zwei Priester aus dem Kollegium ihm ein schlichtes Meßgewand anlegten. Ein Kaplan reichte ihm Kelch und Patene. Joseph ließ alles mit sich geschehen.
Wo bist Du, Gott?
Joseph war erschöpft, fühlte sich wie erschlagen. Die letzten Nächte hatte er kaum geschlafen. Er war sich noch immer nicht sicher, ob er Gott gefunden hatte. Nur eins wußte er, endlich war er Priester. Die bedrückende Last, mit der er die vergangenen Monate hatte leben müssen, war von ihm abgefallen.
Ich habe es geschafft, dachte er. *Wenigstens das.* Und er ahnte vielleicht in diesem Augenblick, dass seine Suche noch längst nicht beendet war.
Eine bleierne Müdigkeit überkam ihn.
Aber Joseph nahm sich zusammen und nur mit Mühe gelang es ihm, zurück in die Wirklichkeit zu finden.
Ja, er hatte es geschafft.
Das feierliche Hochamt war beendet.
Stolz blickte er auf die vollbesetzten Holzbänke zu beiden Seiten des Mittelganges.
“Es segne Euch der Allmächtige Gott. Der Vater. Der Sohn. Und der Heilige Geist.”

Es war sein erster Segen.
Seine Hände zitterten.
Auf der linken Seite, inmitten der Seminaristen, kniete Martin. Dankbar nickte Joseph ihm zu. Ohne seine Hilfe, ohne seine Freundschaft würde er heute nicht hier stehen, dessen war er sich bewußt. Er stand tief in Martins Schuld.
Auf der Seite gegenüber, in einer der hinteren Reihen, entdeckte er Helen und ihre Töchter. Er freute sich, als er sie sah. Beim Einzug hatte er sie nicht bemerkt, obwohl sie doch heute ihre prachtvollen Hüte trugen, die er am Heiligen Abend so bewundert hatte.
Er grüßte stumm und Helen nickte zurück.
Nur Maggie hielt ihren Blick gesenkt. Sie verschanzte sich hinter der breiten Krempe ihres Hutes – sie weinte. Joseph sah ihre zuckenden Schultern. Er fühlte sich elend.
Er dachte an seine Familie – wie gern hätte er seine Freude an diesem Tag mit allen geteilt. Er hoffte, dass sie wenigstens an ihn denken würden.
Plötzlich fühlte er sich allein.

“Du mußt nicht so schreien, Joseph! Glaub mir, je leiser du sprichst, desto aufmerksamer wird dir deine Gemeinde zuhören, das ist das ganze Geheimnis.”
Richard Brennon hatte ihn in sein Amtszimmer gebeten.
Joseph war immer noch wie benommen, noch immer konnte er es nicht fassen. War es möglich, war er am Tag zuvor wirklich zum Priester geweiht worden. Gestern? Die vage Erinnerung an die Ereignisse veranlasste ihn zu nicken.
“Bischof Fynch erwartet dich”, sagte Richard Brennon und öffnete die Schublade seines Schreibtisches. “Diesen Brief übergibst du ihm persönlich und richte ihm bitte aus, dass unsere Planungen Fortschritte machen.”

Joseph hatte von den Plänen gehört. In Shrewsbury, weit außerhalb, im Westen der Stadt, würde das neue Priesterseminar entstehen. Wie ein Lauffeuer hatte sich die Entscheidung hinter den Mauern an der Cass Avenue verbreitet. Beinahe jeden Tag hatte er sich darüber mit Martin unterhalten, denn sein Freund würde einer der Letzten sein, der hier seine Priesterweihe empfangen sollte.
Viel Zeit blieb Joseph nicht mehr in St. Louis. In wenigen Tagen würde er mit dem Zug nach Dallas reisen. Behutsam legte er den Brief zwischen die Seiten seines Breviers.
Ans Kofferpacken hatte er noch gar nicht denken mögen. Am Nachmittag schlüpfte er allein durch die dunkelgrüne Eisenpforte, um ein letztes Mal hinunter ins Zentrum von St. Louis zu fahren. Noch einmal auf den Mississippi schauen. Einmal noch den großen Strom riechen. Wie oft wohl war er in den vergangenen Monaten in der Stadt gewesen? Gezählt hatte er nicht, aber jedes Mal hatte er bei Bertie's vorbeigeschaut, ja, das wußte er genau, und am Abend war er dann mit neuen Geschichten und den besten Zigarren der Welt in die Cass Avenue zurückgekehrt.

"Joseph, schön, dass Sie es noch geschafft haben", begrüßte ihn Bertie Peitz freudestrahlend. "Ich hab schon gehört und gratuliere Ihnen von ganzem Herzen! Reverend, wie sich das anhört. Ich hab' schon auf Sie gewartet. Kommen Sie!"
Er stand bereits auf der ersten Stufe, um zum Gewölbe hinabzusteigen.
Doch Joseph machte keine Anstalten, ihm zu folgen.
Beherzt steuerte er auf eine Vitrine zu.
Schon vor Monaten, bei einem der ersten Besuche, war ihm ein außergewöhnlich schöner Humidor aufgefallen, der aus hellem, gelb gemasertem Birkenholz gefertigt war. Eine

Einlegearbeit aus matt schimmerndem Perlmutt in Form einer Raute schmückte den Deckel des Kästchens. Es war vollkommen mit Zedernholz ausgekleidet, so wie es sein musste, und ein betörend würziger Duft entströmte ihm, wenn man seinen Deckel nur leicht lüftete.

Zuhause hatte er diese Kunstwerke in den Auslagen der feinen Zigarrengeschäfte wohl bestaunt und immer wieder mit dem Gedanken gespielt, sich so ein Schränkchen zu leisten, aber jedes Mal hatte er den Gedanken auch gleich wieder verwerfen müssen.

Und obwohl er es genau wußte, fragte er Mr. Bertie: "Würden Sie mir den Preis für diesen Humidor noch mal nennen?" Er deutete auf das polierte Holzkästchen.

"Joseph, wie lange kennen wir uns jetzt?", fragte Bertie Peitz. "Sie haben schon so oft danach gefragt. Er kostet immer noch 13 Dollar. Aber ich sag Ihnen was, zur Feier des Tages mache ich Ihnen ein Angebot: Sie beten jeden Abend für mich und dafür lasse ich Ihnen das gute Stück zum halben Preis. Das gilt aber nur für heute und Sie müssen es sofort mitnehmen!"

Bertie Peitz mochte Joseph. Häufig war er in seinem Gewölbe gewesen und hatte jedes Mal mit sicherem Gespür nach den besten Zigarren gegriffen – das gefiel ihm und Joseph hörte interessiert zu, wenn er, Bertie, seine Geschichten erzählte.

"Und ich fülle Ihnen die Kiste bis zum Rand mit Ihren Lieblingszigarren", fuhr er fort. "50 Petit Upmanns, dafür legen Sie mir aber noch einen Dollar drauf!", fügte er lachend hinzu. Seine Haare leuchteten feuerrot.

Joseph war überrascht, das klang wirklich *sehr* verlockend. Er war hin und her gerissen. Eigentlich hatte er sich vorgenommen, sparsam zu sein, weil er nicht wußte, was ihn in Texas erwartete. Aber er wollte auch diesen Humidor und er wollte keinen anderen – *der* hier hatte es ihm angetan.

Er konnte, nein, er wollte auch gar nicht widerstehen.
“Ich komme gleich zurück!”, sagte er. “Aber ich muß nur noch einmal kurz darüber nachdenken.”
Mit klopfendem Herzen hatte er den Tabakladen verlassen und war hastig ein Stück die 4. Straße hochgegangen.
Er fühlte sich nicht gut. In Höhe des Francis Parks blieb er atemlos stehen und schaute eine Weile den Müttern und ihren Kindern zu, die sich auf der Wiese zu einem Picknick getroffen hatten. Er stemmte die Arme fest in die Hüften, so wie er es immer tat, wenn er nachdachte und beobachtete die Szene. Schließlich gab er sich einen Ruck und zählte sein Geld, was eigentlich nicht nötig war, wusste er doch genau, wieviel Geld er hatte.
Also gut, dachte er und machte sich entschlossen auf den Rückweg. Als er den Laden betrat, stand der Humidor schon für ihn bereit.
“Schön, dass Sie es sich überlegt haben!”, begrüßte ihn Bertie Peitz.
“Mr. Bertie, ich hab noch eine Bitte”, sagte Joseph, denn er hätte beinahe etwas vergessen und dann erklärte er, was er wollte und als er geendet hatte, nickte Bertie zustimmend.
“Okay! Warten Sie einen Moment, Ludwig wird Ihnen alles einpacken. Und wann fahren Sie?”
“Übermorgen.”, antwortete Joseph. “Ich werde Pfarrer einer kleinen Gemeinde in Texas. Sweetwater! Klingt doch gut, oder? Muss irgendwo im Westen liegen!”
“Mein Gott!”, entfuhr es dem Zigarrenhändler. “Warum denn Texas?” Fassungslos schüttelte er den Kopf. “Na, ich wünsche Ihnen viel Glück! Vergessen Sie mich aber nicht, Reverend! Und falls Sie da unten kein ordentliches Zigarrengeschäft finden, schreiben Sie mir! Ich schick’ Ihnen alles, was Sie brauchen. So, das macht dann 10 Dollar.”

Joseph schaute ihn an. Zuerst wollte er widersprechen, aber dann verstand er und zahlte.
Schwer bepackt machte er sich auf den Weg. Er hatte sich mit Martin in der Stadt verabredet, Helen Walchshauser hatte sie zu einer kleinen Feier anläßlich seiner Priesterweihe eingeladen und sie wollten zusammen dorthin fahren.
Schon von weitem sah er Martin an der Haltestelle.
"Hilf mir mal!", rief er ihm zu und streckte ihm eines der Pakete entgegen.

Eine ganze Weile zockelte die Bahn schon durch die Stadt.
"Ich weiß, hier ist nicht gerade der passende Ort, um Danke zu sagen, aber trotzdem, Danke, Martin! Für dich." Er wies auf das Paket auf Martins Schoß. Martin wollte etwas erwidern, aber in dem Moment blieb die Straßenbahn mit einem gräßlichen Quietschen und einem heftigen Ruck mitten auf der Strecke stehen.

Die Parade wurde angeführt von einer mächtigen Elefantenkuh, gefolgt von fünf jüngeren Tieren, die sich mit ihrem Rüssel jeweils am Schwanz des Vorangehenden festhielten. Auf dem Kopf des Leittieres thronte der mit einem märchenhaften Kostüm bekleidete Elefantenführer. Sein Turban aus goldener Seide strahlte majestätisch in der Nachmittagssonne.
"Komm, wir steigen aus, Martin, das sehen wir uns an!", sagte Joseph und stand schon in der offenen Tür des Wagens.
Die Straßenbahn hatte anhalten müssen, um die Zirkusparade vorbeiziehen zu lassen. Es war kein Durchkommen mehr, unzählige Menschen säumten die Clark Avenue. Schaulustige lehnten in den offenen Fenstern der angrenzenden Häuser und selbst auf das Flachdach eines Bürogebäudes hatten sich einige Zuschauer gewagt.

Die beiden drängten sich mit ihren Paketen durch das Gewühl auf dem Bürgersteig, während auf der Straße winkende Artisten, schaukelnde Dromedare und nervös tippelnde Araberhengste vorbeizogen.
Eine Zirkusband bildete das Ende der Parade und die jubelnden Zuschauer ließen sich von dem schnittigen Marsch der uniformierten Truppe mitreißen. Joseph verharrte für einen Moment in dem Gedränge. Sein Blick blieb an einem der Musiker haften, über dessen Kopf sich der gigantische Trichter eines Sousaphons öffnete.
Wo die Zwillinge jetzt wohl stecken?, dachte er, doch er konnte seinen Gedanken nicht zuende bringen, denn die johlende Menge stürmte entfesselt die Fahrbahn, um dem farbenprächtigen Umzug im Gleichschritt zu folgen.
Verblüfft sah Martin ihn an, als sie plötzlich allein auf dem Bürgersteig zurückblieben und der ganze Spuk vorbei war.
Joseph zuckte mit den Achseln.
"Marschmusik!", sagte er lachend und marschierte hinterher.

Sie waren am Eingang des alten Sklavenmarktes angekommen und blickten auf die Zirkusstadt.
"Wenn wir uns beeilen, erreichen wir vielleicht die nächste Bahn an der Zwölften und kommen noch rechtzeitig!", drängte Martin. Er mochte die Gegend nicht und auch der Umstand, dass hier ein Zirkus gastierte, änderte nichts daran. Er wollte weiter, doch Joseph blieb wie angewurzelt stehen.
"Sieh dir das an!"
Staunend beobachtete er einige Zirkusleute, die damit beschäftigt waren, einen Wohnwagen herzurichten.
Mit wenigen Handgriffen verdoppelten sie seine Grundfläche, indem sie ein Podest vor dessen Längsseite schoben. Dann klappten sie von den beiden kurzen Seiten des Wagens jeweils

eine Holzwand nach vorn, wie Fensterläden. Von Weitem sah es aus wie eine Bühne, denn die Arbeiter hievten zwei Sessel, eine Ottomane und einen Tisch auf das Podest, zu dem eine dreistufige Treppe mit gedrechseltem Geländer führte. Zuletzt richteten sie eine komplette Wand mit Tür und Fenstern an der Front der langen Seite auf und befestigten die Bauteile miteinander. Der Anbau des Wohnwagens war so auch nach vorne geschlossen. Dann verzurrten sie eine nachtblaue Plane als Dach darüber. Zum Schluss schraubten die Arbeiter ein ovales Schild mit vergoldeten Buchstaben über die Tür.

BARNUM & BAILEY CIRCUS
* NED BRILL - DIRECTOR *

Joseph hatte alles um sich herum vergessen und beinah hätten sie die Straßenbahn verpaßt.
"Los jetzt, Joe, sonst kommen wir zu spät!", drängelte Martin und knuffte ihn in die Seite.
Mit fliegenden Jacketts liefen sie zur Haltestelle an der 12. Straße, in der einen Hand ein Paket, in der anderen ihren Strohhut, sprangen sie auf die anfahrende Bahn. Pünktlich erreichten sie die 8. Straße.

Helen hatte den Tisch im Wintergarten gedeckt. Alle Türen und Fenster standen weit offen und eine angenehme Brise erfrischte die abendliche Runde.
Es duftete nach gebackenem Hühnchen und das Essen war wie immer köstlich, doch es duftete nicht nur nach Geflügel. Joseph wollte seinen Augen nicht trauen, als das Hausmädchen zum Nachtisch einen riesigen Schokoladenkuchen hereintrug. Er aß für sein Leben gern Kuchen, und Schokoladenkuchen mochte er besonders gern, das war Helen nicht entgangen.

Alle waren aufgestanden und hatten sich in einem Halbkreis hinter Joseph versammelt, denn sie hatten eine Überraschung für ihn. Helen stellte eine zitronengelbe Schachtel mit einer nachtblauen Schleife vor ihn auf den Tisch.
“Damit Sie uns nicht vergessen”, sagte sie und dann fügte sie lachend hinzu. “Ist aber nichts zum Essen!”
“Mach schon auf!”, drängelte Maggie. Sie konnte es gar nicht erwarten und zappelte aufgeregt herum. Und gespannt sahen sie ihm zu, wie er den Deckel lüftete.
EAST-MAN-BROW-NIE-CA-ME-RA-NO-2-A, buchstabierte er und blickte fassungslos in die Runde.
John Walchshauser hatte einen Fotoapparat für ihn gekauft.
“Viel Glück in Texas!”, sagte er. “Und halten Sie alles fest, was Ihnen vor die Linse kommt. Sie werden da unten bestimmt eine Menge zu sehen bekommen.” Aufmunternd klopfte er ihm auf die Schulter. “Und schicken Sie uns mal ein paar Fotos!”
“Und vergiß uns ja nicht!”, flüsterte Maggie.
Ihr Vater hatte sich inzwischen an Josephs Seite gesetzt. “Darf ich?”, fragte John, denn er interessierte sich sehr für Fotografie und dann studierten sie die Bedienungsanleitung.
“You press the button – we do the rest!”, las John vor. “Na, wenn das so einfach geht?”, sagte er. “Dann wollen wir auch mal ausprobieren, ob der Zauberkasten auch funktioniert, was meinen Sie? Noch scheint die Sonne und nach der Beschreibung ist das Licht gerade jetzt ideal. Kommen Sie! Nur *ein* Erinnerungsfoto.”
Joseph nickte, allmählich fand er seine Fassung wieder.
“Kinder, wir gehen runter in den Garten!”, rief John.
Wie ein rohes Ei trug Joseph die schwarze Box vor sich her. Fest umklammerten die Finger seiner rechten Hand den Ledergriff der Kamera. Mit der linken Handfläche stützte er sie von unten.

Eine muntere Prozession folgte ihm im Gänsemarsch. Bei jedem Schritt knirschten die Kiesel unter ihren Sohlen und gaben mahlend den Rhythmus ihrer Schritte wider.
Unten angekommen nahmen sie vor dem Pavillon Aufstellung. Die Mädchen schnitten alberne Grimassen, zeigten ihm eine Lange Nase und es war gar nicht so leicht, sie gemeinsam vor das Objektiv zu bekommen.
Sie standen einfach nicht still.
"So wird das nie was!" Er schüttelte den Kopf.
"Du mußt sie quer halten! So, guck mal!" Emma machte es ihm vor.
"Mach schon, Joe! So schwer kann's doch nicht sein.", sagte Waltraud.
"Halt mehr Abstand!", riet Martin ihm.
Kichernd versorgten ihn alle mit gut gemeinten Ratschlägen.
Joseph ließ sich nicht beirren. Energisch gab er seine Anweisungen. "Mehr nach rechts! Halt, halt, zu weit! Zurück! Stopp! Wieder nach vorn!" Mit knappen Armbewegungen scheuchte er sie hin und her und schaute zwischendurch immer wieder prüfend durch den Sucher.
"Wie der Dirigent des Zirkusorchesters." Emma kicherte. Und Martin fuchtelte dazu wie wild in der Luft herum.
Die Mädchen hatten ihren Spaß, sie prusteten vor Lachen und klatschten amüsiert in die Hände. Selbst Maggie vergaß für einen Augenblick ihren Abschiedsschmerz und dirigierte mit.
Ihre Eltern hielten sich amüsiert zurück. Wie zwei Felsen ragten Helen und John aus dem tosenden Haufen und bewegten sich nicht vom Fleck. Joseph wurde ungeduldig. Er war mit der Aufstellung immer noch nicht zufrieden. "Also bitte! Was ist denn das für ein Sauhaufen?", schimpfte er fröhlich. "Noch ein Stück zurück! Ja, geht doch. Bitte so stehen bleiben! Stopp!"

Abendsonne tauchte die Gesellschaft in ein mildes Licht, Joseph spürte die Sonne in seinem Rücken.
Noch ein letzter prüfender Blick.
“Jetzt passt’s.”
Fest drückte Helen die Hand ihres Mannes und sah ihn dabei eindringlich an. John räusperte sich – und wie auf Kommando standen plötzlich alle stramm und hielten die Luft an.
“Bitte lächeln!”, hörten sie Joseph sagen.
Ein Klacken.
“Fertig!”
Joseph schaute zufrieden.
“Danke, meine Damen und Herren, das war’s!”
Zurück im Salon setzte er sich ein letztes Mal an den Flügel. Die anderen hatten es sich in ihren Sesseln bequem gemacht und erfrischten sich mit selbstgemachter Limonade. Es war immer noch sehr warm, die Fenster standen weit geöffnet.
“Ich weiß gar nicht, was ich sagen soll”, sagte er gerührt. “Danke! Danke für alles!”
Wehmütig sah er in die Runde, bis sein Blick an Maggie haften blieb, die sich eng an ihre Mutter geschmiegt hatte. “Hier ist auch noch ein Platz frei!”, forderte er sie auf. Mit hängenden Schultern hockte sie sich neben ihn auf den schmalen Schemel und saß da wie ein Häufchen Elend. Nichts war mehr von ihrem spitzbübischen Wesen zu spüren. Verzweifelt versuchte sie, ihre Tränen zu unterdrücken und wirkte noch zarter, noch zerbrechlicher als sonst.
Joseph wußte nicht recht, was er tun sollte.
Unsicher beugte er sich zu ihr, traute sich aber nicht, sie in den Arm zu nehmen.
“Nicht traurig sein, Maggie, wir seh’n uns bestimmt bald wieder!”
Schnell schlug er das Notenblatt auf.

"Für dich!", flüsterte er.
Dann begann er zu spielen. Schwerelos flatterten Schumanns Papillons durch das Zimmer. Unbekümmert suchten sie ihren Weg in die laue Sommernacht.

Ein paar Monate später erhielten die Walchshausers einen Brief aus Texas.

Dallas, Texas
29. September 1913

Liebe Familie Walchshauser,
nun bin ich schon eine ganze Weile in Texas. Es geht mir gut und ich finde mich zurecht, aber alles ist so unvorstellbar weit und still. Ich muss oft an die Zeit in St. Louis denken. Dallas ist ganz anders – ich glaube, hier hätte Euer Vater noch recht viel zu tun! In den nächsten Tagen werde ich endlich zu meiner neuen Gemeinde nach Sweetwater aufbrechen. Es ist ziemlich weit bis dorthin und ich bin schon sehr gespannt. Ich werde dort ein eigenes Pfarrhaus haben und freue mich, auch wenn ich mich an die Hitze wohl erst noch gewöh..."
Helen wurde unterbrochen.
"Schau mal, Mum!"
Helen war müde, sie wollte nicht unterbrochen werden und las weiter:
"...gewöhnen muss."
Weiter kam sie jedoch nicht. Maggie hatte nur noch mit halbem Ohr zugehört und fiel ihrer Mutter wieder ins Wort.
"Hier!", zeigte sie mit dem Finger. "Schau doch! Bitte, Ma!", bettelte Maggie aufgeregt und zeigte Helen das Abschiedsfoto, das Joseph in ihrem Garten geknipst hatte. Helen sah auf ihre Tochter herunter. Die hatte es sich neben ihr auf dem Sofa

bequem gemacht und lehnte mit beiden Ellbogen auf ihrem Schoß.
“Was ist denn da?”, fragte Helen.
Zärtlich fuhr Maggie mit dem Zeigefinger über das Bild.
“Sieh doch mal!”
Endlich beugte sich Helen über das Foto.
Sie sah in die strahlenden Gesichter ihrer Familie. John hielt ihre Hand. Emma und Waltraud grinsten unverschämt und Maggie streckte dem Fotografen die Zunge heraus, Billy schnitt Grimassen. Nur Martin, der blickte ganz ernst in die Kamera, und jetzt entdeckte auch Helen, was Maggie so an dem Abzug faszinierte.
Joseph!, hätte sie fast gesagt, blieb aber stumm, denn Joseph war auf dem Foto gar nicht zu sehen, deutlich aber zeichnete sich sein Schatten, der Schatten des Fotografen, auf dem Kiesweg ihres Gartens ab.
Liebevoll strichen Helens Finger durch die wilde Mähne ihrer jüngsten Tochter.

Kapitel 7

Während der Zugreise nach Dallas fiel ihm die Veränderung der Landschaft auf, denn mit jeder Meile Richtung Süden wurde das Bild immer trostloser. In seinem Abteil klebte eine kaum erträgliche Schwüle und vor seinem Fenster verschwand auch noch das letzte verzweifelte Grün Missouris, als würde es von einem sich unaufhaltsam ausbreitenden Braun genüsslich verschlungen. Angst beschlich ihn, doch er konnte die Angst nicht zu fassen bekommen.
Und in Dallas angekommen? Nein, in Dallas blieb ihm keine Zeit, sich darüber Gedanken zu machen.

"Exzellenz!"
"Schön, dass Sie da sind", begrüßte ihn Patrick Fynch. Joseph berichtete von seiner Reise und dann weihte ihn der Bischof ohne Umschweife in seine Pläne ein. "Bevor Sie weiter nach Sweetwater reisen, Joseph, begleiten Sie uns ein paar Tage. Wir fahren schon morgen Früh los. Robert wird Ihnen unterwegs alles zeigen, er kümmert sich um Sie."

Robert Wachs war der Sekretär des Bischofs, aber er war auch sein Chauffeur und wenn Patrick Fynch einmal nicht selbst hinter dem Steuer saß, was nur äußerst selten vorkam, dann lenkte Robert den gewaltigen Pierce-Arrow über die staubigen Pisten.
Staunend stand Joseph am nächsten Morgen vor dem Auto.
Weit ausholende Kotflügel schwangen sich schützend über elegante Räder mit hölzernen Speichen. Auf die Felgen waren rote Gummireifen gezogen, flammrote Reifen, um genau zu sein, und diese Reifen umhüllten luftgefüllte Schläuche, die beinah jede Unebenheit der Fahrbahn auf's Komfortabelste abfederten, wie ihm der Bischof erklärte. Diese Reifen waren sein ganzer Stolz.
Joseph hatte seinen Augen nicht trauen wollen, denn das Profil der Reifen leuchtete weithin.
Rote Reifen?, er schnappte nach Luft.
Patrick Fynch setzte sich hinter das Lenkrad aus gemasertem Wurzelholz und strich mit den Innenflächen seiner Hände über das Armaturenbrett. Er war vernarrt in seinen Pierce-Arrow, der von einem kraftstrotzenden Sechs-Zylinder-Motor angetrieben wurde und dessen faltbares Dach sich bei Bedarf mit wenigen Handgriffen schließen ließ. Patrick Fynch wußte alles über Autos, er war ein Autonarr und in seinem Büro türmten sich Stapel von Auto-Journalen. Durch eine Annonce in Exclusiv Cars war er auf die roten Reifen aufmerksam geworden. Er hatte sie umgehend bestellt und war überzeugt davon, dass diese Reifen zu keinem Auto so gut passten wie zu seinem schwarzen Pierce.
"Na steigen Sie schon ein, Joseph, wir müssen los", sagte der Bischof ungeduldig und startete den Motor. Robert setzte sich auf den Beifahrersitz, tief versank Joseph in den gepolsterten Ledersitzen im Fond. Gespannt beobachtete er, wie Patrick

Fynch den Wagen mit sichtlichem Vergnügen und ohne jede Eile durch die Straßen lenkte. Hier und da grüßte er Passanten, die er zu kennen schien, als er jedoch die Stadtgrenze erreicht hatte und kein Publikum mehr zu sehen war, ging ein Ruck durch seinen Körper, er richtete sich auf, hielt das Lenkrad fest in beiden Händen, atmete tief durch und dann trat er das Gaspedal bis zum Anschlag durch. Der Bischof beschleunigte den Pierce-Arrow, als habe er nur auf diesen einen Moment gewartet und Joseph konnte im Rückspiegel das zufriedene Lächeln von Patrick Fynch erkennen.

Robert zwinkerte Joseph zu. Dessen Hände krallten sich haltsuchend in das weiche Leder. Joseph wurde in den Sitz gepresst und seine Haare vom Fahrtwind zerzaust. Er war überwältigt von der aberwitzigen Geschwindigkeit, mit der der Pierce in Richtung Norden raste. Die flammroten Reifen wirbelten jede Menge Staub auf und Josephs Mageninhalt durcheinander und er hatte das Gefühl, die unbändige Kraft des Motors würde sich auf ihn übertragen. *Fühlt sich gut an,* dachte er und lehnte sich mit geschlossenen Augen zurück – ein wohliger Schauer lief ihm über den Rücken.

Am Nachmittag erreichten sie das Städtchen Muenster, das gut hundert Meilen nördlich von Dallas lag. Muenster – diese Stadt hatte keine Ähnlichkeit mit der Stadt in Westfalen, in der Joseph einige Semester studiert hatte, einzig der Name hatte etwas Vertrautes und klang nach Heimat.

Der Bischof verhandelte mit der Gemeinde über den Bau einer neuen Kirche während Joseph und Robert im Auto auf dessen Rückkehr warteten. Joseph lehnte sich in den Sitz zurück und dachte an Zuhause. *Wie mag es Mutter gehen? Else? Den Kindern? Und August? Wird er vielleicht in den Krieg reiten müssen?* Joseph wischte sich den Schweiß von der Stirn. Es war drückend, ein paar Kinder hatten sich zum Auto getraut, waren

aber bald wieder verschwunden und auch die Dorfhunde trotteten gelangweilt davon, nachdem sie respektlos ihre Duftmarken auf die Reifen gepinkelt hatten.
“Weg da! Blöde Köter! Sieh dir die Schweinerei an!”, hörte er Robert schimpfen und schreckte aus seinen Gedanken auf.
“Widerlich”, regte sich Robert auf.
“Weißt du was?”, ein Grinsen huschte über sein Gesicht. “Solange der Bischof mit der Gemeinde verhandelt, könnte ich dir doch zeigen, wie man Auto fährt”, sagte er, als sei ihm die Idee gerade gekommen. Mit der flachen Hand wies er auf den Fahrersitz. “Komm, setz dich zu mir, hinter’s Steuer!” Doch Joseph traute sich nicht. “Na komm schon!”, drängte Robert. “Ich zeig dir, wie’s geht.”
Und als Joseph hinter dem Steuerrad saß, ahnte er, dass er in die Falle getappt war.
“Beide Hände fest ans Steuer, siehst du, so”, sagte Robert und umfasste Josephs Hände und dann rutschte er so nah an ihn heran, dass Joseph seinen Atem spürte.
Joseph wich zurück. Alle Farbe wich aus seinem Gesicht.
Keine gute Idee!, fuhr es ihm durch den Kopf. *Nein, ich will nicht Autofahren lernen. So nicht!*
“Danke, Robert”, sagte Joseph und spürte einen Kloß im Hals. “Ich glaube nicht, dass das hier dem Bischof gefallen würde. Wohl besser, wir fragen ihn vorher.”
Hastig öffnete er die Tür und rutschte vom Fahrersitz.
Nur raus hier!, dachte er.
“Wie du willst, ich mein’s nur gut”, antwortete Robert.
Joseph nickte. “Ist schon okay!”, sagte er und er wartete so lange neben dem Auto, bis der Bischof zurückkam.

“Die neue Kirche wird gebaut”, rief ihnen Patrick Fynch schon von Weitem zu und rieb sich gut gelaunt die Hände. Zur Feier des Tages lud er die beiden zu einem ordentlichen Essen im Cattle Baron ein, dem besten Restaurant der Stadt.

Zurück in Dallas wies Robert Joseph in alles ein und Joseph bemühte sich, seinen Ekel gegenüber Robert zu verbergen.
Die zwei assistierten bei den Vorbereitungen zur heiligen Messe. Sie bereiteten den Kelch und die Gefäße aus Silber vor, füllten sie angemessen mit Wasser und Wein. Sie kümmerten sich darum, dass genügend Hostien für die Heilige Kommunion im Tabernakel bereit standen und sie waren dem Bischof beim Anlegen des Messgewands behilflich. Bevor sie ihn an den Altar geleiteten, strich Robert Wachs jedes Mal mit Hingabe die Falten aus dem Gewand des Bischofs und Joseph beschlich das Gefühl, dass Robert geradezu auf diesen Moment zu lauern schien.
Es schauderte Joseph bei dem Gedanken, doch der Bischof schien nichts zu bemerken. Patrick Fynch achtete auf andere Dinge, er schätzte es überhaupt nicht, wenn Joseph vor der Wandlung, dem heiligsten Augenblick des Gottesdienstes, in dem sich Wasser und Wein zu Christi Blut verwandeln, zuviel Wasser zum Wein gab. Wasser trank der Bischof gern, doch alles zu seiner Zeit! Gepanschten Wein verabscheute er geradezu. Ungehalten stieß er seinen Kelch dann gegen das Wasserkännchen, was soviel hieß, wie: "Genug!" Durch ungezählte Kollisionen hatte der empfindliche Rand des Kelches schon manche Delle abbekommen.
Joseph mochte Robert nicht sonderlich, das gestand er sich ein, doch er hätte nicht auszudrücken vermocht, was ihn wirklich an ihm störte. *Ob er ein Homo ist? Ist es das?* Joseph wußte es nicht, er hatte keine Erfahrung in solchen Dingen und schämte sich, zu denken, was er dachte, denn Robert war immer freundlich und hilfsbereit und doch ekelte sich Joseph vor ihm.

Wie ein Aal. Glitschig irgendwie, dachte er, und ihm wollte lange nicht aus dem Kopf gehen, was Robert kurz vor der Abreise zu ihm gesagt hatte: “Sweetwater, das wäre nichts für mich, Joseph. Zu viel Gegend. Einmal bin ich mit dem Bischof in diesem Kaff gewesen.” Er schüttelte sich, als er daran dachte. “Ich bin eher ein Mensch für die Stadt. Aber du...”, sagte Robert grinsend und winkte ab. “...na, du wirst ja sehen. Nie im Leben würde ich dorthin gehen.”
Was wußte Robert schon, und Joseph war erleichtert, als er endlich in den Zug steigen konnte. In ein paar Tagen würde er seine Gemeinde kennenlernen.

“Sweetwater, Sweetwater!”
Asthmatisch schnaufte der Zug in die Bahnstation.
Ed Kahlich wartete ungeduldig, außer ihm stand niemand von der Gemeinde an den Gleisen, um den neuen Pfarrer zu begrüßen. Nicht etwa aus Missachtung, nein, die Baumwollernte war im vollen Gang, jede Hand wurde jetzt auf den Feldern gebraucht. Die katholische Gemeinde von Sweetwater freute sich auf den neuen Seelsorger, doch er kam einfach zur falschen Zeit. Das ganze Jahr lang hatten sie hart geschuftet und nun mußte die Baumwolle gepflückt werden. Der Sonntag war ihnen heilig, Ja, am Sonntag, da würden alle zum feierlichen Hochamt kommen, um den neuen Pfarrer zu begrüßen.
Ed hatte keine Mühe, Joseph zu erkennen, denn an diesem sonnigen Herbstnachmittag stiegen nur drei Personen aus dem Zug, zwei Frauen, ein Mann.
“Willkommen, Reverend!”, begrüßte er Joseph und sah auf seine goldene Uhr. “Entschuldigen Sie, dass ich Sie allein abhole, die anderen warten an der Kirche.”
Er hatte es eilig.
Joseph konnte seine Enttäuschung kaum verbergen.

Er hatte sich den Empfang anders vorgestellt. Aber gut! Schnell war sein Gepäck auf der Ladefläche der Kutsche verstaut.
“Kommen Sie, setzen Sie sich zu mir auf den Bock!”, forderte ihn Ed Kahlich auf.
Joseph musterte die Bahnstation, ein einstöckiges Holzgebäude, daran anschließend erstreckten sich einige Lagerschuppen entlang der Gleise. Außer ihm waren noch zwei Reisende ausgestiegen. Sie waren von ihren Familien abgeholt und überschwänglich begrüßt worden. Vielleicht waren sie lange fort gewesen? – Joseph schluckte bei dem Gedanken. Er war auch schon lange unterwegs. Gedankenverloren sah er über den Platz.
Sein Blick blieb an einer zittrigen Mexikanerin hängen. Sie hatte ein runzeliges, sonnengegerbtes Gesicht, ihr Kopftuch war um die schwarzen Haare gezurrt und darüber hatte sie einen ausgefransten Strohhut gestülpt. Die Alte versuchte mit großer Mühe die Stufen des Zuges zu erklettern. Doch die erste Stufe des Zuges war sehr hoch für sie – beinah unerreichbar. Als Joseph vom Kutschbock springen wollte, um der Alten zu helfen, hielt Ed Kahlich ihn am Arm zurück.
“Bitte, Reverend, wir müssen los!”
Auch der Schaffner schien es eilig zu haben, ein Pfiff gellte und irgendwie hatte es die alte Frau doch noch geschafft, in ihr Abteil zu kommmen. Gerade als das Maultier Anstalten machte, loszutrotten, ächzte auch die Lok aus der Station. Eine gespenstische Dampfwolke verschluckte für einen Augenblick den Bahnsteig. Schnaufend durchstieß der Zug seinen eigenen Atem und tuckerte befreit in Richtung Hermleigh davon.

Sweetwater! Ich bin ein Idiot!, dachte er. Was für ein blumiger Name für dieses trostlose Kaff.

Der Tümpel, der dem Flecken vor Zeiten zu seinem wohlklingenden Namen verholfen hatte, war längst ausgetrocknet. Eine unbefestigte Durchgangsstraße mit je einer Reihe windschiefer Hütten rechts und links davon, das war's.
Joseph schluckte, er versuchte zu schlucken, doch sein Mund war ausgetrocknet wie die Landschaft, die ihn umgab, seine Zunge pelzig und aufgequollen und er hatte das Gefühl, ersticken zu müssen. Langsam dämmerte ihm, wie weit er sich von seiner Welt entfernt hatte.
Martin würde es hier gefallen, dachte er. Doch Joseph sah hier nur zwei Reihen heruntergekommener Häuser. Ein paar Straßenköter lagen dösend im Staub und schauten nicht einmal auf, als die Kutsche vorbeizuckelte – keine Menschenseele weit und breit.
Staubige, rote Erde so weit das Auge reichte.
Trostlosigkeit bis ans Ende seiner Gedanken.
Langsam zuckelte die Kutsche die holprige Straße durch Sweetwater. Ed Kahlich zeigte nach rechts, auf ein wackliges Holzhaus.
"Fred Wortmann, bei ihm kriegen Sie, was Sie brauchen. Er hat alles! Und wenn er wirklich mal etwas nicht haben sollte, sagen Sie ihm einfach, was Sie wollen, dann besorgt er es. Fred macht auch die Poststation. Und hier gleich gegenüber", fuhr er fort, "Brackmann's Barbershop. Karl ist Frisör und Apotheker, aber er zieht auch jeden Zahn und wenn's sein muss, renkt er auch verstauchte Glieder wieder ein."
Ed Kahlich nickte zufrieden, in dieser Straße fand *er* alles, was er brauchte. Er erklärte weiter, wer was wie und wo machte.
Doch Joseph hörte nur mit halbem Ohr zu. *Kann mir das im Vorbeifahren eh nicht alles merken,* dachte er, müde von der langen Zugfahrt. Erschöpft sah er die Häuserreihe rauf und runter. Doch etwas fehlte.

Nirgendwo konnte er eine Kirche entdecken.
“Nur Geduld, Reverend, die Kirche und das Pfarrhaus liegen außerhalb. Ein paar Minuten noch.”
Die Kutsche zuckelte weiter.
Den Ort hatten sie längst hinter sich gelassen. Ed Kahlich hielt schweigend die Zügel. Er hatte alles gesagt, was es zu sagen gab. Besorgt schaute Joseph sich nach einer Weile um und die Silhouette des unscheinbaren Fleckens war kaum noch auszumachen.
Er ahnte nichts Gutes.
Die Kutsche zuckelte weiter.
Doch dann sah er endlich in einiger Entfernung zwei Gebäude, die auf einer Anhöhe standen – es war kein Hügel, auch kein Berg, nein, es war eigentlich nur eine leichte Erhebung.
Die beiden Häuser standen wohl fünfzig Meter auseinander. Das linke war deutlich größer als das rechte und es stand auf dem höchsten Punkt der Anhöhe.
Das muss sie sein, dachte Joseph.
Ed Kahlich nickte, als könne er seine Gedanken lesen, ließ sich aber zu keinem weiteren Kommentar hinreißen.
Von einem Kirchturm aber war weit und breit nichts zu sehen. Dafür entdeckte Joseph ein hölzernes Gestell, das sich auf der nackten Erde an das Gebäude zu ducken schien. Die Konstruktion dieses Gestells ähnelte einem Dachstuhl, eher noch einem Sägebock, und in dem Gestell hing eine Glocke. Joseph hatte so etwas noch nie gesehen – ein Glockenstuhl auf dem Erdboden. Für einen Turm hatte es anscheinend nicht gereicht.
Drei Männer in Arbeitskleidung warteten mit verschränkten Armen vor der Kirche. Etwas abseits standen ihre Kutschen.
“Wird auch Zeit!”
Henry Meyer, Carl Recker und Bill Horton warteten in ihren staubigen Arbeitshosen vor dem Gotteshaus.

Ihre ausgeblichenen, verschwitzten Hüte mit breiten, schlaff herunterhängenden Krempen schützten sie vor der Sonne, die weiten, kragenlosen Hemden klebten ihnen wie eine zweite Haut am Rücken.
Joseph sprang vom Kutschbock. Der Aufzug der Männer wunderte ihn, doch dann fiel ihm die Ernte ein. Die Zunge klebte ihm so fest am Gaumen, dass ihm das Sprechen schwer fiel.
"Joseph Keller", brachte er mühsam hervor.
"Willkommen, Herr Pfarrer!", begrüßten sie ihn im Chor. Mehr nicht – sie waren nicht unhöflich, sie redeten einfach nicht viel und Ed Kahlich machte sie miteinander bekannt. Dann führten sie Joseph in die Kirche.
Ein düsterer Raum, mit einfachen Holzbrettern verkleidet, empfing ihn. Durch die schmalen Fensterschlitze rechts und links drang nur spärlich Licht in das Dunkel. Ein breiter Mittelgang teilte zwei Bankreihen voneinander. Joseph schauderte, ein Hauch von ranzigem Kerzenwachs und muffigem Weihrauch hing in der abgestandenen Luft.
Er ließ beide Flügel der Tür weit offen stehen.
Zwei Stufen führten zum Altar hinauf, der rechts und links von Engeln bewacht wurde. In der Mitte über dem Tabernakel thronte der Erlöser mit ausgebreiteten Armen.
Eine Tür mit einem Glöckchen führte sie in die Sakristei.
"Den Kelch und alle anderen Gerätschaften haben wir eben erst zurückgebracht", erklärte Ed Kahlich. "Solange kein Priester hier war, haben wir alles bei uns auf der Farm aufgehoben. Sicher ist sicher!"
Joseph nickte und tastete sich im Halbdunkel zurück zum Altar. An ein Gebet war nicht zu denken, die Männer hatten auch gar keine Zeit und räusperten sich verlegen.
"Kommen Sie!", forderte Ed Kahlich Joseph auf. "Wir müssen Ihnen noch das Pfarrhaus zeigen!"

In einer hastigen Prozession pilgerten die Männer zu dem Häuschen hinunter, das so weit von der Kirche entfernt stand, dass Joseph sich verwundert umsah. *Als wenn die beiden Gebäude überhaupt nichts miteinander zu tun hätten*, dachte er und er verstand noch etwas nicht: warum lagen Kirche und Parrhaus so weit vom Ort entfernt?
Doch bestimmt gab es dafür eine Erklärung. Ja, es gab für vieles eine Erklärung.
Später sollte er nämlich erfahren, dass das Grundstück ein Geschenk der Gemeinde Sweetwater an die ersten katholischen Siedler gewesen war. Das unfruchtbare Stück Land auf der Anhöhe war ständig einem zehrenden Wind ausgesetzt und niemand hatte es haben wollen. So war es der Stadt nicht schwer gefallen, den trostlosen Grund herzugeben. Aber warum die beiden Gebäude so weit auseinander standen, konnte niemand sagen. Es war einfach so.
"Alles, was Sie brauchen, haben wir Ihnen in die Küche gestellt. Gewöhnen Sie sich erstmal in Ruhe ein!", sagte Ed Kahlich. Dann sah er auf seine Uhr. "Es wird Zeit für uns. Wir müssen seh'n, dass wir zurück auf die Felder kommen. Aber am Sonntag kommen wir alle zum Hochamt."
Erleichtert bestiegen die drei Männer ihre Kutschen. Joseph sah den Davoneilenden und der Staubwolke, die sie verfolgte, so lange nach, bis die Wolke mit dem flirrenden Rot des Horizonts verschmolz. Da, wo der Himmel aufhörte und die Hölle begann.
Er stand allein neben dem Häuschen, drehte sich auf der Stelle und schaute fassungslos in alle vier Himmelsrichtungen:
Nichts!
Nichts!!
Nichts!!!
Nichts!!!!

Kein Baum – kein Strauch.
Da hätten sie mich auch gleich in die Wüste schicken können.
Joseph ahnte nicht, dass er längst dort angekommen war.
Robert hat Recht gehabt, dachte er. *Lieber Gott, laß es nicht so schlimm sein, wie es aussieht!*
Er verschwand im Inneren des Pfarrhauses, nahm einen Schluck Wasser, um den pelzigen Geschmack loszuwerden und suchte nach einer Zigarre.
Doch die Upmanns schmeckte ihm nicht.
Unschlüssig trat er vor die Tür, schaute in die Richtung, in der er Sweetwater vermutete und einer plötzlichen Eingebung folgend formte er mit den Händen einen Trichter.
"Herz-lich Will-kom-men Sweet-wa-ter!", rief er so laut er konnte. "Vielen Dank auch für den herzlichen Empfang!", kam es nurmehr leise über seine Lippen.
Dicke, salzige Tränen rollten ihm über sein Gesicht.
Was hatte er schon erwartet? Eine kleine Gemeinde, ein paar Familien vielleicht, die sich freuten, dass er endlich da war, um die er sich kümmern konnte und er als ihr Seelsorger, mitten drin. Doch da war niemand.
Er fühlte sich so allein wie nie in seinem Leben zuvor.

Am Sonntagmorgen war er früh auf den Beinen. Er hatte nicht schlafen können in Erwartung des ersten Gottesdienstes auf seinem Hügel, draußen im Nirgendwo.
Als er auf die Veranda hinaustrat, wollte er seinen Augen nicht trauen. Es war noch nicht einmal Sechs und oben an der Kirche warteten schon die ersten Gläubigen. Er war froh, endlich wieder Menschen zu sehen. Bedächtig zog er sich an und als er mit klopfendem Herzen hinüberging, standen, wie an einer unsichtbaren Linie aufgereiht, Kutsche an Kutsche zwischen Pfarr- und Gotteshaus.

Vielleicht..., dachte Joseph, *...vielleicht haben sie ja dafür so viel Platz zwischen den Gebäuden gelassen.*
Er schritt, ja, er schritt an den Maultier- oder Pferdegespannen entlang und er hatte das Gefühl, eine Parade abzunehmen. Da störten die drei Autos wirklich nicht, die sich als Boten der neuen Zeit mit ihren stählernen Pferdestärken dazwischen gedrängt hatten. *Ein Auto würde ich auch gern haben,* ging es ihm durch den Kopf, *und wie der Bischof durch die Gegend rasen.*
Daran war aber gar nicht zu denken.
Seine Gemeinde erwartete ihn. Die Sonne schien von einem klaren, blauen Herbsthimmel und der Wind meinte es heute gut.
Auf der Anhöhe wurde Joseph von den Männern begrüßt, die ihn genau an dieser Stelle vor wenigen Tagen in Empfang genommen hatten.
Sie trugen ihre Sonntagsanzüge und stellten ihm ihre Familien vor, ihre Frauen und Kinder, die Nachbarn und Freunde...
Joseph war umringt von seiner Gemeinde und es fühlte sich gut an, unter Menschen zu sein. *Wo kommen die nur alle her?*, fragte er sich erstaunt, *das Land sieht so unendlich öde und verlassen aus.*

Auch Felipe Ruiz war gekommen, um den neuen Pfarrer willkommen zu heißen. Zusammen mit seiner Frau Manuela und den Kindern beobachtete er Joseph, wie er vom Pfarrhaus, an den Fuhrwerken entlang, zur Kirche schritt und dort von den Kirchenvorständen begrüßt wurde.
Felipes Familie gehörte zur Kahlich Farm, die anderen Mexikaner verdingten sich als Baumwollpflücker entweder bei den Meyers, Reckers oder Hortons. Die Mexikaner waren katholisch, wie ihre Herren, aber es wäre ihnen niemals in den Sinn

gekommen, sich zu den Farmern zu gesellen. Die Landarbeiter standen wie immer abseits und blieben auch heute unter sich. Sie wunderten sich, als der neue Pfarrer auf sie zukam, um auch sie zu begrüßen.

"Guten Morgen! Schön, dass ihr gekommen seid."

"Guten Morgen, Padre!", antwortete Felipe und ging dem Pfarrer entgegen. Wie selbstverständlich sprach er Joseph auf Deutsch an.

Felipe Ruiz war in einer fensterlosen Hütte in der Nähe von Tularosa, westlich der Sacramento Berge zur Welt gekommen. Er hatte keine Erinnerung an New Mexiko, er wußte nur aus den Erzählungen seiner Eltern und den Geschichten, die er von seinen älteren Geschwistern hörte, dass der Vater die Familie nicht mehr hatte durchbringen können. Agraciano Ruiz verdingte sich solange als Viehhirte, bis er sich die Ungerechtigkeiten seines Patrons nicht länger hatte gefallen lassen. Er hatte sein Maul nicht gehalten, wie man in dieser Gegend sagte und seine Arbeit verloren. Die Familie musste die Hütte räumen, die dem Patron gehörte.

Agraciano und seine Frau Ernestina brachen auf nach Texas. Bis Sweetwater waren sie gekommen. Ihr Glück hatten sie hier nicht gerade gefunden, aber wenigstens eine Arbeit, schlecht bezahlt, denn nur während der Saison, die von März bis Ende Oktober währte, verdienten sie ein paar Cent. Doch sie hatten Essen und ein Dach über dem Kopf, wenn auch kein festes, ihre armselige Hütte hatten sie gegen ein schäbiges Zelt auf der Kahlich Farm getauscht. Am Rande eines Wäldchens, zwanzig Minuten mit der Kutsche vom Haupthaus entfernt, standen eine ganze Reihe dieser Behausungen für die Saisonarbeiter bereit. Und als dann der Herbst ins Land gezogen war, da war Agraciano einfach mit seiner Familie auf der Farm geblieben. Wohin hätten sie auch gehen sollen?

“Ihr könnt bleiben, wenn ihr euch nützlich macht, aber Lohn zahle ich euch keinen über den Winter, nur dass das klar ist.”, sagte Ed Kahlich. Er war froh, dass jemand auf die Unterkünfte achtete und die Füchse und wilden Hunde vertrieb, die sich während des Winters in ihre Nähe schlichen, wenn der Wind den Menschengeruch beinah fortgeblasen hatte.

Agraciano half Ed bei den Wartungsarbeiten an den Maschinen, Ernestina flickte die Säcke, in denen die Baumwolle gesammelt und gewogen wurde. Es waren eine Menge Säcke, die zu stopfen waren. Die Arbeiter zogen sie während der Ernte, die breiten Schlaufen wie Zaumzeug über die Schultern gespannt, hinter sich her.

“Wir können Gott danken, dass wir hier bleiben dürfen”, sagte er seinen Kindern. “Also, seid fleißig und macht uns keinen Kummer! Haltet euch an das, was man euch sagt!”

Ihr Zelt bot nur wenig Schutz gegen die frostigen Nächte, die ihnen der unberechenbare Nordwind bescherte. Und während des Sommers machte ihnen die staubige Hitze zu schaffen. Sie beklagten sich nicht und sie hatten Glück, ja, Glück, denn bevor der zweite Winter kam, durfte die Familie in eine der Baracken ziehen, die frei geworden war.

Felipe wuchs mit neun Geschwistern auf.

Er lernte nicht nur, wie man Baumwolle zupft. Im Kahlich Valley, so wurde das Tal genannt, in dem die Kahlichs ihre Farm bewirtschafteten, wurde Deutsch gesprochen. Deutsch sprachen hier diejenigen, die die Anweisungen gaben, und Felipe versuchte schon als Kind, sich alles zu merken und nachzusprechen, was die Deutschen sagten.

Die Kahlichs wussten nicht viel über ihre Arbeiter, kannten kaum ihre Namen, denn in jeder Saison kamen wieder andere auf die Farm. Mit den Ruiz’ war das anders und im Laufe der Jahre stellte sich heraus, dass der jüngste Sohn von Agraciano und Ernestina genau so gut Deutsch wie Spanisch sprach. Felipe war zum Dolmetscher der Farm aufgestiegen und seine Eltern waren mächtig stolz auf ihn.

Joseph bewunderte den jungen Mexikaner, der ihm seine Familie in fehlerfreiem Deutsch vorstellte.
“Manuela, meine Frau. Meine Kinder: Ramon, Simon und Theresa. Ich bin Felipe. Herzlich Willkommen, Padre!”
Joseph nickte, dann nahm er Felipe und Manuela bei der Hand.
“Na kommt, kommt schon!”, sagte er.
Die Kinder liefen unbekümmert voran. So traten sie ins Innere der Kirche und alle Augen waren auf sie gerichtet.
Joseph ging auf den Altar zu und hatte einen freien Platz in den vorderen Reihen gefunden, aber die junge Familie sträubte sich, sie wollten sich nicht niederknieen. Ein Raunen ging durch die Reihen, die Farmer steckten ihre Köpfe zusammen.
“Das geht nicht, Padre”, flüsterte Felipe.
Joseph drehte sich um und musterte für einen Moment die entsetzten Gesichter in der vollbesetzten Kirche.
“Ich erklär’s Ihnen später, Padre.”
“Ist schon gut, Felipe”, flüsterte Joseph, er hatte verstanden.
Felipe fühlte sich wie befreit, als der Pfarrer endlich seine Hand frei gab und dann führte er Frau und Kinder zurück. Die Familie stellte sich zu den anderen Arbeitern, hinten, nah am Ausgang und so war die Ordnung auch wieder hergestellt, die Joseph beinah durcheinander gebracht hätte.
Wenn es auch keinen Turm gab, waren die Glocken an diesem Sonntagmorgen, wie auch an allen anderen vorher und nachher, weithin zu hören. Doch niemand wurde heute noch zur St. Mary’s Kirche von Sweetwater gerufen, denn die Gemeinde war vollzählig versammelt.
Ed Kahlich zog ein saures Gesicht, als er Joseph und Felipe,

Manuela und die Kinder den Gang herunterkommen sah. *Das wird ja was geben,* dachte er.
Und er sollte Recht behalten.

Ein paar Wochen später holte er den Pfarrer ab, um mit ihm auf die Kahlich-Farm zu fahren. Entlang an schier endlosen Feldern, ging es Kilometer um Kilometer und Joseph verlor dabei völlig die Orientierung. Die Mexikaner waren immer noch bei der Ernte. Sie zogen die schweren Baumwollsäcke hinter sich her und was Joseph wunderte, sie sangen. Ja, sie sangen. Ihre Gesänge wehten über die Felder und als die Arbeiter Joseph erkannten, winkten sie ihm lachend zu.
"Allein würde ich nie von hier zurückfinden.", sagte Joseph zu Ed Kahlich. Er bat ihn anzuhalten, um ein ein paar Aufnahmen von den Mexikanern machen zu können.
"Wo wohnen eigentlich eure Arbeiter, Ed?"
"Weiter draußen, Reverend. Wenn es Sie interessiert, zeige ich Ihnen die Unterkünfte beim nächsten Mal, jetzt ist es schon zu spät", antwortete Ed Kahlich.
Aber irgendwie war es dann immer zu spät für einen Abstecher zu den Unterkünften gewesen und wenn ihnen nicht eines Nachmittags, Joseph war schon ein halbes Jahr Pfarrer von Sweetwater, Felipe mit seinem Maultiergespann vor dem Haupthaus begegnet wäre, hätte Joseph die Baracken und fadenscheinigen Zelte am Rande des Birkenwäldchens wohl nie zu Gesicht bekommen.
"Ich würde mich wirklich freuen, Padre, wenn Sie uns einmal in unserer Hütte besuchen würden!", sagte Felipe, als Joseph ihn fragte, wie es der Familie ging.
"Was soll das, Felipe?", fuhr Ed Kahlich dazwischen. "Es wird doch eh bald dunkel. Beim nächsten Mal vielleicht."
"Lassen Sie nur, Ed, die Dunkelheit macht mir nichts aus",

sagte Joseph schnell und hatte schon auf dem Kutschbock Platz genommen. “Bei Felipe fühl ich mich sicher. Er kann mich ja später zum Pfarrhaus zurückfahren, wenn Sie nichts dagegen haben. Wir beide kommen schon zurecht. Kümmern Sie sich gar nicht um mich! Schönen Abend noch, wir sehen uns Sonntag!”

Die Zelte waren über und über geflickt, ihre löchrigen Bahnen hingen traurig von den klapprigen Gestängen herab und die Baracken sahen auch nicht viel besser aus. Ihre Wände waren kreuz und quer mit Zeltbahnen bespannt, um Schutz vor Wind und Kälte zu bieten und da, wo sie eingerissen waren, hatte ihre Bewohner ein Blech oder eine Holzplatte darüber genagelt. So war manche Hütte im Laufe der Jahre zu einer schuppigen Hülle gekommen. Aus den Dächern ragten nackte Ofenrohre. Kinder spielten kreischend zwischen den Hütten, sie zogen einen Leiterwagen hinter sich her, dessen rostige Eisenräder so furchtbar quietschten, dass es Joseph kalt den Rücken runterlief, aber die Kinder hatten ihren Spaß. Ein paar Hunde begrüßten die Ankömmlinge freudig und irgendwo hörte Joseph Schweinegrunzen. Schweigend sah er sich um. Er spürte, wie Wut in ihm aufstieg.

Mein Gott, deshalb wollte der alte Kahlich die ganze Zeit nicht mit mir hierher fahren, dachte er.

“Manuela, schau, wer da ist!”, begrüßte Felipe seine Frau.

“Um Gottes Willen! Hättest du nicht was sagen können”, antwortete Manuela. “Buenas tardes, Padre! Wenn ich gewusst hätte, dass Sie kommen, hätte ich doch schnell einen Kuchen gebacken. Kommen Sie herein, bitte!”

Nicht mal halb so groß wie mein Haus, dachte Joseph, als er in die Hütte trat, die nur aus einem einzigen Raum bestand. Ein Tisch in der Mitte, ein paar wacklige Stühle, gleich neben der

Tür summte der Herd. In einer Ecke standen zwei Betten und über den Betten hing ein Kreuz und das Bild der Gottesmutter. Als Agriciano und Ernestina hörten, dass Besuch da war, kamen sie schnell herüber und Ernestina half ihrer Schwiegertochter dabei, einen duftenden Gemüseeintopf zu kochen. Es sprach sich herum, dass der Padre da war und schon nach kurzer Zeit wurde es zu eng in der Hütte.
"Felipe, sag ihnen, dass es mir leid tut, dass ich kein Spanisch spreche. Noch nicht", fügte er rasch hinzu. "Aber ich werde es lernen. Versprochen! Es geht doch nicht, dass ich euch nicht verstehe und ihr mich auch nicht", sagte Joseph.
Und Felipe übersetzte, während es sich die kleine Theresa und ihr Bruder Ramon auf Josephs Knien bequem gemacht hatten und gespannt ihrem Vater zuhörten.
Joseph las in den Gesichtern der Mexikaner, dass sie ihm beistimmten.
Wie in der Schule sitzen sie um mich herum und hören zu, dachte er. *Und sie sind so klein.*
"Was heisst eigentlich *klein*?"
"*Pequeño*, Padre", antwortete Felipe.
"Klingt gut. Sag ihnen, dass ihr meine *Pequeños* seid!"
Verlegen kratzte sich Joseph am Hinterkopf und beinah hätte die kleine Theresa das Gleichgewicht verloren.
Dann fragte Joseph, ob sie etwas dagegen hätten, wenn er ein paar Fotos machen würde und mit Felipes Hilfe erklärte er ihnen, dass nichts Schlimmes passieren würde, wenn er durch den schwarzen Kasten schaute – einen Fotoapparat hatte noch niemand von ihnen gesehen.
Alle durften sie einmal durch den Sucher gucken. Dabei gab es ein wildes Durcheinander und Gedrängel und als sich alle wieder beruhigt hatten, fragte Joseph Felipe:
"Willst du nicht mein Lehrer werden, Felipe, was meinst du?

Wenn du mir hilfst, lerne ich Spanisch, dann könnt ihr mich besser verstehen und ich euch."
Und plötzlich erhellte ein Lächeln sein Gesicht.
"Eigentlich haben wir ja schon damit begonnen."

"Ein Wörterbuch? Spanisch, Reverend?", fragte Fred. "Wozu soll das denn gut sein?"
Joseph starrte ihn an, hielt sich aber zurück und Fred Wortmann wartete die Antwort gar nicht ab, sondern verschwand eilig im hinteren Teil des Ladens. Er schickte seine Frau nach vorn und ließ sich nicht mehr blicken.
"Englisch – Spanisch, Spanisch – Englisch!", las sie abfällig vor, als sie ihm das Buch über die Theke reichte. "Kann ich vielleicht sonst noch was für Sie tun, Reverend?", fragte sie schnippisch.
"Ja, ich hätte gern noch eine Postkarte."

Einmal pro Woche schaute Felipe nun auf der Anhöhe vorbei und Joseph wartete schon immer auf seinen Besuch. Er liebte es, wenn sie zwischen Pfarrhaus und Kirche auf und ab gingen und Felipe ihm die Vokabeln abfragte. Joseph war sehr dankbar für diese einzige Abwechslung zwischen einem Sonntagsgottesdienst und dem nächsten.
Und Felipe war ein strenger Lehrer.
"¿Continuamos estudiando o nos vamos de paseo? – Lernen wir nun weiter oder gehen wir nur spazieren, Padre?", fragte er nach einer Weile und schließlich gingen sie zurück ins Pfarrhaus, um weiter zu lernen.
Wenn Joseph aber allein auf seinem Hügel war, spazierte er stundenlang zwischen Kirche und Pfarrhaus hin und her, das Lehrbuch in der Hand, und paukte Vokabeln, indem er sie sich laut aufsagte. Manchmal kam es vor, dass er sich ein Wort

nicht merken konnte, dann rief er es so laut und so oft von seinem Hügel herunter, bis er es nicht mehr vergaß.
Geht doch!, dachte er. *Was Martin wohl sagen würde*?

Nach seinem Besuch in Felipes Hütte hatte Joseph vergeblich versucht, Ed Kahlich, Henry Meyer, Carl Recker und Bill Horton zu einem Gespräch einzuladen. Ed Kahlich hatte wohl geahnt, was da auf ihn und die anderen Farmer zukommen würde und so gab es immer neue Ausflüchte, um einem Gespräch aus dem Wege zu gehen, doch Joseph ließ nicht locker und eines Sonntags hatte er die Farmer soweit.
"Wie könnt ihr eure Arbeiter nur so hausen lassen?", fragte er sie nach dem Gottesdienst. "Das könnt ihr doch nicht machen, ich begreife das einfach nicht. Ich dachte, ihr seid Christen?"
"Sie sind zwar unser Pfarrer, aber kümmern Sie sich um Ihre Angelegenheiten", antwortete ihm Ed Kahlich wütend, während die anderen mit gesenkten Köpfen auf den Boden sahen. "Ist so schon schwer genug für uns, über die Runden zu kommen. Aber davon haben *Sie* doch keine Ahnung."
"Stimmt, von eurer Arbeit verstehe ich nichts, da habt ihr Recht, aber ich kümmere mich eben um alle Mitglieder meiner Gemeinde. Das müßt ihr schon mir überlassen."

Joseph ließ auch weiterhin nichts unversucht. Immer wieder redete er den Farmern ins Gewissen. Zwei Jahre lang.
Doch er erreichte nichts. Auf jeden Fall nicht das, was er sich erhoffte! Sonntags kamen die Farmer nach wie vor zum Gottesdienst. Doch wunderten sie sich darüber, dass Joseph von Monat zu Monat besser Spanisch sprach. Und das machte sie wütend, denn sie verstanden plötzlich nicht mehr alles, was er predigte. Ihnen gefiel auch nicht, wenn er sich mit ihren Arbeitern unterhielt oder bei jeder Gelegenheit mit seinem albernen

Fotoapparat auftauchte, um herumzuschnüffeln, wie sie sagten.
“Warum kümmert er sich eigentlich so um die Mestizos? Und immer hat er seine Kamera dabei! Was soll das? Ist er nun unser Pfarrer..?”, fragten sie sich, wobei die Betonung zunehmend auf *unser* lag, “...oder ist er Fotograf?”
Ja, die Farmer waren eifersüchtig.
Die Mexikaner liebten ihn dafür um so mehr. Jeden Sonntag war die Kirche voll bis auf den letzten Platz.
“¡No empujen, que hay sitio para todos! – Nicht drängeln, es ist Platz für alle”, rief Joseph aufgeregt.
Er hatte seine Pequeños ins Herz geschlossen, sie kamen mit ihren Gitarren und Trompeten, die Farmer aber schüttelten den Kopf.
“Wie auf dem Rummelplatz, das ist doch kein Gottesdienst. Wenn er *so* weitermacht, wird hier bald nur noch Spanisch gesprochen.”

Irgendwann hatte Ed Kahlich genug und er ließ Felipe zu sich kommen. Kahlich teilte ihm mit knappen Worten mit, dass er das Maultier nicht mehr haben könne, um damit zum Pfarrer zu reiten, aber damit nicht genug.
“Leute, macht es einfach so wie ich!”, sagte er während eines Treffens mit den anderen Farmern. “Laßt die Arbeiter doch zusehen, wie sie zum Gottesdienst kommen, meinetwegen können sie ruhig laufen. Wenn sie rechtzeitig in der Nacht aufbrechen...” Er grinste. “Die Kirche wird auf jeden Fall nicht mehr so voll sein und der Pfarrer muss auch nicht mehr in Spanisch predigen!”
Ed Kahlich stand zwischen den Farmern, die Hände tief in den Hosentaschen vergraben, und die Männer nickten.
“Viel Unheil kann er eh nicht mehr anrichten”, fügte er hinzu.

“Bestimmt habt ihr auch schon gehört, dass der alte Pfarrer von Slaton gestorben ist. Der Bischof hat entschieden, dass Keller die Gemeinde übernehmen soll. Bitteschön! Ehrlich, ich mach drei Kreuze, wenn er hier endlich verschwunden ist.”

Der Blizzard wütete schon seit dem Nachmittag und das zierliche Pfarrhaus stemmte sich ächzend gegen den eisigen Orkan. Das Feuer im Herd war vor Stunden erloschen, doch Joseph hatte sich bei dem Sturm nicht getraut, Brennholz aus dem Schuppen zu holen. In der winzigen Stube war es längst bitterkalt geworden.
Aufrecht saß Joseph in seinem Bett, bis über den Kopf in eine Decke gehüllt.
Vater im Himmel, dachte er, *laß mich nicht in dieser erbärmlichen Hütte umkommen!*
Niemals hätte er geglaubt, in Texas erfrieren zu müssen. Er zitterte am ganzen Körper und haderte mit seinem Schicksal. Vom ersten Tag an war es ihm zuwider gewesen, in dem winzigen Pfarrhaus, so weit draußen vor der Stadt, zu wohnen.
Er setzte sich auf die Bettkante und schüttelte den Kopf.
Damals, in St. Louis, hatte er von einer blühenden Gemeinde geträumt. Martin hatte ihm von Texas vorgeschwärmt und ihm mit leuchtenden Augen vom Llano Estacado, der gefährlichen Wüste an der Grenze nach New Mexico, erzählt. Er wußte es nicht besser, sein ganzes Wissen stammte ja aus den Büchern von Karl May. Nur zu gern hatte Martin seinen Freund begleiten wollen. Joseph jedoch hatte hier nichts von der Romantik dieser Geschichten wiedergefunden.
Das Land hatte sein Vorstellungsvermögen in jeder Hinsicht übertroffen. Endlos zermürbendes Nichts, fuchsbraune Steppe und verbrannte Erde soweit das Auge reichte. Gnadenlos flirrende Hitze, quälende Trockenheit und Öde.

Und als ob das alles nicht schon genug wäre, jetzt auch noch dieser Schneesturm. *Was Martin wohl macht? Wie mochte es Bertie Peitz in seinem Laden gehen? Und was war mit Maggie und den Walchshausers?*
Joseph sehnte sich nach Hause.
Doch an eine Rückkehr nach Deutschland war gar nicht zu denken. Schon seit anderthalb Jahren tobte ein furchtbarer Krieg in Europa.
Jedes Mal, wenn er Post aus der Heimat erhielt, befürchtete er das Schlimmste. Sein Schwager August steckte irgendwo an der Front, in Belgien oder Frankreich. Seine ältere Schwester Anna leitete ein Waisenhaus in Rostock. Sie wußte oft nicht, wie sie mit ihren Schützlingen den nächsten Tag überstehen sollte und auch die Nachrichten, die seine jüngste Schwester betrafen, bereiteten ihm Kummer. Franziska war dreiundzwanzig und studierte Musik am Konservatorium in Leipzig. Sie hatte sich in einen verheirateten Schauspieler verliebt und nach seiner Scheidung wollten die beiden heiraten.
Ohne Gottes Segen! Gottes Segen?
Alles Betteln der Mutter, alles Zureden und Flehen ihrer Schwestern hatte nichts genutzt. Franziska, oder Claire, wie sie sich jetzt nannte, hatte sich seit Monaten nicht zu Hause blicken lassen.
Joseph schüttelte sich, ihn fror ganz schrecklich und er hatte Angst. Doch er versuchte sich zusammenzunehmen.
Jammern hilft jetzt auch nicht weiter.
Der Sturm tobte immer heftiger. Die undichten Fenster klapperten bedrohlich und Joseph spürte das Ächzen und Stöhnen der altersschwachen Balken. Eisiger Schmuck zierte längst alle Glasscheiben und er hoffte inständig, dass der wütende Orkan, der das wacklige Holzhäuschen unbarmherzig von der Anhöhe wegzufegen drohte, bald seine Kraft verlöre. Aber ein

Ende war nicht abzusehen. Joseph zuckte entsetzt zusammen, als ein Fensterglas auf der Veranda barst. *Auch das noch!* Nie hatte er sich den Naturgewalten so hilflos ausgesetzt gefühlt wie in dieser Nacht.

Doch plötzlich horchte er auf. Läutete da nicht die Glocke? Oder was hörte er da? Er war sich nicht sicher. Dann drang ein anderes Geräusch durch den Blizzard in das kleine Haus. Das Scharren und Winseln hatte er zuerst gar nicht wahrgenommen, denn es wurde immer wieder vom wütenden Heulen des Sturmes übertönt. Machte sich da wirklich jemand an seiner Haustür zu schaffen?

"Lieber Gott, bitte!"

Unschlüssig erhob er sich.

"Lobet den Herrn...", flüsterte er und unversehens verfiel er in ein verzagtes Summen. Er tappte umher bis er endlich die Petroleumlampe auf dem Tisch ertastete. Es war stockfinster und mit klammen Fingern machte er Licht.

Wie ein Gespenst sah er aus.

Er hatte alles übergestreift, was er in seinem Kleiderschrank hatte finden können. Die wollene Schirmmütze hatte er tief ins Gesicht gezogen, die Bettdecke eng um sich geschlungen.

"Gut, dass mich niemand so sehen kann", murmelte er und er hatte plötzlich das Gefühl, seine Zähne klappern zu hören.

Vorsichtig näherte er sich der Tür – nein, er irrte sich nicht.

Da wimmerte etwas und dieses Wimmern wurde immer lauter. Josephs Puls raste. Schließlich nahm er seinen ganzen Mut zusammen und stemmte sich gegen die Haustür. Vergeblich zuerst, doch als er die Tür endlich einen Spalt weit aufgebracht hatte, stoben ihm messerscharfe Schneekristalle ins Gesicht. Joseph zuckte zurück, ein Augenpaar blitzte ihm aus dem Schneesturm entgegen.

Kein Mensch, dachte er. *Gott sei Dank!*

Joseph atmete auf, ein Hund hatte sich vor seine Tür verirrt.
“Na, wer bist du denn? Komm! Na, komm schon!”, redete er dem Kleinen zu. Doch er bekam keine Antwort. Kein Bellen, nicht mal ein Winseln, nichts. Mit letzter Kraft schleppte sich das erschöpfte Tier ins Haus. Joseph folgte ihm, hockte sich hin und kratzte mit bloßen Fingern die eisige Kruste von seinem Fell.
“Warte, gleich haben wir’s.”
Er suchte ein Badetuch, fand aber keins und rubbelte das zitternde Tier mit der Tischdecke, ein Geschenk der Gemeinde, trocken. Die Frauen von Sweetwater würden ihm bestimmt vergeben, und wenn nicht, auch egal. Er war jedenfalls froh, nicht mehr allein zu sein.
Im Vorratsschrank fand Joseph noch ein Stück Wurst und ein paar gekochte Kartoffeln. Sein vierbeiniger Besucher aber rührte nichts an, lag ermattet auf den Dielen und hatte den Kopf zwischen die Pfoten gelegt. Ängstlich schaute er hoch. *Sieht aus wie ein Terrier, der kleine Kerl.* Joseph war sich nicht sicher und es war auch gar nicht wichtig.
“Ich weiß was!”, sagte er.
Schnell wickelte er den Hund in ein Bettlaken und trug ihn fest umschlungen zum Bett.
“Ich halt dich warm, und morgen sieht die Welt ganz anders aus.”, flüsterte er dem Terrier ins Ohr, der ihn mit großen Augen ansah.
“Gute Nacht!”
Halb sitzend, halb liegend, das zitternde Tier auf seinem Schoß, nickte Joseph ein.
Am nächsten Morgen schien die Sonne von einem eisklaren Himmel.
Es war totenstill.
Der Sturm hatte sich verzogen.

Als Joseph erwachte, spürte er einen warmen, gleichmäßigen Herzschlag auf seinem Bauch und er hörte ein schmatzendes Schnarchen.
Joseph lächelte, er hätte nicht mit Bestimmtheit sagen können, wer nun wem in dieser Nacht das Leben gerettet hatte.
“Guten Morgen, du Landstreicher!”, weckte er seinen neuen Freund. Der blinzelte ihn träge mit einem Auge an und ließ sich dankbar das drahtige Fell kraulen. Ein Grinsen zog über Josephs Gesicht.
Einen Namen hab ich auch schon für dich.
“Auf geht's! Auf, Hobo!”

Es kostete ihn einige Mühe, bis er die Tür endlich aufgedrückt hatte und hinaus auf die Veranda treten konnte. So viel Schnee hatte er seit Jahren nicht gesehen. Die glitzernden Kristalle hatten das Bild der Landschaft völlig verändert, denn die öde, braune Krume war von einem eleganten Hermelin bedeckt. Geblendet stapfte er zum Schuppen und trug einen Arm voll Holzscheite ins Haus. Dann heizte er ordentlich ein, kochte Wasser auf und bereitete ein Frühstück mit Speck, Spiegeleiern und Bratkartoffeln. Bald duftete es herrlich nach frisch gebrühtem Kaffee.
Hobo wich ihm nicht von der Seite, keinen Moment ließ er seinen Retter aus den Augen und Joseph hockte sich mit einer Schüssel voller dampfender Kartoffeln und knusprigem Speck zu ihm.
“Na, das duftet, was? Guten Appetit!”
Und Hobo? Der antwortete mit einem zaghaften Bellen. Ja, sein Retter hatte Recht behalten. Die Welt sah heute wirklich anders aus und in dieser Welt roch es sehr verführerisch. Schwanzwedelnd widmete sich Hobo den Köstlichkeiten. Es war endlich warm in dem kleinen Wohnraum. Auch Joseph

ließ sich das Frühstück schmecken und erst am Nachmittag sah er sich die Schäden an, die der Sturm angerichtet hatte. Die Kirche hatte Stand gehalten, alle Fenster waren heil geblieben. Die Glocke hing träge in ihrem Gestell, so als ob nichts gewesen wäre und trug eine dicke Schneehaube. Joseph ging zurück und umrundete das Pfarrhaus, das gerade mal vier Meter breit und fünf Meter lang war. Ein paar Latten hatten sich gelöst, nicht weiter schlimm, aber er wurde das Gefühl nicht los, dass die Hütte ihre aufrechte Haltung verloren hatte.
Fachmännisch peilte er mit dem Daumen auf deren Ecken und nickte schließlich.
Schief!, dachte er und sah zu Hobo hinunter, der neben ihm im Schnee hockte.
"Pisa! Was meinst du?"
Das Unwetter hatte er überlebt, einen treuen Begleiter hatte er gefunden. Es war gut so.
Joseph freute sich auf seine neue Aufgabe.

Er hatte erst vor wenigen Monaten davon erfahren und obwohl er seine Pequeños nicht gern zurückließ, war er doch dankbar, die Gemeinde von Slaton übernehmen zu können.
Die pulsierende Stadt lag an der Eisenbahnstrecke, nur etwa hundert Meilen weiter nördlich. Joseph war schon häufiger dort gewesen, um den kranken Pfarrer zu vertreten, bis ihn die Nachricht erreichte, dass Pfarrer Reisdorff gestorben war und Bischof Fynch ihn zu dessen Nachfolger ernannt hatte.
Die letzten Wochen in Sweetwater vergingen schnell.
Die Gemeinde war froh, dass sie ihn bald los sein würde, niemand verlor auch nur ein Wort über seine Versetzung. Joseph richtete bis zur Abreise das windschiefe Pfarrhaus wieder her. Dann machte er ein Foto, bestellte bei Brackmann einen Abzug und schickte ihn als Postkarte nach Hause.

Sweetwater, Texas
16. März 1917

Meine liebe Mutter!

Umstehend mein kleines Pfarrhaus und mein treuer Freund Hobo. Er ist mir vor einigen Wochen zugelaufen und wir beide vertragen uns prächtig. Für Karten herzlichen Dank. Ich bete täglich für Franziska, habe aber von ihr noch keine Nachricht erhalten. Bin gesund und munter und spare schon fleißig für die Heimreise.

In Liebe
Dein Joseph

Gruß für alle, besonders Else und August

P.S. Soeben habe ich meine Versetzung nach Slaton erhalten. Trete dort im April meinen Dienst an. Brief folgt.

Der winzige Punkt, der sich am Horizont abzeichnete, wurde langsam größer. Eine ganze Weile schon beobachtete Joseph von seinem Hügel aus die Kutsche, die, von einem Maultier gezogen, gemächlich näher kam.
"Buenos días, Padre José, ¡que frío hace hoy!", rief ihm Felipe schon von weitem zu.
"Hallo, Felipe! Ja, das kann man wohl sagen. Ist wirklich lausig, immer noch! Dank dir, dass du gekommen bist. Ist wohl unsere letzte Spanischstunde heute, was?"
Betrübt sah er ihn an. "Wie geht's deinen Eltern? Wie habt ihr denn den Schneesturm überstanden? Was machen Manuela, die Kinder?"
"Ach Padre, der Sturm hat uns auch ordentlich zugesetzt und die Hütte sieht ziemlich zerzaust aus", antwortete Felipe. "Sie wissen ja, wir müssen Ed dankbar dafür sein, dass wir ein Dach über dem Kopf haben. Er zahlt uns im Winter ja keinen Lohn und wir kommen so gerade über die Runden. Aber es kann nicht länger so weitergehen. Gott sei Dank können wir bald wieder raus auf die Felder. Wir sind sehr traurig, dass Sie gehen, wissen Sie, und ich soll Sie von Manuela, Mama und Papa und den Kindern grüßen. Aber auch von allen anderen."
"Ich habe euch wirklich vermisst. Ohne euch ist es die vergangenen Monate so still geworden auf meinem Hügel", sagte Joseph. "Und dein Unterricht, Felipe, hat mir auch gefehlt."

Der Mexikaner stieg vom Kutschbock und zurrte die filzige Pferdedecke, die er als Schutz vor dem eisigen Wind umgeworfen hatte, noch enger um seine Schultern.
"Sie wissen ja selbst, der Weg ist einfach...
"...zu weit.", vollendete Joseph den Satz. Er nickte. Allein zur Kahlich Farm brauchte man gute zwei Stunden.
"Seit wann haben Sie einen Hund, Padre?", fragte Felipe.

Er beugte sich hinunter, streckte Hobo seine Hand entgegen und wurde freundlich begrüßt.
“Das erzähl ich dir gleich alles”, sagte Joseph. “Aber laß uns erstmal hinein gehen, Felipe. Der Kaffee steht schon auf dem Herd.”
Und während sie sich in der Stube aufwärmten, erzählte er von dem Blizzard.
“Das war wirklich die schlimmste Nacht meines Lebens. Schrecklich!” Joseph schüttelte sich. “Aber so bin ich zu meinem Freund hier gekommen.”
Hobo lag zu ihren Füßen und blinzelte die beiden mit einem Auge an. Er schien alles zu verstehen.
“Na, eigentlich ist er ja zu mir gekommen.”
Joseph schaute sich noch einmal um in dem winzigen Wohnraum. Nein, bis auf seine mexikanischen Freunde würde er hier nichts vermissen. Es hielt ihn nicht länger und mit beiden Händen schlug er sich auf die Oberschenkel.
“Dann woll'n wir mal!”, gab er das Zeichen zum Aufbruch. Doch als er aufstehen wollte, drückte ihn Felipe sanft auf den Stuhl zurück.
“Padre, wenn Sie nicht mehr hier sind, kümmert sich niemand um uns. Und Sie haben ja gesehen, was dabei herauskommt, wenn sich jemand für uns einsetzt. Ed Kahlich und die anderen Farmer mögen es nicht, wenn man sich in ihre Angelegenheiten mischt. Deshalb haben sie uns auch nicht mehr zum Gottesdienst mitgenommen.”
“Ich weiß, Felipe”, antwortete Joseph.
Der Mexikaner sah sich um, als ob er sich vergewissern wollte, dass niemand außer ihnen im Raum war. Dann rückte er seinen Stuhl an Josephs Seite und fuhr flüsternd fort.
“Wir haben nichts, kein Geld, keine Rechte. Nichts! So kann es einfach nicht weitergehen, Padre. Das ist doch kein Leben.

Die Farmer behandeln uns, als wären wir ihre Sklaven. Aber sonntags, da gehen sie brav in die Kirche."
Verzweifelt drückte er Josephs Hand. "Sie haben so viel für uns getan, Padre, Sie gehen einfach und lassen uns hier allein."
Er zögerte einen Augenblick bis er weitersprach. "Wir müssen jetzt selbst für unsere Rechte kämpfen, wie unsere Landsleute in Mexiko, verstehen Sie?"
Joseph nickte. Ja, die Berichte über den blutigen Bürgerkrieg im Nachbarland hatte er mit großer Sorge verfolgt. Entsetzt schaute er Felipe an.
"Sowas darfst du nicht mal denken!", sagte er. "Und sprich mit niemandem darüber! Hörst du, mit niemandem, Felipe! Das musst du mir versprechen!"
Joseph schaute auf seine Uhr.
Es war Zeit.

Kapitel 8

Überall wurde gesägt, gehämmert, gezimmert.
Der Rhythmus der Bauarbeiten war in der ganzen Stadt zu spüren – Slaton tanzte sich in einen Rausch.
Bei der Paulus Bank gab es billige Kredite für den Kauf von Land in den South Plains, wie die Gegend um Slaton genannt wurde. Das Singleton Hotel bot einfache Zimmer für die Neuankömmlinge und wer kein Geld hatte, der hauste in einem der ärmlichen Zelte am Rande der Stadt. Im Universal, dem ersten Lichtspieltheater der Stadt, wurden die neuesten Filme von Fatty Arbuckle gezeigt, Slaton Journal und Slatonite versorgten die Bewohner mit Nachrichten. Neue Geschäfte eröffneten an jeder Ecke und in den Straßen herrschte ein geschäftiges Durcheinander.
Auf dem Marktplatz vor der City Hall, an der Neunten, zwischen Garza und Lubbock Street, standen die Autos sonntags so dicht gedrängt, dass kein Durchkommen mehr war. Die

Leute kamen hierher, um etwas zu trinken, sich mit Freunden zu treffen, zu sehen was los war und, um gesehen zu werden. Direkt an den Gleisen, gleich neben dem Santa Fe Depot, war das beste Restaurant weit und breit eröffnet worden.
SLATON HARVEY HOUSE.
Joseph saß wie immer an *seinem* Tisch, von wo er einen ungehinderten Blick auf den Platz vor dem Bahnhof hatte. Über die parkenden Autos hinweg konnte er die Texas Avenue hinunter bis zur City Hall sehen.
Aber er saß hier nicht wegen der Aussicht allein: er hatte ein saftiges Steak, dazu das süßlich duftende Kartoffelpüree, einer Spezialität der Harvey House Restaurants, mit reichlich Butter flockig gestampft, und zartem Bohnengemüse gegessen.
Zufrieden lehnte er sich zurück und prüfte die Glut seiner Zigarre. Er war satt und müde.

Als Gertrud Wehming sah, dass Joseph fertig war, rückte sie die weiße Schleife in ihrem Haar zurecht und strich die Schürze über dem schwarzen Kleid glatt. Alle Mitarbeiterinnen des Restaurants trugen die gleiche Kluft und sie waren sehr stolz darauf. Es war nicht nur eine Ehre, ein Harvey Girl zu sein, sie verdienten auch sehr gut.
"Haben Sie es sich denn überlegt, Reverend?", fragte Trudi, wie sie von allen gerufen wurde.
Joseph warf einen Blick auf seine Rechnung.
"Trudi, wenn ich nicht auf deinen Vorschlag eingehe, bin ich bald pleite.", antwortete er. "Ich trage noch mein ganzes Geld hierher." Er lachte und beinah hätte er sich am Rauch seiner Havanna verschluckt. "Also ich würde mich freuen, wenn du dich um meinen Haushalt kümmerst. Mit den Männern vom Kirchenvorstand hab ich auch schon gesprochen, die sind einverstanden."

“Wunderbar! Ach, ich danke Ihnen, Reverend! Sie werden’s bestimmt nicht bereuen.” Sie drückte seine Hand und wollte sie gar nicht mehr loslassen. “Sobald Gus und ich verheiratet sind, kümmere ich mich um Ihr Pfarrhaus.”
Trudi war sich seit langem mit Gustav Feldhaus einig, im Sommer sollte Joseph sie trauen. Dann würde sie auch ihren Job hier aufgeben müssen, das gehörte zu ihrem Vertrag, denn die Harvey Girls hatten ledig zu sein.
Joseph machte sich auf den Rückweg und als er ins Freie trat, hielt er die Hand schützend über seine Augen, denn auch wenn von der Sonne nichts zu sehen war, sie hatte sich hinter einem Vorhang aus giftgelben Wolken verschanzt, blendete ihn ein diffuses Licht.
“Die Kamera hätte ich besser zuhause gelassen”, dachte er.
Er wischte sich den Schweiß von der Stirn. Grillen zirpten ein monotones Ständchen. Es war ein schwüler Nachmittag.
Vorbei an Smith’s Barber Shop und Twaddle’s Grocery trottete Joseph gemächlich in Richtung Zentrum. Um diese Zeit war nichts los auf den Straßen und er lächelte, als er plötzlich ein vertrautes Geräusch hörte. Schon von weitem erkannte er das Motorrad am blubbernden Gesang seines Motors.
Joseph blieb stehen und wartete, bis das Motorrad neben ihm hielt und der Fahrer die Maschine abstellte.
Freddie Neumann strahlte Joseph an.
“Hey, Joe!”
Im besten Sonntagsanzug, seinen braunen Hut weit zurück in den Nacken geschoben, hockte der junge Mann unbekümmert auf seiner Silent Grey Fellow. Man konnte ihm ansehen, dass dieses Motorrad sein ganzer Stolz war.

Die Neumanns waren schon vor Jahren nach Amerika gekommen. Freddies Vater Paul, ein stattlicher Mann mit einem

freundlichen Gesicht und seine Frau Agnes, eine zierliche, aber dennoch resolute Person, hatten Deutschland verlassen, weil sie für sich keine Zukunft mehr in der Heimat sahen. Paul Neumann war gelernter Schmied und hatte in Slaton sofort eine Arbeit im Santa Fe Depot bekommen. Er wartete die Loks der Eisenbahngesellschaft. Nach wenigen Jahren hatte er seine Chance genutzt und eine eigene Werkstatt eröffnet. Paul reparierte nun die Maschinen, die in den South Plains seit einiger Zeit bei der Baumwollernte eingesetzt wurden. Er hatte einen Vertrag mit der CASE Maschinenfabrik aus Racine, Wisconsin geschlossen, doch inzwischen kannte er sich auch gut mit den Automobilen aus, die neuerdings die Straßen der Umgebung unsicher machten. Pauls große Liebe aber galt Motorrädern. Er war vernarrt in eine einzige Marke – HARLEY DAVIDSON.
Alfred, das einzige Kind des Ehepaares, war in Texas aufgewachsen und seine Mutter hatte seine Erziehung übernommen, sie war Lehrerin und sie spielte Klavier.
"Du kannst Vater so oft in der Werkstatt helfen wie du magst, aber zuerst wird gelernt und dann eine Stunde Klavier geübt!", sagte Agnes Neumann und sie meinte es ernst damit. Alfred, den alle nur Freddie nannten, war nicht nur ein wissbegieriger Schüler, denn er interessierte sich einfach für alles und das Lernen fiel ihm leicht, er war auch ein begabter Klavierspieler. Als die Gemeinde von Slaton einen Organisten suchte, fiel die Wahl auf seine Mutter. Wenn Agnes Neumann aber nicht spielen konnte, was häufiger vorkam, da sie sich um die Kinder ihrer kranken Schwester in Lubbock kümmerte, vertrat Freddie seine Mutter und er machte das beinah so gut wie sie. Doch der Junge eiferte auch seinem Vater nach und entwickelte die gleiche Leidenschaft für Motorräder wie er. Freddie half seinem Vater jeden Tag bei der Arbeit, sah ihm geduldig zu. Bald arbeiteten sie Hand in Hand, ohne auch nur ein Wort

zuviel zu verlieren, denn Freddie kannte sich in der Werkstatt seines Vaters so gut aus wie Paul Neumann selbst. Zum vierzehnten Geburtstag hatte ihm der Vater die Silent Grey Fellow geschenkt.

Ja, diese Werkstatt!

"Bei dir sieht es sauberer aus als bei uns im Wohnzimmer", sagten manche Kunden zu Paul und sie hatten wohl Recht damit. Denn wenn es auch den ganzen Tag lang nach Blech, Öl und Rost in der weissgetünchten Halle roch, nach Feierabend hingen alle Werkzeuge sauber aufgereiht an ihrem Platz, der Boden war gekehrt und frische Sägespäne hatten auch den letzten Tropfen Öl von den Fliesen gesogen.

"Kommt mir bloß nicht mit euren schmutzigen Fingern ins Haus!", drohte Agnes Neumann lächelnd ihren Männern. Damit waren nicht nur die Angestellten gemeint und am Ende eines langen Arbeitstages konnten Paul und Freddie die saubersten Hände der ganzen Stadt vorweisen.

Weit über die Grenzen Slatons hinaus hatte Neumanns Garage einen ausgezeichneten Ruf und es passierte schon mal, dass die Leute nur vorbeikamen, um sich diese Werkstatt anzusehen, von der sie schon so viel gehört hatten.

Jeder hier kannte die Neumanns und die Familie gehörte seit der ersten Stunde zur katholischen Gemeinde von Slaton.

"Bist wieder bei Trudi gewesen, oder?", lachte Freddie. "Klar warst du da! So schlapp, wie du hier langtrabst." Er grinste unverschämt. "Na komm schon! Steig auf! Ich fahr dich nach Hause."

Joseph hatte zu Fuß zurückgehen wollen, doch die Pfarrei lag am anderen Ende der Stadt. Genauer gesagt lagen das Pfarrhaus und die Kirche der katholischen Gemeinde von St. Peter weit draußen am Ortsrand.

Dankbar schwang er sich auf den Sozius und gab Freddie einen Klaps auf die Schulter.
Die beiden hatten nichts davon mitbekommen, dass sie aus einem der Häuser an der Straße beobachtet wurden.
“Fahr schon! Zuhause hab ich was für dich”, sagte Joseph.
“Bist du etwa fertig?” Freddie sah sich erstaunt zu ihm um.
“Wart’s ab!”, antwortete Joseph.
“Na, fahr schon!”
Gemütlich tuckerten sie durch die Stadt.
An der City Hall vorbei fuhren sie die Neunte hinunter bis zur großen Kreuzung an der Division Street. Hier bog Freddie ab und gab Gas. Er fuhr ein ganzes Stück raus aus der Stadt, vorbei an trockenen Feldern und als sie vom Motorrad stiegen, markierte eine rostbraune Staubwolke ihren Weg. Hobo hatte die Harley schon von weitem kommen hören und begrüßte sie schwanzwedelnd.
Das Pfarrhaus der Gemeinde lag in Höhe der Neunzehnten, direkt gegenüber der alten Holzkirche, die im Laufe der Jahre zu klein geworden war für die stetig wachsende Zahl der Gläubigen. Die Kirche hatte einen kurzen Glockenturm, der direkt über dem Eingang auf dem First thronte, und anders als in Sweetwater konnte Joseph von seinem Pfarrhaus die Nachbarhäuser sehen und die Silhouette der Stadt ausmachen.

Im Arbeitszimmer raffte Joseph rasch seine Entwürfe zusammen. Einige hatte er in einer bestimmten Reihenfolge nebeneinander auf dem Fußboden ausgelegt, andere lagen wahllos auf dem Schreibtisch.
“Letzte Nacht bin ich fertig geworden. Setz dich, es macht mich ganz nervös, wenn du hier rumstehst.” Er drückte Freddie eine der Zeichnungen in die Hand. “Was hältst du davon?”

Einzig das Rascheln des Papiers war noch zu hören.
Freddie musterte Skizze für Skizze. Joseph hätte gern etwas zu seinen Entwürfen gesagt, hielt sich aber zurück. Angespannt saß er in seinem Schaukelstuhl und kraulte Hobo.
Nach einer Ewigkeit legte Freddie die Pläne zurück.
"Ja, könnte gehen, aber..."
"Aber was?", fiel ihm Joseph ins Wort.
"Wie willst du das Geld dafür aufbringen, Joe? Hast du eigentlich eine Vorstellung, was so ein Fahrzeug überhaupt kostet?"
"Hab ich nicht, deswegen frag ich ja *dich*. Da musst du mir schon helfen, oder meinst du, ich soll das Ganze gleich wieder vergessen?"
Alfred zuckte mit den Achseln.
"Motor und Chassis müssten wir uns von einem ausgedienten Hornell besorgen", überlegte er laut. "Ich will Vater mal fragen, was er davon hält, und ich hab auch eine Idee, wo wir die Teile herkriegen. In Lamesa kennen wir eine Werkstatt, die uns den Aufbau machen könnte. Eigentlich bauen die nur Feuerwehrautos, das hier wär mal was anderes für die Jungs." Nachdenklich knetete er sein Ohrläppchen.
"Wenn das Ding jemals fertig werden sollte, fahr ich dich mit der Kirche, wohin du willst und ich spiele auch das Harmonium hier. Versprochen!" Freddie deutete lächelnd auf die Stelle der Zeichnung, an der Joseph das Instrument vorgesehen hatte. "Hast du alles schön gezeichnet, aber das allein reicht nicht. Zuerst brauchst du Geld und das bekommst du nur zusammen, wenn du die Gemeinde überzeugst. Und dann musst du nach Dallas und den Bischof fragen!" Freddies Augen blitzten. "Gar nicht einfach! Aber wenn er dir seinen Segen gibt, ja dann..."
"Ja, dann machen wir's auch!", sagte Joseph mit leuchtenden Augen.

Patrick Fynch tobte.
Aufgebracht stampfte er um seinen Schreibtisch.
“Joseph, Sie sind Priester und kein Zirkusdirektor!”, brüllte der Bischof. “Haben Sie mich verstanden? Machen Sie Ihre Arbeit und alles ist gut. Wir haben hier auch so schon genug Probleme, das wissen Sie doch. Sie sind Deutscher und die Stimmung wird immer aggressiver – euer Krieg in Europa, ha! Sie müssen aufpassen, ach was, wir alle müssen jetzt aufpassen.” Er schlug mit der flachen Hand auf den Schreibtisch. “Verdammt noch mal! Verstehen Sie denn nicht?”
Joseph schluckte, wollte aber nicht so schnell klein beigeben. “Mein Krieg ist das nicht, das wissen Sie genau”, antwortete er trotzig. “Sie haben mich doch eigens für die deutschen Auswanderer hierher geholt, aber die Landarbeiter brauchen mich genauso. Wir sind doch für alle verantwortlich.” Und obwohl er bisher allein die Neumanns in seine Pläne eingeweiht hatte, fuhr er fort: “Die Gemeinde ist einverstanden, wir stellen erstmal den Neubau von *St. Peter* zurück und haben schon angefangen, zu sammeln. Oder soll ich alles wieder rückgängig machen? Ich will ja gar kein Geld von der Diözese, ich möchte nur, dass Sie mir Ihren Segen geben.”
“So einfach geht das nicht! Eine Kirche auf einen Truck bauen, wozu soll das gut sein?”, fragte ihn der Bischof. “Woher haben Sie bloß diese verrückte Idee?”
Joseph erzählte ihm, wie er den Zirkusleuten in St. Louis zugesehen hatte. “Im Nu hatten die den Wagen aufgebaut, wir machen das genauso. Mit ein paar Handgriffen läßt sich der hintere Teil des Trucks in einen Altar verwandeln.”
Noch einmal erläuterte er dem Bischof seine Pläne.
“Wir klappen die Flügeltüren am Heck auf die Seiten. Sehen Sie, und rücken das Podest und die Treppe davor. Fertig! Sogar ein Harmonium hat Platz. Sehen Sie, hier rechts. Mit unserer

Kirche könnten wir auch den abgelegensten Winkel erreichen. Sie wissen doch, was in Sweetwater los war, es ist überall das Gleiche. Die Farmen liegen so weit draußen, und die Leute schaffen es einfach nicht, am Sonntag zum Gottesdienst zu kommen, egal ob Farmer oder Landarbeiter. Sie selbst haben doch einmal zu mir gesagt, die Konkurrenz ist groß und wir wollen unsere Schäfchen nicht verlieren, oder? Wenn die Leute also nicht zur Kirche kommen können, dann kommen wir eben mit der Kirche zu ihnen."

Der Bischof atmete schwer, doch je länger er darüber nachdachte, desto mehr Gefallen schien er an der Idee zu finden.

Eine Kirche auf Rädern, verrückte Idee, dachte Fynch.

Er lehnte am Fenster und es schien, als schaue er auf die Ross Avenue hinunter. Dann schüttelte er den Kopf.

"Sie sind verrückt!", sagte er laut.

"Wenn *Sie* das sagen!", antwortete Joseph enttäuscht, hatte er doch etwas anderes erwartet. Aber er hatte es wenigstens versucht. *Freddie hatte Recht,* dachte Joseph und verneigte sich. Flüchtig küsste er den Ring des Bischofs. Als Joseph jedoch aus dem Amtszimmer stürmen wollte, packte ihn Patrick Fynch an der Schulter.

"Nicht so hastig, mein Lieber! Setzen Sie sich wieder!", hielt ihn der Bischof zurück und drückte ihn in den Sessel. Dann stellte er den Humidor auf den Schreibtisch.

"Bedienen Sie sich! Also noch mal von vorn! Eine Kirche auf Rädern wollen Sie bauen?" Fynch nickte, ob zustimmend oder zweifelnd, niemand hätte das sagen können. Er schüttelte den Kopf, als wolle er den Gedanken gleich wieder vertreiben.

Wahrscheinlich bin ich auch verrückt, dachte er.

An diesem Nachmittag lähmte eine unerträgliche Hitze die Menschen in Dallas und obwohl die dicken Backsteinmauern

der Kathedrale die Schwüle etwas zurückhielt, bekam Robert Wachs kaum Luft in seinem stickigen Beichtstuhl.
Immer wieder hatte er während der vergangenen Stunde vorsichtig den Vorhang einen Schlitz weit geöffnet und nach draußen auf die Bänke vor dem Seitenaltar geschaut. Es war schon nach fünf, die Kirche menschenleer und langsam wurde er unruhig. Nägelkauend wartete er ab.
Endlich vernahm er den Hall der verhaßten Schritte.
Als sich der Mann in den Beichtstuhl kniete, zog Robert die dunkelrote Blende zur Seite und schaute durch das hölzerne Gitterwerk. Zitternd deutete er mit der Rechten das Kreuzzeichen an.
“Im Namen des Vaters und des ...”
Weiter kam er nicht.
“Ich glaube, du spinnst! Arschloch! Los, erzähl schon, du schwule Sau!”, zischte ihn der Mann an. “Und komm mir nicht wieder mit irgendwelchen Ausflüchten.”
Robert Wachs nestelte nervös an seinem Hemdkragen und schnappte nach Luft, er fühlte sich in dem engen Kabuff gefangen.
“Es ist eigentlich nichts... nichts Wichtiges passiert”, sagte er stockend und begann von den Ereignissen in der Bischöflichen Residenz zu erzählen, schließlich erwähnte er Josephs Besuch.
“Der Mann ist total verrückt, er will eine Kirche auf einen Lastwagen bauen lassen und der Bischof ist ganz vernarrt in diese Idee.”
“Komm schon! Laß dir nicht alles aus der Nase ziehen!” Der Mann wurde ungehalten. “Erzähl weiter! Oder soll ich gleich zu Fynch gehen und ihm erzählen, was ich von dir weiß. Ich kann ihm ja einen warmen Gruß von dir ausrichten, wenn dir das lieber ist”, schnarrte er wütend.
“Schon gut, beruhigen Sie sich doch! Bitte!”, versuchte Robert

ihn zu beschwichtigen. “Der Bischof hat ihm auch versprochen, das fehlende Geld aufzutreiben, nur damit die Farmer und die faulen Mexikaner bequem zum Gottesdienst kommen können. Der Kerl hat ihm mit seiner blöden Idee völlig den Kopf verdreht. Nächstes Jahr soll alles fertig sein.”
Der Mann schnaufte, verächtlich rotzte er auf den frisch gescheuerten Marmorboden.
“Ausgerechnet! Ein Deutscher muss sich um den Abschaum aus Mexiko kümmern, ha?” Er dachte nach. “Pass auf, Arschloch, in ein paar Wochen komme ich wieder. Ich geb dir noch Bescheid!”
Blitzschnell hatte sich der Mann erhoben, unversehens riss er die Tür zum Beichtstuhl auf, packte Robert mit der Rechten an der Gurgel und zog ihn mit einem Ruck so nah zu sich heran, dass der seinen Atem spürte. Hilflos pumpte Robert nach Luft, entsetzt verdrehte er die Augen (in diesem Augenblick sah er einem gekescherten Karpfen sehr ähnlich).
“Ich will alle Einzelheiten wissen, hast du mich verstanden?”, zischte der Mann und stieß den Priester angewidert zurück.

Vom Nordwesten kommend wand sich der Sulphur Draw in einer weit ausholenden Schleife an der Stadt vorbei. Im Hochsommer führte der Fluss nur wenig Wasser und in manchen Jahren war er gänzlich verschwunden, dann zeugten nur noch ein paar moderige Tümpel in einem dürren Kiesbett von seiner Existenz und die Farmer der South Plains beteten inständig für seine Rückkehr.

“Laßt uns zur Fiesta gehen! – ¡Vamos al fandango!”
Schon am frühen Morgen waren die meisten Einwohner von Brownfield auf den Beinen, es war Fronleichnam und niemand wollte sich das große Fest entgehen lassen.

Der Bischof wurde erwartet und – eine fahrbare Kirche! Niemand konnte sich etwas darunter vorstellen – eine Kirche auf Rädern hieß es – und seit Tagen schon waren Katholiken auf einem Feld am Rande der Stadt zusammengekommen. Noch hatte der Fluss sich nicht zurückgezogen und an seinem Ufer war eine unüberschaubare Zeltstadt entstanden. Aus dem Gewusel von Mensch und Tier klang die heitere Musik der Mariachis und von den Barbecues vor den Zelten duftete es verführerisch. Kinder kreischten vergnügt und planschten halbnackt im Wasser.

Die Stimmung war ausgelassen.

Der Bischof war eigens nach Slaton gekommen.

Er wollte es sich nicht nehmen lassen, Alfred und Joseph in der fahrbaren Kirche zu begleiten. Aber nicht als Beifahrer, nein, *so* hatte er sich das nicht vorgestellt. Athletisch schwang er sich am Morgen hinter das Lenkrad. Joseph zuckte nur mit den Achseln, als er Freddies fragenden Blick sah. Aus dem offenen Führerhaus erteilte Patrick Fynch letzte Anweisungen.

"Robert, Sie fahren voraus!", sagte der Bischof. "Aber schön langsam, ich möchte meinen Pierce nicht aus den Augen verlieren!"

So hatte er sich diese Reise vorgestellt.

Bockig setzte sich der Truck in Bewegung.

Trudi brachte sich durch einen beherzten Sprung auf die Veranda in Sicherheit und winkte den Männern nach. Hobo war beleidigt, dass er nicht mitfahren durfte und kläffend scheuchte er das Ungetüm bis zur nächsten Straßenkreuzung vor sich her.

Vorsichtig manövrierte der Bischof Motor Chapel St. Peter aus der Stadt, während ihm der Pierce-Arrow auf schrillroten Sohlen den Weg bahnte und einige Passanten am Straßenrand verharrten, um dem seltsamen Tross staunend nachzuschauen. Nach wenigen Meilen bogen die Autos auf die Piste Richtung Norden ab und erst hier durfte Freddie das Steuer übernehmen. Patrick Fynch erinnerte sich; in der Nacht zuvor war er diese Strecke schon einmal gefahren. Müde zündete er sich eine Zigarre an. Wie hatte er sich auf die Fahrt gefreut, aber das Gespräch vom vorherigen Abend wollte ihm nicht mehr aus dem Kopf gehen.

An diesem Abend hatte sich die Gemeinde zu einem feierlichen Gottesdienst versammelt und der Himmel über Slaton loderte in einem leuchtenden Purpur. Vor dem Gotteshaus reckte sich die fahrbare Kirche kantig gegen diese Glut.
"Danke euch allen!", hatte der Bischof die Wartenden begrüßt. "Ich bin überzeugt, dass diese Kirche, die den Namen eurer Gemeinde trägt, Gottes Wort in den entlegensten Winkel von Texas bringen wird."
Schwer lastete die erste Hitze des Sommers auf den South Plains. Doch es war nicht nur die Hitze. Die Menschen schwiegen und trauten sich nicht, ihn anzusehen. Patrick Fynch konnte es nicht greifen, die Gemeinde war merkwürdig verschlossen geblieben, irgendetwas schien nicht zu stimmen.
"Exzellenz, bitte vergessen Sie nicht, die Kirchenvorstände haben Sie später zum Essen eingeladen.", erinnerte Robert den Bischof. "Und Mrs. Reissig hat extra für Sie gekocht. Die Farm liegt ein ganzes Stück draußen, ich fahre Sie."
Robert Wachs wollte den Bischof zum Auto führen, aber Joseph nahm Patrick Fynch beiseite.
"Danke für Ihr Vertrauen und danke, dass Sie nach Slaton gekommen sind! Es bedeutet den Menschen wirklich sehr viel, auch wenn sie es nicht so zeigen können." Joseph spürte einen mächtigen Kloß im Hals. "Und mir bedeutet es auch sehr viel!

Manchmal hab ich daran gezweifelt, ob wir es schaffen, aber jetzt...", er stockte und dann wies er auf Freddie, der sich in seinem ölverschmierten Overall über den Motor beugte. "Ohne seine Hilfe und die Unterstützung seiner Eltern hätten wir das niemals geschafft! Alfred schaut nur, ob alles in Ordnung ist, damit wir morgen Früh pünktlich losfahren können!"

Reissig's Weingärten lagen weit draußen, nordwestlich der Stadt. Das Haupthaus der Farm war hell erleuchtet.
Der Pierce stand in der Auffahrt und strahlte im Glanz ungezählter Lichter.
Die Frauen hatten die Tafel abgeräumt, der süße Duft von Mary Reissigs Bratenfüllung schwebte noch immer triumphierend in der Luft und vermischte sich nur widerwillig mit dem der würzigen Zigarren. Das Duell der Aromen war längst nicht entschieden.
Patrick Fynch, Gerd Koppen, Anton Reissig und Sam Wilson waren allein im Speisezimmer zurückgeblieben.
"Exzellenz, es geht um den Reverend." Mit roten Wangen rang Anton Reissig nach Worten. "Vielleicht erinnern Sie sich, dass wir von Anfang an skeptisch waren, nach allem, was wir von den Leuten von Sweetwater über ihn gehört hatten, trotzdem haben wir ihn unterstützt, sogar auf den Neubau von St. Peter haben wir verzichtet. Wir haben wirklich alles getan, aber nun ist Motor Chapel fertig und der Reverend kümmert sich nicht mehr um uns. Er hat nur noch seine Kapelle und die Mexikaner im Kopf. Jetzt hetzt er auch noch die Arbeiter gegen die Farmer auf. Überall stiftet er Unruhe. Er passt einfach nicht zu uns. Soll er doch mit seiner Kirche fahren, wohin er will!"
Endlich war es ausgesprochen.
Die Männer sahen sich erleichtert an.
Zögernd fuhr Anton Reissig fort. "Aber das ist ja nicht alles.

Wir haben ihm eine Haushälterin aus der Gemeinde besorgt, eine verheiratete Frau."

"Ja, und?", fragte Patrick Fynch ungeduldig und schaute von einem zum anderen, ganz plötzlich schmeckte ihm die Zigarre nicht mehr.

"Wir glauben, der Reverend versündigt sich gegen das sechste Gebot."

"Was heißt denn, ihr glaubt? Was soll das alles bedeuten?" Der Bischof schnaufte. "Habt ihr schon mit dem Reverend darüber gesprochen?"

"Nein", antwortete Sam Wilson. "Er hat ja nie Zeit für uns und außerdem benimmt er sich seltsam. Auch die Leute in Slaton erzählen, dass er Frauen nachsteigt."

"Wie, er benimmt sich seltsam? Was soll das heißen, er steigt Frauen nach und stiftet Unruhe? Davon höre ich heute das erste Mal. Habt ihr Beweise?"

Der alte Wilson legte ein Foto auf den Tisch. Es zeigte Trudi und Angela in ihren Sonntagskleidern. Sie hatten sich herausgeputzt, luftige Kränze aus weißen Blüten schmückten ihre Hüte. Ja, etwas keck schauten die beiden schon in die Kamera, im Hintergrund waren ihre Männer zu erkennen. Die hatten sich nicht getraut und warteten bei ihrem Wagen. Joseph hatte die Frauen bei der Hochzeit von Alf Bensmann fotografiert.

"*So* fotografiert er unsere Frauen, da stimmt doch was nicht."

Patrick Fynch hielt es nicht länger auf seinem Stuhl.

"Seid ihr verrückt geworden? Das ist ein ganz normales Foto!", schnauzte er sie an. "Ihr wisst hoffentlich, was ihr da behauptet? Das sind ungeheuerliche Anschuldigungen."

Die Männer zuckten zusammen.

Trotzig erwiderte Gerd Koppen: "Er mischt sich überall ein. Warum muss er ausgerechnet unsere Frauen *so* fotografieren? Er passt einfach nicht zu uns!"

"Er passt also nicht zu euch, aha!" Der Bischof stöhnte laut. "Ich fasse es nicht! Ich schicke euch einen Priester. Einen deutschen Priester, wohlgemerkt. Wir lassen Motor Chapel bauen und ich komme extra zur Weihe hierher und nun passt euch der Pfarrer auf einmal nicht mehr. Wie soll ich denn das verstehen?"
Er schüttelte den Kopf.
"Ich weiß nicht, was ich dazu sagen soll, aber ich werde der Sache nachgehen. Solange es hier aber nur Verdächtigungen gibt, bleibt alles so, wie es ist. Habt ihr mich verstanden? Kein Wort will ich davon hören, bis ich die Sache aufgeklärt habe!"
Wutentbrannt schlug er die Tür hinter sich zu und ließ die verdutzten Männer grußlos sitzen. Zwei Katzen setzten ängstlich zur Seite, als er auf die Veranda polterte. Mit beiden Händen stützte er sich auf das Geländer und schaute nachdenklich in die Nacht. *Irgendetwas braut sich hier zusammen,* dachte er. *Verdammt!* Er hatte es schon den ganzen Abend gespürt, aber noch immer konnte er es nicht richtig greifen.
Er brauchte Zeit zum Nachdenken.
Robert hatte im Auto gewartet. Als er den Bischof aus dem Haus stürzen sah, startete er den Pierce.
"Fahren Sie zurück zur Pfarrei!", sagte Patrick Lynch. "Oder, nein, Robert, fahren Sie zum Harvey House! Ich muss noch etwas mit Ihnen besprechen."

Freddie saß pfeifend hinter dem Lenkrad, nur begleitet von Josephs monotonem Schnarchen. Als der Truck in ein tiefes Schlagloch rumpelte, wurde Patrick Fynch jäh aus seiner Grübelei gerüttelt.
Der Bischof saß zwischen den beiden und fächelte nervös die Asche von seiner Hose. Noch immer beschäftigte ihn das Gespräch bei den Reissigs und darüber hatte er seine Havanna

völlig vergessen. Erst am späten Nachmittag erreichten sie Brownfield. Die Fahrt über die endlosen Straßen hatte länger gedauert als erwartet und als sie schließlich am Ufer des Sulphur Draw entlang auf die Zeltstadt zufuhren, wurden sie schon von weitem mit großem Jubel begrüßt.

Erschöpft schaute Patrick Fynch von der Kirchenbühne hinunter auf die Gläubigen. Die Schwüle setzte ihm zu, er war nassgeschwitzt und das Messgewand hing wie Blei auf seinen Schultern. "Möge St. Peter ein Zeichen des Friedens setzen und euch immer vergegenwärtigen, das Gott der Herr überall mit euch ist! Es segne euch der Allmächtige..."
Und Joseph? Er stand neben dem Bischof und übersetzte seine Worte ins Spanische. Patrick Fynch tauchte den Quast in die silberne Schale, vom Altar der fahrbaren Kapelle aus segnete er die Gläubigen. Er ging dabei sehr großzügig mit dem Wasser um und wie zufällig bekam der Bischof selbst auch ein paar erfrischende Spritzer ab.
Die Prozession war den Fluss entlang, dann durch die engen Gassen der Zeltstadt gezogen. An drei geschmückten Altären hatte sie schon Halt gemacht. Angesichts der vierten Station, Motor Chapel St. Peter, brach ein begeisterter Jubelsturm los, als ob die wenigen Spritzer Weihwasser sie befreit hätten.
Die Gläubigen applaudierten. Allen voran die Landarbeiter.
"Viva santo Pedro! Viva padre José! Viva santo Pedro!", riefen sie begeistert und ihr Beifall wollte gar nicht enden.
Patrick Fynch blickte auf die Menschen hinunter, doch nicht alle jubelten so überschwänglich und allmählich ging ihm auf, warum die Stimmung in Slaton so verhalten war. Sein Blick wanderte zu Joseph hinüber, doch der zuckte nur mit den Schultern. Beschwichtigend hob der Bischof die Arme, denn die finsteren Mienen der Farmer waren ihm nicht entgangen.

"Gehet hin in Frieden!"
Alles blieb friedlich an diesem Tag, denn die Menschen waren zum Feiern nach Brownfield gekommen.
Nur zögerlich wich die Hitze am Abend von den Feldern und wer konnte, erholte sich von den Strapazen dieses Tages unter einer der ausladenden Weiden, die am Flussufer bereitwillig Schatten spendeten.
Auch Patrick Fynch hatte sich hier niedergelassen, fächerte sich mit seinem großen Taschentuch Kühlung zu und schaute auf Motor Chapel St. Peter. Er schüttelte den Kopf, als könne er es nicht fassen. Noch immer zogen staunende Menschen ehrfürchtig an der fahrbaren Kirche vorbei. Gerade ließen sich zwei Männer von Joseph die Klappkonstruktion der Seitenwände erklären und auch Alfred hatte alle Hände voll zu tun. Er hob ein paar mutige Kinder in das offene Führerhaus und ließ sie auf der gepolsterten Sitzbank Platz nehmen.
"Ihr müsst lenken, schaut mal, so!" Lachend machte Freddie es ihnen vor und steuerte mit beiden Armen in der Luft.
"Aber das geht so schwer!", beklagten sich die Kleinen und mühten sich weiter. Einige waren selbst nicht größer als die Lenksäule, die mit dem riesigen Lenkrad obenauf wohl einen Meter aus dem Boden des Führerhauses ragte und fast senkrecht gen Himmel schaute.
Der Bischof nippte zufrieden an seinem Mescal und sah zum Flussufer. Lächelnd beobachtete er seinen Sekretär, der fasziniert den jungen Mexikanern zusah, die sich mit übermütigem Gejohle vom wippenden Ast einer Erle ins Wasser stürzten.
"Springen Sie hinterher!", rief der Bischof. "Na los, Robert, machen Sie schon!"
Doch Robert Wachs hörte ihn nicht.
In seine Phantasien vertieft sah er sich mit den Jünglingen im Wasser herumtoben und darüber hatte er den Mann zu spät

bemerkt, der wie aus dem Nichts aufgetaucht war und seine Finger in seinen Nacken bohrte.
Von weitem jedoch sah es aus wie die Begrüßung alter Bekannter und der Bischof lehnte sich entspannt an einen Baumstamm und nahm noch einen Schluck.
“Hey, schöne Fiesta! Aber zu viel Abschaum hier, findest du nicht?”, fragte der Mann. “Nein, wahrscheinlich nicht! Du würdest gern hinterher springen, was?” Er lachte schallend. Wieder dieser faulige Atem – es würgte Robert. Ungerührt deutete der Mann mit dem Kopf in Josephs Richtung.
“Ist er das?”
Robert löste sich aus der Umklammerung und nickte, doch als er sich umdrehte, war der Mann schon zwischen den Zelten verschwunden.

Es war Herbst geworden. Der Bischof war längst zurück in Dallas und kümmerte sich wieder um seine Diözese. Joseph und Freddie waren unterwegs nach Andrews.
“Weisst du eigentlich, was los ist? Seit Monaten gehen mir die Leute aus dem Weg. Irgendetwas ist denen über die Leber gelaufen, aber keiner sagt was”, fragte Joseph.
Freddie schüttelte den Kopf.
“Nein, keine Ahnung, Joe. Wenn wir zurück sind, kann ich mal Zuhause fragen. Mutter weiß vielleicht was. Pa hat sich noch nie für das Gerede der Leute interessiert”, antwortete Freddie. Er überlegte einen Augenblick. “Vielleicht sind sie eifersüchtig, weil wir so oft unterwegs sind und niemand traut sich, mit dir darüber zu sprechen. Du kennst doch diese Dickschädel. Am besten, du fragst sie selbst, wenn wir zurück sind!”
Freddie lenkte den Truck von der Straße.
“Was meinst du, es wird langsam dunkel, wir müssen seh’n, wo wir heute Abend bleiben können!”

Vorsichtig rangierte Freddie Motor Chapel über einen staubigen Feldweg, bis er im Schutz eines Wäldchens einen Platz für die Nacht gefunden hatte. Es war zu weit bis in den nächsten Ort und von der Straße aus konnte niemand sie sehen.
Schon häufiger hatten sie draußen übernachtet, doch Joseph schlief unruhig in dieser Nacht.
Nie würde er sich an das enge Kabuff und die schmale Liege in dem Truck gewöhnen.
Er träumte, vom Rücken eines Pferdes zu rutschen und krampfhaft versuchte er, sich im Sattel zu halten, während Martin lachend neben ihm herritt. Doch plötzlich wies Martin auf eine Staubwolke, die sich rasch näherte.
“Indianer, wir müssen sehen, dass wir wegkommen, Joe!”
Reiter preschten heran. Joseph ruderte wild mit den Armen in der Luft und versuchte, sie zu vertreiben. Krachend schlug er gegen die Wand des Kabuffs.
Schweißgebadet erwachte er und er hörte Pferde – das war kein Traum!
Es dauerte einen Moment, bis er begriff, wo er sich befand. Vor dem Truck hörte er Männerstimmen. Hastig schlüpfte er in seine Schuhe und sprang aus dem Wagen. Sein Herz raste, viel erkennen konnte er nicht, die Petroleumlampe tauchte die Szene in ein vages Licht. Reiter!
Sie waren bewaffnet, soviel konnte er erkennen.
“Was ist los?”, fragte Joseph beherzt.
Alfred stand fassungslos neben ihm.
“Ganz ruhig!”, raunte er Freddie zu.
Können wir etwas für euch tun?”, fragte Joseph die Reiter.
Einer der Männer schwang sich vom Pferd und kam langsam auf sie zu, seinen Charro tief ins Gesicht gezogen. Patronengurte kreuzten sich auf seiner Brust. Joseph versuchte, etwas zu erkennen, doch es war zu dunkel. Aber er hatte das Gefühl,

dass er den schmächtigen Mann schon einmal gesehen hatte, wußte aber nicht, wo.
“Padre, unser Commandante will Sie sprechen”, sagte der Unbekannte.
Auch die Stimme hatte er schon einmal gehört – dann lüftete der Mexikaner seinen breitkrempigen Hut.
“Felipe!”, entfuhr es Joseph und er nahm seinen ganzen Mut zusammen. “Was machst du hier mit mitten in der Nacht? Mit diesen Leuten? Was soll das? Warum bist du nicht auf der Kahlich Farm? Was wollt ihr von uns?”
“Später, Padre. Nicht jetzt!”, antwortete Felipe. “Es geschieht Ihnen nichts, aber unser Commandante wollte Sie unbedingt kennenlernen.”
Felipe schaute sich um.
Einer der Reiter preschte auf sie zu.
Joseph erstarrte.
Das bullige Gesicht kannte er aus der Zeitung, vor einigen Tagen erst hatte ihn dieser Mann in Andrews noch von einem Steckbrief angelächelt. * PROGLAMATION * $ 5.000 – REWARD * FRANCISCO »Pancho« VILLA *

Auch Freddie hatte den Mann mit dem dunklen Schnäuzer erkannt.
Pancho Villa! Um Gottes Willen!, dachte er.
Joseph bemühte sich, ruhig zu bleiben.
“Herzlich Willkommen. Was können wir für Sie tun? Wollen Sie beichten?”
“Keine schlechte Idee, was?” Villas Augen funkelten. “Felipe hat mir schon erzählt, dass du kein Blatt vor den Mund nimmst. Wir hatten in der Nähe zu tun”, grunzte er. “Ich will nur mal deine Kirche ansehen!”
“Jetzt? Dazu ist es viel zu dunkel!”, antwortete Joseph.

"Ich habe gute Augen, glaub mir."
Joseph wagte nicht, zu widersprechen, führte Villa um den Truck herum und zeigte ihm die bleiverglasten Fenster.
"Hier, sehen Sie, drei auf dieser, drei auf der anderen und die beiden Fenster in den Flügeltüren am Heck. Wie bei einer richtigen Kirche."
Mit Alfreds Hilfe klappte er die Hecktüren beiseite und hielt seine Petroleumlampe hinter eines der Fenster. Der Schein der farbigen Gläser tauchten die Waldlichtung in ein bizarres Licht.
Pancho Villa starrte auf den Altar und bekreuzigte sich.
Mit leuchtenden Augen deutete er auf das Harmonium.
"Du kannst doch spielen?", fragte er.
"Kann ich, ja! Jetzt?"
"Jetzt!"
Joseph nickte, denn er sah, dass die Reiter inzwischen von ihren Pferden gestiegen waren.
"Doch nicht hier, mitten in der Nacht!", raunzte Alfred.
"Jetzt! hat er gesagt. Du hat es doch gehört. Oder weisst du was besseres?", flüsterte Joseph. "Setz dich einfach zu unseren neuen Freunden!"
Was für ein Konzert!, dachte Joseph. Die Reiter banden ihre Pferde fest und hockten sich ins Gras. Villa saß zwischen ihnen auf einem wackligen Hocker. Ein paar seiner Männer verschwanden zwischen den Büschen. Freddie sah ihnen besorgt nach und Joseph hoffte, dass sie nur Wache hielten.
Wenn Maggie mich sehen könnte, dachte er, und für den Hauch einer Sekunde sah er sich im Wohnzimmer der Walchshausers sitzen – Weihnachten.
Die Männer warteten gespannt.
Ängstlich flackerten die Lichter der Petroleumlampen.
Joseph schlug die erste Taste an und zuckte zusammen.

Verdammt, man kann mich bis nach Mexiko hören, dachte er. *Piano!*

Es schien den Männern gefallen zu haben, sie unterhielten sich leise und einige nickten zustimmend. Joseph stand noch immer auf dem Altar, sah auf das verwegene Auditorium hinunter und dann fiel ihm etwas ein.
“Es segne euch der Allmächtige Gott! Der Vater, der Sohn und...” Plötzlich wurde es unruhig und Joseph dachte schon, es hätte etwas mit seinem Segen zu tun. Doch es waren nur die Wachposten. Sie zischten ein paar Worte und die Reiter saßen in aller Eile auf. “...der Heilige Geist!”
Pancho Villa preschte auf Joseph und Freddie zu. Die beiden hielten den Atem an, als sich der Commandante direkt vor ihnen in die Steigbügel stellte.
“Felipe hatte Recht!”, sagte Villa und beugte sich unvermittelt vor. Joseph wollte ausweichen, doch der Guerrillero war schneller – er steckte ihm eine Zigarre, eine Panetela Larga, wie Joseph am nächsten Morgen erstaunt feststellte, hinter das linke Ohr.
“Danke, Padre!”
Villa ließ sich zurück in den Sattel fallen, flüchtig streiften Zeige- und Mittelfinger die Krempe seines Hutes und im Davonreiten hörten sie ihn noch rufen:
“Schöne Beichte! Ha, ha, ha!”
Lachend verschwand Francisco Villa in die Nacht.

Der Konvoi bestand aus fünf Fahrzeugen.
“General, wenn wir uns beeilen, erwischen wir sie vielleicht in Seminole”, sagte der Offizier.
“Dann fahren Sie zu, na, machen Sie schon!”, antwortete der General. “Wer weiß, was die Männer gesehen haben.”

Entnervt drosch John Pershing mit seinen Handschuhen auf das Armaturenbrett ein. So schnell wie möglich fuhren sie weiter in Richtung Osten.
Vor einer Woche waren sie in Fort Bliss aufgebrochen – aber schon seit Monaten waren sie hinter Villa her.
"Verdammt noch mal, dieser Hund scheint überall und nirgends zu stecken.", schnauzte Pershing.
In Mexiko war ihm die Bande entwischt, in Neu Mexiko ebenfalls. Jetzt vermutete er Villa in Texas, doch es war wie verhext, die Bande war wie vom Erdboden verschwunden.
Der Konvoi war schon weit über Seminole hinaus gefahren und in Lamesa ließ der General die Fahrzeuge umkehren.
"Zurück!", befahl er. "Ich versteh das nicht." John Pershing kochte. "Die können sich doch nicht einfach in Luft aufgelöst haben."
Freddie rangierte Motor Chapel durch die engen Gassen von Seminole und als er auf die Hauptstraße biegen wollte, war ihnen der Weg durch ein Militärfahrzeug versperrt. Er traute sich nicht, zurückzusetzen. Plötzlich waren sie von Soldaten umringt.
"Mist!", Joseph stöhnte. "Das fehlt mir gerade noch! Ich weiß nicht, was die von uns wollen, Freddie, aber du hältst dich da raus!", raunte er ihm zu.
Pershing hatte den Truck zufällig entdeckt und er erinnerte sich an die Berichte über die fahrbare Kirche. Vielleicht wußte der Pfarrer ja etwas?
"Versperrt ihm den Weg! Na macht schon!", befahl er.

"Reverend, darf ich Ihnen General Pershing vorstellen.", sagte einer der Offiziere und ein drahtiger Mann mit kantigen Gesichtszügen und grauem Schnauzbart nickte Freddie und Joseph zu.

“Guten Tag, meine Herren”, begrüßte der General die beiden. “Entschuldigen Sie den kleinen Überfall. Wir haben nicht viel Zeit, ich möchte Sie auch nicht lange aufhalten. Ich hab schon viel von Ihrer Kirche gehört, Reverend. Sie kommen viel in der Gegend herum. Ist Ihnen unterwegs etwas aufgefallen, haben Sie vielleicht eine Gruppe von Reitern gesehen? Man hat uns erzählt, dass Sie hier schon seit Tagen mit Ihrer Kirche unterwegs sind.”
Der General ließ die beiden keinen Moment aus den Augen. “Ist das richtig?”, hakte er ungeduldig nach.
“Ja, General, das stimmt”
“Ja, und?”, blaffte Pershing.
“Nichts! Uns ist nichts aufgefallen”, antwortete Joseph ruhig. “Wissen Sie, wenn wir mit unserer Kirche irgendwo Halt machen, kommen jedesmal soviele Menschen zusammen, da können wir uns an ein paar Reiter nicht erinnern.”
Der General schien einen Augenblick zu überlegen.
“Sie haben doch bestimmt von Pancho Villa gehört, oder? Wir sind schon eine ganze Weile hinter ihm her.” Der General hielt ihnen den Steckbrief unter die Nase. “Da!”
“Überlegen Sie! Fünftausend Dollar sind ‘ne Menge Geld.”
“Keine Ahnung, wirklich nicht!”, antwortete Joseph. “Schauen Sie sich doch um, jeder hier hat ein Pferd, jeder einen Bart.”
Pershing musterte die zwei.
“Schade, dass Sie uns nicht weiterhelfen wollen.”, sagte er. “Aber wenn Ihnen doch noch etwas einfallen sollte, lassen Sie mich das wissen!”
Grußlos drehte er sich ab, doch als der Fahrer den Wagenschlag öffnete, zögerte Pershing einen Augenblick. “Sie sind Deutscher, oder?”
Eine gewaltige Staubwolke hinter sich lassend verschwand der Konvoi aus der Stadt.

Freddie sah Joseph mit offenem Mund an.
“Warum hast du ihm nicht einfach die Wahrheit gesagt? Wir haben doch nichts zu verbergen.” sagte er dann. “Der General hat Recht, fünftausend Dollar sind nicht zu verachten.”
“Wahrheit? Wovon sprichst du eigentlich?”, fragte Joseph. “Meinst du etwa, Pershing hätte uns die Geschichte abgenommen? Hätte ich ihm vielleicht erzählen sollen, dass wir eine kleine Nachtmusik für Villas Bande gespielt haben und dass sie danach einfach davon geritten sind, ohne uns ein Haar zu krümmen? Überleg mal! Das nimmt uns doch kein Mensch ab. Dann hätte ich auch erzählen müssen, dass ich einen von Villas Leuten kenne.” Er schüttelte den Kopf. “Nein, wir sind keine Denunzianten und außerdem halte ich mich nur an das Beichtgeheimnis!”
“Beichtgeheimnis?”
Freddie kam aus dem Staunen nicht mehr heraus.
“Ja, du hast mich ganz richtig verstanden. Für mich war das so etwas wie ein Beichtkonzert.”
Freddie wollte etwas erwidern, ließ es aber bleiben.
“Wenn ich nur wüßte, was Felipe bei Villas Leuten zu suchen hat.”, überlegte Joseph laut. “War doch kein Zufall, dass sie uns gefunden haben.” Er winkte ab. “Ich habe keine Ahnung. Wir wissen nicht, woher die Reiter gekommen und auch nicht, wohin sie verschwunden sind. Wir wären dem General keine große Hilfe gewesen. Wir hätten uns nur selbst geschadet.”

Wochen waren seit dem Zwischenfall vergangen.
Joseph hatte nicht herausgefunden, was mit seiner Gemeinde los war. Wen er auch fragte, sie wichen ihm aus. Auch Freddie hatte ihm nicht weiterhelfen können. Sein Vater ging auf in seiner Arbeit und das Gerede der Leute, nein, das interessierte ihn nicht. Neumanns Garage, das war *sein* Leben. Paul war ein

gutmütiger und umgänglicher Mann, aber er redete nicht viel, er haßte Geschwätzigkeit. "Ich habe nichts gehört, so'n Blödsinn. Bei mir hat sich noch niemand über ihn beschwert", hatte er Freddie auf dessen Frage geantwortet, ob er vielleicht wüßte, was die Gemeinde gegen den Reverend haben könnte. Auch seine Mutter hatte nur mit den Achseln gezuckt. "Nein, was soll denn sein?", hatte sie ihn gefragt. "Du weißt doch, seit Tante Becca krank ist, kriege ich gar nicht mehr mit, was hier los ist."

Doch dann beorderte der Bischof Joseph in seine Residenz. Mit dem Zug war es eine Tagesreise nach Dallas, Robert hatte Joseph am Abend vom Bahnhof abgeholt und sofort nach ihrer Ankunft in das Amtszimmer von Patrick Fynch geführt.
Der Bischof hielt sich nicht lange mit der Vorrede auf.
"Fühlen Sie sich eigentlich wohl in St. Peter?", fragte er.
Joseph verstand nicht, worauf der Bischof hinaus wollte. Nicht sofort. Doch irgend etwas stimmte nicht. Zuerst die wortkarge Begrüßung durch Robert. Jetzt diese Frage.
"Ja, Exzellenz, ich fühle mich wohl", antwortete er. "Es geht zwar nicht immer alles glatt in der Gemeinde, das wissen Sie selbst, aber ja, ich bin gern in Slaton."
"Gut, gut. Und was ist mit Ihrer Haushälterin?", fragte der Bischof. "Alles in Ordnung?"
Joseph stutzte, suchte nach einem Hinweis im Gesicht des Bischofs, doch er fand keinen und er wollte wohl auch nicht verstehen, worauf Patrick Fynch anspielte.
"Und Ihre Fotografiererei?
"Was soll damit sein? Ja, ich knipse alles, was mir vor die Kamera kommt. Ist das schlimm?"
"Natürlich nicht, und sonst ist alles okay?"
"Alles okay!", antwortete Joseph.

Die Fragerei ärgerte ihn. Was wollte der Bischof wirklich? Doch für einen Moment dachte Joseph an Trudis Kochkünste, seine Augen leuchteten, und der Bischof hakte nach.
“Joseph, Sie selbst haben mir erzählt, was damals in Deutschland passiert ist, dass Sie das Seminar wegen einer Frau verlassen mussten.”
Eindringlicher setzte er nach: “Ich frage also noch mal: sonst ist nichts passiert?”
Joseph sah ihn fassungslos an.
“Nein”, antwortete er. “Trudi kümmert sich um den Haushalt, nur um den Haushalt, und sie kocht sehr gut. Sie sehen ja, ich werde immer runder. Aber ich verstehe nicht?”
Patrick Fynch sah ein, dass er so nicht weiter kam.
“Na gut, ich will nicht länger um die Sache herumreden.”
Dann erzählte er Joseph von den Anschuldigungen.
Joseph hörte zu, er hörte, was ihm der Bischof erzählte, doch er verstand nicht, wovon Patrick Fynch sprach. Die Stimme seines Gegenübers klang seltsam verzerrt, schien sich mit jedem Wort weiter und weiter zu entfernen. Joseph rauschte in eine bodenlose Leere, tiefer, immer tiefer und das Flirren in seinen Ohren wurde unerträglich. Er saß da wie betäubt.
Das war es also!
“Feige Bande, keiner von denen hat auch nur ein Wort zu mir gesagt”, flüsterte er endlich.
Zusammengesunken hockte er in seinem Sessel.
“Nichts davon ist wahr. Und das Foto, das war bei einer Hochzeit. Da waren doch alle dabei.”
Er sah das Bild der beiden Frauen vor sich.
Der Bischof lachte bitter.
“Irgendjemand will Ihnen eins auswischen, warum auch immer. Vielleicht, weil Sie katholischer Priester sind oder weil Sie aus Deutschland kommen? Keine Ahnung! Sie wissen ja,

was in Europa los ist.", sagte er schließlich. "Versetzen soll ich Sie, haben sie auf mich eingeredet, aber darauf können die lange warten! Erinnern Sie sich? Ich habe schon mal gesagt, dass wir höllisch aufpassen müssen. Ich glaube, Amerika wird bald in diesen unsäglichen Krieg eintreten. Ach, was weiß ich. Wir werden sehen!"
"Aber was hat der Krieg in Europa damit zu tun?", fragte Joseph.
Der Bischof zuckte mit den Achseln.
"Angst! Die Menschen haben Angst, so einfach ist das", antwortete Patrick Fynch. "Und Sie sind Deutscher, das reicht schon. Viele Freunde haben Sie nicht."
Er beließ es bei diesen Andeutungen und zündete sich umständlich eine Zigarre an.
"Mögen Sie?"
Nein, Joseph mochte nicht, es hatte ihn nicht länger im Sessel gehalten. Am offenen Fenster lehnend blickte er auf die Straße hinunter – das hektische Hin und Her und der Lärm auf der Ross Avenue verschmolzen zu einem einzigen Rauschen.
Patrick Fynch war aber noch nicht fertig.
"Sie fahren nicht zurück!", sagte er, ohne Joseph anzusehen. "Ich schicke Sie eine Zeitlang nach St. Louis. Ins neue Kenrick Seminar. Sie können dort vielleicht Unterricht geben." Er hielt einen Moment inne. "... und von Ihren Erfahrungen erzählen. Glauben Sie mir, Joseph, da oben sind Sie im Moment besser aufgehoben. Wenigstens solange, bis sich die Gemüter wieder beruhigt haben."

Kapitel 9

Das neue Kenrick Seminar lag in Shrewsbury, weit draußen am westlichen Stadtrand von St. Louis.
Hier unterrichtete Joseph seit seiner Ankunft aus Dallas. Gleich am ersten freien Tag fuhr er auf die andere Seite der Stadt. Unterwegs zog ein Unwetter auf, grelle Blitze zuckten aus schwarzgelben Wolkentürmen und fette Regentropfen klatschten an die Scheiben der Straßenbahn. Doch als er an der Cass Avenue angekommen war, hatte es aufgehört zu regnen. Als er sich gegen die kleine Eisenpforte lehnte, die nur widerstrebend nachgab, stand er endlich wieder im verwaisten Garten des Konvents. Beinah hätte er die Tür, deren dunkles Tannengrün längst einem rostigen Braun gewichen war, nicht gefunden unter dem dichten, regenschweren Efeumantel. Ein paar aufgeregte Vögel warnten vor dem Eindringling. Die Gebäude waren in einen Dornröschenschlaf gefallen, Fenster und Türen zugenagelt. Die verwitterte Bank am Ende des Parks aber stand noch immer an ihrem Platz.
Wehmütig sah er sich um.

Gott, warum hast du mich nach Texas geschickt?, dachte er, als sein Blick durch den verwilderten Garten wanderte. *Alles duftet so frisch nach einem Gewitter,* dachte er.
Doch das üppige Grün überall stimmte ihn traurig und es hielt ihn nicht lange an diesem Ort, der so voller Erinnerungen steckte. Eigentlich wußte er gar nicht, warum er hergekommen war und ohne sich noch einmal umzusehen, stahl er sich durch die kleine Pforte zurück in die Wirklichkeit.
Joseph hatte noch eine Verabredung.

Bertie Peitz erwartete ihn schon.
"Reverend, schön, dass Sie zurück sind."
Um ein Haar hätte er Joseph umarmt, er hatte seine Arme schon gehoben, doch auf halber Höhe ließ er sie wieder sinken, denn er hatte plötzlich das Gefühl, dass es sich vielleicht nicht gehöre. Er war nicht allein, da stand ja noch jemand im Laden, der auf Joseph gewartet hatte.
"Martin!"
"Hey, Joe!"
Martin hatte sich seinen freien Tag genommen und war extra in die Stadt gekommen. Joseph hatte ihm geschrieben, dass er zurück in St. Louis war, und so hatten sie sich bei *Bertie's* verabredet.
"Drei Jahre!", sagte Martin.
Joseph nickte.
"Lange her, schön, dass du da bist. Kommt mir vor, als ob wir gestern erst hier gewesen wären. Seltsam, oder?" Er sah sich um. "Hier hat sich gar nichts verändert."
Bertie Peitz lachte.
"Ja, hier oben vielleicht nicht. Kommen Sie, gehen wir runter ins Gewölbe! Da können wir ungestört weiterreden. Ich habe in den letzten Monaten ein paar wunderbare Zigarren entdeckt.

Und Sie...", vorsichtig tippte er Joseph mit dem Zeigefinger auf die Brust. "...und Sie müssen endlich von Texas erzählen!"
Bertie ging voraus, öffnete die Türen seiner Humidore und Joseph schloss für einen Moment seine Augen.
Wenn doch alles so bleiben könnte wie jetzt, dachte er. Doch dann wurde er auch schon aus seinen Träumen gerissen. Bertie führte seine Neuentdeckungen vor und er berichtete von seinen Reisen, Joseph erzählte von Texas.

"Wie wär's, wenn du mitkommst nach O'Fallon?", fragte Martin Joseph, als sie, wie immer mit Tüten bepackt, am Abend vor dem Zigarrenladen standen. "Mein Haus ist groß genug. Du kannst bleiben, solange du magst, was meinst du? Wir hätten endlich Zeit, über alles zu reden."
Martin war nach seiner Weihe Kaplan in O'Fallon geworden, wo die *Schwestern vom Heiligen Blut* vor Jahren ein Kloster errichtet hatten. Als die Ordensfrauen aus der Schweiz damals nach St. Louis gekommen waren, hatten sie sich sofort für das fruchtbare Ackerland zwischen Mississippi und Missouri entschieden. Nur wenige Meilen weiter östlich vereinigten sich die Flüsse zu *einem* gewaltigen Strom.
Auch die Walchshausers hätte Joseph gern wiedergesehen – er hatte Maggie nicht vergessen. Aber daraus wurde nichts, denn die Familie war für ein Jahr nach Chicago gegangen, weil John und Billy an den Plänen für ein Museum arbeiteten, das am Ufer des Michigan Sees gebaut werden sollte.

Die Fahrt von der Union Station dauerte eine Stunde. Joseph freute sich auf O'Fallon, der Bischof hatte ihn wissen lassen, dass er ihn auch in den nächsten Wochen noch nicht nach Slaton zurückrufen wollte.
Nicht ohne Stolz hatte Martin ihm die Klosteranlage gezeigt

und sie standen auf der Veranda des neuen Pfarrhauses, das die Schwestern in gebührendem Abstand zu ihrem Wohnhaus aus roten Ziegelsteinen hatten errichten lassen.
Joseph stemmte die Arme in die Hüften und schaute sich um. "Ich habe in Texas oft daran denken müssen, wie schön es in Missouri ist", sagte er. "Alles ist so saftig und grün. Ich glaube, Martin, du weißt gar nicht, wie gut du's hier hast."
Er hatte Martin nicht nur von Motor Chapel St. Peter, sondern auch von den Verleumdungen und seinen Schwierigkeiten in Slaton erzählt. Nichts hatte er ausgelassen, Martin durfte alles wissen, und er hatte viele Fotos mitgebracht.
"Wenn ich mir deine fahrbare Kirche ansehe, Joe, dagegen ist das hier doch alles langweilig", sagte Martin. "Aber im Ernst, ich bin schon froh darüber, dass die Schwestern während der Messe zusammen mit mir singen. Wenn ich denen von deinen Mexikanern erzähle, das können wir uns hier gar nicht vorstellen! Und wenn die wüßten, dass du dich nachts mit Banditen triffst und denen auch noch ein Ständchen auf dem Klavier bringst...", er winkte ab. "Ich glaube, meine Schwestern bekämen kein Auge mehr zu."
Joseph sah den Glanz in Martins Augen und wehrte ab. "Du träumst wohl immer noch von diesen Indianergeschichten. Sei froh, dass du hier sein kannst, hier hast du wenigstens deine Ruhe. Weißt du, was ich manchmal glaube, wir wollen immer gerade das haben, was wir nicht bekommen können." Dann fiel ihm noch etwas ein. "Ein Harmonium, Martin, es war kein Klavier!" Er grinste, als er an den General dachte.
Ja, es gefiel Joseph in O'Fallon. Die Schwestern verwöhnten Martin und ihn, wann immer er Martins Gast war und es seine Zeit am Seminar erlaubte.
Joseph genoss die Zeit in St. Louis.
Slaton war weit weg. Seine Sorgen auch.

Doch schließlich kam der unvermeidbare Brief des Bischofs und Joseph wußte, was das bedeutete.
Martin hatte ihn noch einmal eingeladen und ein letztes Mal vor der Abreise saßen die Freunde im Pfarrhaus von O'Fallon zusammen. Umständlich öffnete Martin eine Flasche Wein.
"Ich muss dir noch etwas beichten, Joe", sagte Martin. Die ganze Zeit schon hatte er auf den richtigen Zeitpunkt gewartet. "Ich hätte es dir längst erzählen wollen. Aber du weißt ja, wie das ist."
Joseph richtete sich in seinem Sessel auf.
"Na, mach schon, leg los!", sagte er. Er hatte keine Ahnung, was Martin auf dem Herzen hatte.
Martin zögerte.
"Los, mach's nicht so spannend!"
Joseph war neugierig geworden, nippte an seinem Glas und endlich rückte Martin mit der Sprache heraus.
"Wenn die Walchshausers aus Chicago zurückkommen, wird Maggie in den Orden eintreten."
Joseph hätte sich beinahe verschluckt.
"In O'Fallon?"
"Ja, sie hat sich das in den Kopf gesetzt. Du kennst sie doch, wenn sie sich erstmal was vorgenommen hat... John und Helen sind einverstanden. Die drei waren schon hier und haben alles mit Mutter Wilhelmine geklärt."
Er zögerte einen Augenblick.
"Wir freuen uns, dass sie kommt."
Joseph rutschte in seinem Sessel hin und her.
"Ja, das kann ich mir denken", sagte er mit finsterer Miene und nahm einen kräftigen Schluck. "Martin, Du weißt wirklich nicht, wie gut Du's hast", brummte er.
Ein paar Tage später reiste er zurück nach Texas.

In Slaton nahm kaum jemand Notiz von seiner Rückkehr. Freddie freute sich, seine Eltern hatten Joseph zum Essen eingeladen und als Freddie ihn anschließend am Pfarrhaus ablieferte, konnte sich Hobo gar nicht beruhigen.
Der Pfarrer war zurück in Slaton, na wenn schon, es war den Leuten egal. Er gehörte nicht hierher, auch wenn der Bischof das anders sah, aber der war weit weg. Sie hatten sich damit abgefunden und sie hatten andere Sorgen. Die Wogen des Krieges schwappten über den Atlantik, ergossen sich bis nach Texas und schlugen mit Gewalt über ihnen zusammen.
Auch Joseph bekam das zu spüren.

Osterkappeln
28. September 1917

Mein lieber Joseph,
wir alle haben uns vor diesem Tag gefürchtet. Was soll ich Dir, mein lieber Sohn, jetzt schreiben? August hat so tapfer gekämpft, bis zu letzt, aber er hat den Kampf verloren. Ernst war gestern noch einmal hier, aber heute Nachmittag ist August gestorben. Wir alle sind so furchtbar traurig. Es gelingt mir nicht, Else zu trösten, Clara und Leonhard kommen morgen aus dem Internat. Sie wissen noch nicht, dass ihr Vater tot ist. Gott sei Dank ist Margaretchen noch zu klein, sie versteht nicht, was passiert ist.
Ach, Joseph, warum bist Du auch so weit weg. Wenn Du doch jetzt an unserer Seite sein könntest. Ich hoffe, wenigstens Dir im fernen Texas geht es gut.

Bete für August und für uns!
Deine Mutter

Die Nachricht lähmte Joseph. Was konnte er tun? Ruhelos lief er in seinem Arbeitszimmer auf und ab, die Hände zu Fäusten geballt, doch er fand keine Antwort und er machte sich Vorwürfe deswegen. *Schreien?* Wie damals auf dem Hügel in Sweetwater? Er blieb stumm.
Beten?, ihm fehlte die Kraft dazu.
Hätte ich in Deutschland bleiben sollen?, dachte er. *Wer kümmert sich nun um Else, um Mutter, die Kinder?*
Er würde ihnen nicht helfen können! Quälende Gewissheit und gleichzeitig Fragen, auf die er keine Antwort fand.
Gott, wo bist du?, dachte er.
Wenige Wochen später erreichte ihn ein weiterer Brief aus der Heimat.

Osterkappeln
13. Oktober 1917

Mein lieber Joseph,
die schrecklichen Nachrichten wollen kein Ende nehmen. Gestern haben wir Ernst beerdigt. Anni Bergheger hat ihn tot in seiner Praxis gefunden. Es ist furchtbar. Überall sollen leere Ampullen herumgelegen haben. Ich verstehe ja nichts davon, aber Ernst hat seinen Kampf auch verloren. Jeden Tag hat er Morphin gespritzt (Anni hat mir das im Vertrauen gesagt). Am Ende hat er nicht mehr leben können. Und stell Dir vor, Pastor Wittler hat sich geweigert, ihn mit Gottes Segen zu beerdigen. Was sind das nur für Zeiten?

Vergiss uns nicht und bete für uns!
Deine Mutter
P.S. Else läßt Dich grüßen. Sie will Dir schreiben.

War das die Antwort Gottes?
Und nicht genug damit!
Von einem Tag auf den anderen ordnete die Regierung an, dass in der Öffentlichkeit kein Deutsch mehr gesprochen werden durfte und das galt auch für Josephs Gottesdienste. Was sollte nun werden? Viele der älteren Gemeindemitglieder sprachen immer noch kaum Englisch.
Und war *er* nicht eigens für sie nach Texas geholt worden?
Von der Kanzel blickte er in ratlose Gesichter.
"Ihr habt es ja schon gehört, wir dürfen uns auf der Straße nicht mehr in Deutsch unterhalten und ich darf nicht mehr in Deutsch predigen."
Er ließ die flache Hand auf die Brüstung der Empore krachen.
"Na wenn schon! Dann predige ich eben in Englisch."
Seine Züge munterten sich plötzlich auf.
"In Zukunft werde ich euch nicht nur Gottes Wort lehren, nein, wir werden's denen zeigen! Ihr lernt jetzt Englisch! Ja, hier in St. Peter!", sagte er und erntete verständnislose Blicke.
"Ich predige zu Euch auf Deutsch...", versuchte er ihnen seinen Vorschlag schmackhaft zu machen. "...dann übersetzen wir meine Predigt gemeinsam und ihr hört Gottes Wort ab jetzt eben in mehreren Sprachen, dagegen kann ja wohl niemand was haben."
Doch er täuschte sich.
"Englisch sollen wir auch noch lernen? Gerade bei ihm? Was will er eigentlich noch alles. Mit seinen Mexikanern spricht er ja schon Spanisch und wir verstehen kein Wort. Wer weiss denn, was er in St. Louis getrieben hat?"
Kopfschüttelnd tuschelten die Gläubigen nach dem Gottesdienst miteinander.
"Auf welcher Seite steht er jetzt eigentlich?"
Und noch mehr Unheil braute sich in Slaton zusammen.

* DIE HÖLLE IST NOCH ZU GUT FÜR SIE *

Weg mit den Negern, Nichtstuern, Mestizen!
Weg mit den deutschen Spionen und Verrätern!

Wütende Demonstranten zogen mit Transparenten die Texas Avenue hinunter. Auf dem Platz vor der City Hall hatte sich eine Horde aufgebrachter Männer versammelt.
“Weg mit ihnen! Weg mit dem Abschaum aus Europa! Raus mit den Niggern!”, riefen sie.
Die Menge grölte und applaudierte sich selbst.
Die Stimmung war aufgeheizt.
Lawrence P. Loomis, der Herausgeber des Slaton Journal, ließ eine Sonderausgabe seiner Zeitung verteilen. Von seinem Büro im ersten Stock des Verlagsgebäudes hatte er einen guten Blick auf das Geschehen. Lächelnd stand er am Fenster, der Mann an seiner Seite nickte zufrieden.
Da unten standen George Shub sen. und sein Sohn, George M. jun., auf der Ladefläche ihres Chevrolets und heizten die Stimmung weiter an.
“Weg mit mit dem Pack!”, rief der alte Shub. “Wir müssen die Welt endgültig vom Bösen befreien! Weg mit dem ganzen Abschaum aus Europa! Schmeißen wir sie endlich raus!”
Und die Zuhörer skandierten begeistert. “Schmeißt sie raus! Schmeißt sie raus! Schmeißt die Schweine endlich raus!”
Freddie war zufällig hier vorbei gekommen und hatte sich in den Eingang zum Singleton Hotel geduckt. Entsetzt beobachtete er die Szene. Sein Herz pochte, niemand nahm Notiz von ihm und als Billy Niemeyer mit einem Stoß Zeitungen auf dem Arm vorbei kam, löste sich Freddie aus seinem Versteck und lief dem Jungen nach.
“Extrablatt, Extrablatt!”
“Hey, Billy, warte mal! Gib her!” Freddie hielt den Jungen

fest, schnappte sich eine Zeitung und verschwand damit in der Scurry Street. Nachdem er die Seiten überflogen hatte, rannte er die Straße hinunter. Außer Atem schwang er sich vor der elterlichen Werkstatt auf sein Motorrad und fuhr so schnell es ging zum Pfarrhaus.
Joseph hatte die nächsten Stationen für Motor Chapel vorbereiten wollen, die Arme verschränkt, sein Kopf war auf die Brust gesunken, so saß er vor dem Haus. Hobo lag zu seinen Füßen und schnarchte mit ihm um die Wette.
"Noch ganz warm. Vorsicht!", weckte ihn Trudi.
Sie trug einen dampfenden Hefezopf heraus und eine schwere Süße schwebte über der Veranda. An Schlaf war nicht mehr zu denken. Hobo verfolgte Trudi aufgeregt und schaute sie mit großen Augen erwartungsvoll an, denn auch er liebte ihren Kuchen über alles.
"Danke, dass du immer noch ins Pfarrhaus kommst, Trudi." Joseph sah sie lange an und zögerte, es war ihm peinlich. "Ich habe von der ganzen Sache wirklich keine Ahnung gehabt."
Sie nickte. "Ist schon okay, Reverend. Gus und ich haben lange überlegt, was wir tun sollen, aber wir haben uns doch gar nichts vorzuwerfen und wenn ich nicht mehr kommen würde, das würde wie ein Schuldgeständnis aussehen. Sie kennen die Leute ja."
"Wieso hast du nicht längst mit mir über die Verdächtigungen gesprochen?
"Ich hab mich so geschämt.", antwortete sie. "Gerd hat immer mal wieder ein paar Andeutungen gemacht, aber der hat's gerade nötig", lachte sie bitter. "Übrigens, Angela will heute Abend noch bei Ihnen vorbeikommen. Später!"
"Später? Nach dem Gottesdienst hab ich Zeit!", sagte Joseph.
Doch Trudi antwortete nicht.
Joseph stutzte.

“Hat er sie etwa wieder...?”
“Ja”, antwortete Trudi. “Überall hat sie blaue Flecken, ihre Nase ist geschwollen. Sie kann so nicht vor die Tür und deshalb möchte sie auch später kommen. Viel später.”
Joseph nickte.
Von weitem war das Blubbern der Harley zu hören.
“Was soll ich ihr denn nun sagen?”
“Sag ihr, dass ich auf sie warten werde”, antwortete Joseph, und mit dem Kopf Richtung Freddie weisend fügte er hinzu. “*Er* wird auch da sein.”
Verwundert schaute er über den Rand seiner Brille. Freddie schien es eilig zu haben, ohne den Motor abzustellen, stürzte er auf die Veranda.
“Was ist los, was machst du für ein Gesicht?”, fragte Joseph. “Setz dich! Willst du ein Stück Kuchen?”
“Nein Danke!”, antwortete Freddie und hielt Joseph die Zeitung unter die Nase.
“Mir ist der Appetit vergangen.”

* DIE DEUTSCHEN SIND HUNNEN UND BARBAREN *

Weg mit dem Abschaum aus Deutschland!

Hastig überflog Joseph den Artikel.
Er spürte, wie sich seine Muskeln verkrampften, seine Glieder zu schmerzen begannen. Tränen rollten über sein Gesicht. Irgend etwas drohte ihn in einen Abgrund zu ziehen. Langsam stieg Wut in ihm auf und er wollte schreien, doch wie erstarrt blieb er auf seinem Stuhl hocken.
Schweine!, dachte er und dann schlug er mit der flachen Hand auf die Zeitung.
“Bring mich zu diesem Mistkerl!”

“Ich glaube, du hast nicht kapiert”, sagte Freddie. “Was meinst du eigentlich, was vor der City Hall los ist, Joe? Die bringen uns um, wenn wir uns da jetzt blicken lassen.”
Freddie erzählte ihm von der Demonstration und Joseph war nicht mehr zu halten. “Los, mach schon, fahr mich endlich zum Journal! Das lassen wir uns nicht gefallen.”

Die beiden Männer standen noch immer am Fenster.
“Ich glaube, du kriegst gleich Besuch, Law.”
Einen Augenblick hielt Joseph vor dem Verlagshaus inne und beobachtete den Spuk von weitem. Die Eingangstür war nur angelehnt, er nahm all seinen Mut zusammen, stieß die Tür auf und stieg die schmale Holztreppe hinauf in den ersten Stock. Es roch nach Papier und Druckerschwärze. Er liebte diesen Geruch, den Geruch der Druckerei seines Vaters.
Nur jetzt war nicht die Zeit für solche Erinnerungen.
Jede Stufe gab das monotone Stampfen der Druckmaschinen wieder. Das ganze Treppenhaus vibrierte – für einen Moment wähnte er sich auf einem Dampfer.
Am oberen Treppenabsatz wurde er schon erwartet. Mit verschränkten Armen stellte sich ihm ein Mann in den Weg.
“Was willst du?”, fragte er.
Joseph hielt ihm wütend die Zeitung unter die Nase.
“Zum Herausgeber dieses feinen Blattes.”
Hatte er dieses Gesicht nicht schon mal gesehen?
Aber er überlegte nicht lange, stieß den Mann zur Seite und hastete den unbeleuchteten Flur entlang. Eine Tür öffnete sich.
“Kommen Sie rein, Reverend!”, hörte er Lawrence Loomis rufen. Joseph war nur einmal in diesem Haus gewesen, sofort erkannte er die schnarrende Stimme wieder, aber er hatte die beiden Typen hinter der Tür nicht gesehen und als er im Zimmer stand, war es zu spät.

“Was fällt Ihnen ein?”, Joseph knallte das Blatt auf den Schreibtisch. Ohne den rundlichen Mann begrüßt zu haben, polterte er los. “Was soll die Schmiererei? Nehmen Sie das gefälligst zurück! Sonst...”
Lawrence P. Loomis lehnte sich in seinem zerschlissenen Sessel zurück und faltete die Hände über dem Bauch. Er hatte Joseph keinen Moment aus den Augen gelassen.
“Was sonst, Reverend?”, schnarrte er und nickte den beiden Männern zu.
“Schmeißt ihn raus, Jungs!”, sagte er verächtlich und bevor Joseph etwas erwidern konnte, hatten die beiden Typen ihn am Kragen gepackt und aus dem Büro gezerrt.
“Lass dich nicht noch einmal hier blicken!”
Mit einem Fußtritt stießen sie ihn die Treppe hinunter.
Wild mit den Armen rudernd versuchte er sich abzustützen, doch er konnte sich nicht mehr fangen. Auf dem Hosenboden rutschte er nach unten, Stufe um Stufe. Stöhnend landete er vor der Haustür im Erdgeschoß. Es war alles so schnell gegangen. Wütend raffte er sich auf und tastete nach seinen Rippen und dem schmerzenden Hinterteil. Verletzt hatte er sich nicht.
“Hoppala! Du hast’s aber eilig.”
Der Mann stand plötzlich neben ihm und grinste. Joseph erinnerte sich auch jetzt nicht an das Gesicht, es blieb ihm auch keine Zeit, denn plötzlich öffnete jemand die Haustür.
Freddie hatte es nicht länger vor dem Verlagshaus ausgehalten und zerrte Joseph auf die Straße.
“Machen wir, dass wir wegkommen!”
Joseph strich seinen ramponierten Anzug glatt und dabei fiel sein Blick auf die aufgebrachte Menge.
“Ist wohl das Gescheiteste!”, antwortete er bitter.
Freddie folgte Josephs Blick.
Er schüttelte den Kopf.

“Ich verstehe das alles nicht, wir sind doch keine Verbrecher! Was soll das, was haben wir denen getan?”
“Nichts!”, antwortete Joseph. Ihm fiel ein, was der Bischof vor ein paar Monaten gesagt hatte. “Die Leute haben Angst. Wir sind Deutsche, das reicht schon.”

Der Mann war zurück in Loomis Büro.
“Gut gemacht, Law!”, sagte er. “Die Abreibung hat er sich verdient. Jetzt musst du noch dafür sorgen, dass jeder erfährt, was er wirklich hier treibt. Eine fahrbare Kirche, wozu braucht er die? Der steckt seine katholische Nase überall rein, spioniert hier für den Kaiser herum und fotografiert alles. Der Kerl ist gefährlich, aber wir werden schon fertig mit ihm! Und wenn er nicht von selbst abhaut, helfen wir eben nach.”
Lawrence Loomis lachte.
“Wir haben noch mehr!”, gackerte er vergnügt. “Die Leute sehnen sich geradezu nach Neuigkeiten und es wird sie sicher interessieren, dass der verdammte Heuchler ein Verhältnis mit dieser Trudi, seiner Haushälterin hat. Fynch hat ihn ja deshalb auch für ein paar Monate aus dem Verkehr gezogen.”
Er überlegte einen Augenblick.
“Woher hast du eigentlich deine Informationen?”, fragte Lawrence Loomis den Mann.
Doch der ging einfach über die Frage hinweg und klopfte sich vergnügt auf die Schenkel.
“Aus dem Verkehr gezogen, was?”, feixte er und konnte sich gar nicht beruhigen. “Wäre ihm ja fast gelungen. Nach St. Louis hat er ihn geschickt, da hätte er ihn auch lassen sollen, wohnt eh nur deutsches Pack da”, sagte er angewidert.
Die Sonne war untergegangen.
Auf dem Platz vor der City Hall war es ruhig geworden. Als sie hinunter sahen, löste sich die Versammlung gerade auf.

“Die Jungs sind fertig. Sie werden gleich hier sein”, sagte Lawrence Loomis.
Shub und seine Männer rollten die Transparente zusammen. Dann machten sie sich auf den Weg zum Verlagshaus.
Doch noch jemand hatte sie beobachtet.
Gerd Koppen hatte die Männer nicht aus den Augen gelassen, doch er wollte nicht gesehen werden und duckte sich hinter einen Zaun, von wo aus er die Straße bis zur City Hall hinunter im Blick hatte.
Grölend verschwanden auch die letzten Demonstranten in Twaddle’s Grocery, außer Shubs Leuten war niemand mehr zu sehen.
Endlich wagte sich Gerd aus seinem Versteck.
Als der alte George ihn sah, winkte er ihn zu sich.
“Hey, Gerd, gut, dass du noch gekommen bist, Mr. Loomis wartet schon auf uns.”

Kapitel 10

“Ich gehe nicht zurück, Reverend. Nie wieder!”
Schluchzend zog Angela das Tuch vom Kopf und Joseph wich entsetzt zurück, als er ihr zerschundenes Gesicht sah.
“Ich kann nicht mehr”, sagte sie. “Gerd schlägt mich tot, wenn er erfährt, dass ich hier gewesen bin.”
“Keine Angst!”, stammelte Joseph. Verlegen starrte er auf seine Schuhe. “Niemand erfährt was davon!” Er schämte sich, dass er ihr erst jetzt seine Hilfe angeboten hatte und war froh, als er endlich die Harley kommen hörte.
In einiger Entfernung schlug ein Hund an. Hobo spitzte die Ohren, dann war er nicht mehr zu halten und stürmte nach draußen, um Freddie zu begrüßen.
Im Kegel des Scheinwerferlichts tanzten ein paar eitle Nachtfalter. Hobo sprang wie wild um das Motorrad herum und schnappte vergeblich nach ihnen. Mißmutig bellte er.
“Pssst!”
Joseph legte den Zeigefinger an die Lippen.
“Pssst, Hobo!”

Papillons?, durchfuhr es ihn. Er sah das Wohnzimmer der Walchshausers vor sich, den Flügel, Margret Mary...
Sollte Maggie inzwischen in O'Fallon sein? Bei Martin?
Er schüttelte sich.
Die beiden waren weit weg. Joseph hatte andere Sorgen. Die Bilder verschwammen und verloren sich im Nichts.
Er half Angela auf den Sozius, gab Freddie einen freundschaftlichen Klaps und als die beiden losfuhren, drückte er ihr ein Kuvert in die Hand.
"Pass auf dich auf! Ich werde jeden Tag für dich beten. Viel Glück!", rief er ihr hinterher, dann hatte die Dunkelheit auch schon das sanfte Blubbern der Harley geschluckt.
Freddie brachte Angela zum Bahnhof von Lubbock, wo sie in einen Zug Richtung Norden stieg.
Und Gerd?
Der saß in der Nacht mit Shub und seinen Leuten zusammen und am nächsten Morgen war Angela verschwunden.

Monate waren seitdem vergangen.
Gus Feldhaus und Gerd Koppen saßen schon eine ganze Weile auf den wackligen Stufen vor Gerds Haustür. Es war spät. Der schlaffe Schein der Petroleumlampe reichte nicht weit in die laue Herbstnacht und der selbstgebrannte Schnaps hatte den Blick der beiden Männer getrübt.
"Was ist denn nun wirklich mit Angela los?", fragte Gus. Endlich hatte er sich ein Herz gefasst und es ausgesprochen.
Gerd zuckte mit den Achseln.
"Was soll mit ihr sein?", knurrte er. "Sie ist immer noch bei ihrer Schwester in Austin. Blöde Frage!"
"Ich meine ja nur..." Zögernd rückte Gus mit der Sprache heraus, "Na ja , weil die Leute sich halt das Maul zerreißen, oder wundert dich das?", fuhr er mit schwerer Zunge fort. "Angela

ist einfach verschwunden, auf einmal war sie weg, keiner hat sie mehr gesehen", lallte er und stieß den Zeigefinger in den sternenklaren Himmel. "Keiner!"
"Du hast's nötig!", antwortete Gerd. "Ganz Slaton lacht darüber, dass du Trudi immer noch zum Reverend gehen lässt. Was denkt ihr euch eigentlich?"
Gus stierte in seine Blechtasse.
Nach einer Weile nahm er einen kräftigen Schluck und schüttelte sich angewidert. Der Fusel raubte ihm einen Moment lang den Atem, bevor er antworten konnte.
"Lügen!", krächzte er. "Trudi hat sich nichts vorzuwerfen, genauso wenig wie der Reverend. Das wisst ihr doch genau!"
Aber als er es ausgesprochen hatte, war er sich gar nicht mehr so sicher und Gerd gab keine Ruhe.
"Von wegen!", stichelte er weiter und rammte gereizt seinen Stiefelhacken in den staubigen Boden, als wolle er jemanden treten. Düster spiegelte sich das mattgelbe Licht in seinen glasigen Augen. Er hatte eine Stinkwut im Bauch und nicht die geringste Ahnung, wo Angela steckte. Sie war wie vom Erdboden verschwunden.
Gerd war außer sich vor Wut gewesen. Er hatte sich ausgemalt, wie er sie bestrafen würde, welchen Gürtel er nehmen würde, wenn sie zurückkäme – aber sie war nicht zurückgekommen und schließlich war ihm nichts Besseres eingefallen, als überall zu erzählen, dass *seine* Angela für ein paar Monate zu ihrer Schwester gefahren sei.
Shubs Männern aber hatte er nichts vormachen können.
"Unsere Leute halten die Augen auf, Gerd, wir werden deine Angela schon finden. Verlass dich drauf! Dann solltest du ihr aber endlich Manieren beibringen, sonst machen wir das nämlich. Und kümmere dich gefälligst um den Pfaffen, der hat doch bestimmt was mit ihrem Verschwinden zu tun!", tönte der

alte Shub, als sie sich im Hinterzimmer des Journal trafen. Sein Sohn kicherte und rutschte unruhig auf dem Stuhl hin und her, während er an seinen Fingernägeln kaute. Er mochte diese Zusammenkünfte nicht, sie dauerten ihm zu lange. Sein Vater war aber noch nicht fertig.

"Ich kann es einfach nicht glauben, verdammt noch mal!" Wutentbrannt ließ er seine Faust auf den Tisch krachen, dass Gläser und Aschenbecher einen irrwitzigen Tanz tanzten und zehn zu allem entschlossene Männer zusammenzuckten.

"Dieser verdammte Spitzel macht hier einfach so weiter, als wenn nichts wäre. Wer hat denn nun den Krieg verloren? Wir vielleicht?", fragte er donnernd in die Runde.

"Nein!", antwortete Lawrence P. Loomis ruhig.

Er sprach leise und jedes seiner Worte wehte wie ein eiskalter Hauch durch das Büro.

"Der Kerl fährt hier nach wie vor mit seinem Truck durch die Gegend und fotografiert unbehelligt mit seiner Kamera herum. Wer weiß denn, was er damit alles angestellt hat? Und er hetzt das deutsche Pack...", Gerd spürte plötzlich die Blicke, die sich auf ihn richteteten und nestelte nervös an seinem Hemdkragen herum. "...und die Mexicanos gegen uns auf", fuhr Lawrence Loomis fort. Angewidert spuckte er auf den Dielenboden. "Dieses Schwein belästigt unsere Frauen und Fynch schaut einfach zu!"

"Frag den Reverend, ob der weiß, wo Angela steckt!", zischte der alte Shub. "So geht das nicht!", fuhr er fort. "Wir wollen ab jetzt genau von dir wissen, was der Kerl treibt. Verstehst du, Gerd? Alles! Also halt gefälligst deine Augen offen!"

"Lange seh'n wir uns das eh nicht mehr an!", fügte Loomis leise hinzu.

Und alle wussten, was das bedeutete.

Das Etablissement lag abseits der Straße.
Ein holpriger Pfad führte von der Hauptstraße zu dem Holzhaus, das gut versteckt in einem Wäldchen unweit Floydadas lag. Big Ma Florence führte ihr Bordell seit vielen Jahren und sie hatte nie Grund zum Jammern gehabt. Zu jeder Zeit hatten die Männer zu ihr gefunden, auch jetzt, und das Alkoholverbot schien ihrem Geschäft nichts anhaben zu können.
Champagnerschalen und Schnapsgläser verschwanden, waren über Nacht durch Tassen ersetzt worden und die Gäste tranken nun ihren Schnaps aus feinem Porzellan und genossen ihren *Kaffee* in winzigen Schlucken – Big Ma wußte sich zu helfen und bis zum Herbst lief alles bestens. Doch als der Winter kam und die Kundschaft ausblieb, wie immer um diese Jahreszeit, gab es für Blind Lemon nichts mehr zu tun – es war verdammt ruhig geworden.
Im Frühjahr hatte sie ihn in einer Bar gehört, Big Ma hatte ihn angesprochen und die beiden waren sich schnell einig geworden. Lemon war in ihr Haus gezogen und hatte die Kunden mit seiner Gitarre und seiner traurigen, hohen Stimme unterhalten. Aber es half nichts. Jetzt musste er gehen, denn ihre Mädels konnte Big Ma nicht wegschicken. Lemons Koffer standen im Flur und er selbst inmitten eines Schwarm aufgelöster Frauen. Er hörte Schluchzen. Tränen flossen.
“Lebt wohl!”, sagte Lemon.
“Wally...” Seine Stimme versagte.
Zärtlich umarmte er das Mädchen. Seine Hände suchten ihr Gesicht, ihre Haare umgarnten seine Finger, er beugte sich vor, vergrub seinen Kopf zwischen ihren festen Brüsten – wie herrlich sie duftete. Auch wenn er sie nie würde sehen können, hatte er doch eine genaue Vorstellung von ihr. Wally weinte, sie wäre gern mit ihm gegangen, aber *sie* musste bleiben.
Es war Zeit, Big Ma führte Blind Lemon zu ihrem Auto und er

drehte sich ein letztes Mal um. Lemon hauchte einen Kuss in die Richtung, in der er die Mädchen wähnte.
In dem Kaff, in dem er aufgewachsen war, hatten sie ihm nicht viel beigebracht – Gitarrespielen hatte er gelernt. Es war alles, was er konnte und so begann er schon in jungen Jahren auf Geburtstagsfeiern und Barbecues zu spielen und später war er als Straßensänger herumgezogen.
Er kannte jede Stadt in Texas. Jede verströmte ihren eigenen Geruch, hatte *ihre* Duftmarke. Jede schwang in *ihrem* Takt und wenn er durch ihre Gassen zog, erkannte er die Viertel, die Rotlichtbezirke, in denen er auftrat, an ihrem Atem, ihrer Melodie, und jede Stadt tanzte einen anderen Rhythmus.
Schweigend saßen sie nebeneinander. Big Ma war bedrückt, die kraftstrotzende Monotonie des Motors ließ keinen Zweifel daran, dass sie den Bahnhof bald erreichen würden.
“Was ist los, Ma?” Lemon reckte den Kopf aus dem Seitenfenster. “Warum sind heute so viele Leute auf den Beinen!”
Ja, er hatte recht. Jetzt fiel es auch ihr auf.
“Ich kapier’ das nicht, entweder du hörst einfach besser als andere...” Sie sah ihn von der Seite an. “Aber hier im Auto?”, wunderte sie sich. “...oder du bescheißt mich.”
Heftig fuchtelte sie mit ihrer flachen Hand vor seinem Gesicht herum, bis er dem Wirbel Einhalt gebot, ihre Hand zwischen seinen Händen gefangen hielt und seine breite, kalte Nase auf ihren Handrücken stupste.
Dann sagte er, ohne sich ihr zuzuwenden: “Ich kann mit der Nase hören und sehe mit meinen Ohren, das weißt du doch.”
Sie kicherte und steuerte den Willys an den Straßenrand.
“Was ist denn heute los, Leute?”, fragte sie ein paar vorbeieilende Passanten.
“Motor Chapel! Da drüben.”
“Motor Chapel? Was soll das sein?”, fragte Big Ma.

Sie staunte über die vielen Menschen auf dem Feld, auf dem während des Sommers auch der Zirkus gastierte.
"Komm Lemon, soviel Zeit muss sein! Mal seh'n, was da los ist."
Schon von weitem sah sie einen Priester, der auf einer merkwürdigen Bühne im Freien stand. "Sieht aus wie ein Altar, hinten auf 'nem Truck drauf und jede Menge Leute", versuchte sie ihm das Gesehene zu beschreiben, als sie mit ihm über das Feld stapfte.

"Was ist, was soll ich denen da unten denn jetzt sagen? Na, mach schon!", drängte Joseph und sah ungeduldig zu Freddie hinüber. "Die Leute werden unruhig."
Doch Freddie zuckte nur mit den Achseln.
"Ich kann es auch nicht ändern, Joe. Ich krieg keinen Ton aus dem blöden Ding raus. Mist!"
Doch noch länger wollte Joseph die Gläubigen nicht warten lassen.
"Tut mir leid, aber wir müssen heute ohne Begleitung auskommen!" Er zeigte auf das Harmonium. "Es ist kaputt!"
Ein Raunen ging durch die Menge und Big Ma Florence stieß Lemon in die Seite. "Haste gehört? Komm!"
Entschlossen hakte sie sich bei ihm ein.
"Laßt uns durch, Leute!", rief sie.
Ein paar Männer blickten verschämt zu Boden, Frauen hüstelten nervös, als die beiden durch das Spalier der Rechtschaffenen auf den Altar von Motor Church zuschritten. Niemand grüßte das Paar, niemand schien Big Ma oder den Schwarzen an ihrer Seite zu kennen. Doch das kümmerte Florence schon lange nicht mehr, denn seit dem Tag, an dem sie hierher gezogen war, gingen ihr die Menschen von Floydada aus dem Weg. *Sie* gehörte nicht zu ihnen!

“Hey, Reverend! Warten Sie mal ‘nen Moment, wir kommen hoch”, rief Big Ma und zeigte auf ihren Schützling.
“*Er* spielt!”
Lemon packte seine Gitarre aus. Er hatte noch keines der Kirchenlieder gehört, doch das störte niemanden. Die Gläubigen auf dem Feld sangen und Lemon begleitete sie auf seine Weise.
Er spielt ganz anders als meine Mexikaner, dachte Joseph.
Ja, Lemons Gitarrenspiel klang weicher. Joseph beobachtete die Leute und er sah, dass sie sich zum Rhythmus der Gitarre hin und her wiegten.
“Nehmen Sie ihn mit, Reverend! Lassen Sie Lemon solange spielen, bis Ihr Harmonium repariert ist! Sie haben’s ja selbst gehört. Glauben Sie mir, Sie finden keinen Besseren!”, versuchte sie Joseph zu überreden, aber das war gar nicht mehr nötig.
Freddie knuffte Joseph den Ellbogen in die Seite.
“Na los, Joe, wir können’s doch versuchen”, raunte er ihm zu. “Bis das Ding wieder okay ist, nur ein paar Tage!”
“Was meinst du denn, Lemon?”, fragte Joseph. “Es geht ja schließlich um dich.”
“Meinetwegen können wir, Reverend! Ich habe alles, was ich brauche.” Mit breitem Grinsen schwenkte Lemon seinen Gitarrenkoffer in der Linken, während er Joseph die Rechte entgegenstreckte. “Ich komme mit, abgemacht!”

Am Nachmittag brachen die drei auf.
Sie fuhren zunächst nach Matador, blieben dort ein paar Tage, machten Station in Paducah, bevor sie am Ende ihrer Tour das Städtchen Guthrie erreichten. Während des Gottesdienstes saß Blind Lemon neben dem Altar auf der kleinen Bank, die zum Harmonium gehörte. Die Kirchenlieder hatte er schnell gelernt

und wenn Freddie ihm die Hand als Zeichen für seinen Einsatz auf die Schulter legte, begann er zu spielen.

Sie ahnten nicht, dass sich die Leute in Slaton die Mäuler zerrissen, als Motor Chapel St. Peter endlich wieder vor dem Pfarrhaus stand.
"Jetzt hat der Pfaffe endgültig den Verstand verloren. Steht mit 'nem blinden Nigger vor dem Altar...", tuschelten sie. "In einem Bordell hat er ihn aufgelesen", wurde sich hinter vorgehaltener Hand erzählt. "Unglaublich! Und jetzt läßt er ihn auch noch bei sich wohnen." Sie waren außer sich. "Wer weiß, was die zusammen treiben... Wir müssen was tun!"

Anton Reissig tobte. "Wir müssen endlich was unternehmen." Gerd Koppen und Sam Wilson waren nach Einbruch der Dunkelheit auf sein Weingut gekommen und in dieser Nacht gingen die Lichter lange nicht aus. "Die Gemeinde ist ganz rebellisch. Aber es traut sich ja keiner, mit dem Reverend zu sprechen und mit dem Bischof können wir eh nicht mehr rechnen. Das haben wir ja schon mal versucht", sagte Anton und stapfte aufgebracht zwischen seinen Weinfässern hin und her. Er war mit Gerd und Sam allein. Ihren Frauen hatten sie nichts von dem Treffen erzählt.
"Wir sollten endlich mit Loomis reden. Vielleicht kann der sich mit seinen Leuten den Neger vorknöpfen", sagte er und sah die beiden an. "Was haltet ihr davon?"
"Wieso Loomis?", fragte Sam Wilson, er verstand nicht. "Ist das nicht der Kerl vom Journal!"
"Wie kommst du denn auf den?", stotterte Gerd Koppen. "Woher weißt du...?"
"Ist doch jetzt unwichtig", wehrte Anton Reissig gereizt ab. "Sieh zu, dass du aus Gus herausbekommst, wann die drei wie-

der losfahren wollen, und wenn der Trottel wieder keine Ahnung hat, dann musst du eben Trudi fragen! Wir müssen dafür sorgen, dass der Nigger nicht zurückkommt! Er muss ein für alle Mal von hier verschwinden."
Sam Wilson hatte eine lange Leitung und es dauerte etwas, bis er begriff, worum es ging.
"Und der Reverend?", fragte er.

Ein paar Tage später saß Lawrence P. Loomis in seinem Büro. Der Holzboden vibrierte vom Stampfen der Druckmaschinen ein Stockwerk tiefer. Loomis stierte aus dem offenen Fenster, Blitze zuckten über der Stadt, es donnerte in der Ferne und giftgelbe Wolken entluden sich in einem tosenden Schwall.
Scheißwetter!
Ungeduldig trommelte er mit den Fingern auf den Schreibtisch. Dann öffnete sich die Tür.
"Na endlich! Setz dich!"
Der Mann sagte kein Wort, lehnte sich in den Türrahmen und wartete. Die Hände tief in den Taschen seines abgewetzten Mantels vergraben sah er auf Loomis herunter.
"Wie du meinst. Ich kann's kurz machen. Ich hatte Besuch, einer von den Deutschen war gestern Abend bei mir." Loomis grinste und stellte eine Flasche und zwei Gläser auf den Tisch.
"Shub soll heute Abend mit seinen Männern herkommen!"
Er überlegte einen Moment.
"Und sag auch den anderen Bescheid! Jetzt kriegen wir den Pfaffen endlich am Wickel."
Lawrence P. Loomis goss die Gläser voll bis zum Rand.
"Für den Nigger hab ich mir was Besonderes überlegt, einmal lassen wir ihn noch singen. Cheers!"
Doch der Mann rührte den Bourbon nicht an. Er zog seinen Hut ins Gesicht und verschwand.

Draußen im Pfarrhaus ahnte niemand, was sich in der Stadt zusammenbraute.
Blind Lemon saß auf dem Dielenboden der Veranda, das rechte Bein von sich gestreckt, das linke angewinkelt lehnte er an der grauglitzernden Hauswand. Bereitwillig strahlte das ausgeblichene Holz die gespeicherte Wärme des Tages zurück. Lemon rekelte sich in der tief stehenden Sonne, tastete nach seiner Gitarre, schlug ein paar Akkorde an und begann zu singen.
Träge blinzelte Hobo, ein Augenlid hebend, in die Nachmittagsonne, er merkte kurz auf und spitzte die Ohren: Alles war gut! Er ließ seinen Kopf zurück auf Lemons Schienbein sinken und träumte weiter.
Joseph döste mit offenem Mund in seinem Schaukelstuhl. Breitbeinig hing er mehr auf der von seinem Hosenboden im Laufe der Zeit glattpolierten Sitzfläche, als dass er saß und es schien nur eine Frage der Zeit zu sein, wann er hinunterrutschen würde.
Freddie hockte auf der schmalen Bank. Er hatte ein paar Landkarten vor sich auf dem wackligen Tisch ausgebreitet und mit ein paar Steinen beschwert, denn er wollte die Route für die nächste Fahrt ausarbeiten. Doch ihm ging nicht mehr aus dem Kopf, was seine Mutter erzählt hatte.
“Seit Wochen reden die Leute dummes Zeug. Vater will davon ja nichts wissen, aber sie erzählen was-weiss-ich-für-Sachen über Joseph und Blind Lemon, und du bist jeden Tag mit den beiden zusammen. Natürlich weiß ich, dass das alles nicht wahr ist, aber es wäre mir lieb, wenn du den Truck nicht mehr fahren würdest. Ich habe richtig Angst. Hoffentlich hört der Spuk bald auf. Sei vorsichtig, bitte!”
Das Küchenfenster war weit geöffnet, Trudi sah auf die Veranda hinaus. Ein Lächeln huschte über ihr Gesicht.

Plötzlich verstummte Lemons Gesang, auch seine Gitarre war nicht mehr zu hören.
Ein Wagen war vorgefahren. Trudi hörte das Schlagen einer Tür, dann die Stimmen der Männer.
“Vorsicht, Stufe!”, warnte Joseph.
Hobo stürmte ins Haus und als Trudi auf die Veranda hinaustreten wollte, war ihr der Weg versperrt. Joseph, Freddie und ein Mann, dessen Gesicht sie schon mal gesehen hatte, trugen ein verziertes Schränkchen ins Haus.
“Der Phonograph”, erklärte Freddie nach Luft schnappend. Er grinste vergnügt.
“In mein Arbeitszimmer!”, wies Joseph die Männer an.
“Hey, Allan Corley, von Paramount! Erinnern Sie sich, ich war im Herbst schon mal hier”, grüßte der junge Mann, der den Plattenschrank am Kopfende fest im Griff hatte.
An Lemon hatte niemand gedacht, missmutig trottete er hinter ihnen her.
Schnell war ein Platz gefunden und das Grammophon aufgestellt, dann machten sie es sich bequem. Allan Corley legte eine Platte auf und erklärte die notwendigen Handgriffe. Fasziniert hörten sie der fremden Stimme zu, die aus dem Schrank in der Ecke und doch aus einer anderen Welt zu ihnen drang.
“*Jazz Me Blues*”, trällerte Lucille Hegamin. Als sie aufgehört hatte, zog Joseph den Plattenspieler mit der Kurbel auf, die aus dem Grammophon ragte und Lucille sang noch einmal. Danach durfte jeder einmal die Kurbel drehen und Lucille sang noch einmal und noch einmal... Hobo kläffte die Kiste an, in der sich die Sängerin zu verstecken schien und unentwegt dasselbe Lied sang – aber Lucille ließ sich nicht erweichen, sie kam nicht heraus.
“Ich hab noch jede Menge!”, sagte Allan. Er verschwand nach

draußen und ein paar Minuten später kam er mit einem ganzen Stapel Platten zurück.
Trudi hatte ihnen schnell ein paar Sandwiches gemacht, dann war sie gegangen. Bis in die Nacht hockten die Männer zusammen, hörten Musik und rauchten Zigarren, die Joseph sich nach wie vor aus St. Louis schicken ließ.
Irgendwann hatten sie genug, doch an Schlaf war nicht zu denken, keiner hatte Lust ins Bett zu gehen, nicht in dieser Nacht. *Alle Zigarren enden in Rauch.* Ja, das stimmte wohl, das ganze Zimmer war erfüllt vom Aroma der Havannas und Josephs Blick verlor sich in ihrem geheimnisvollen, blauen Dunst. Er lehnte in seinem Ohrensessel, die Hände hinter dem Kopf verschränkt. Hobo lag auf seinem Schoß und atmete gleichmäßig, auch er schien zu träumen. Freddie untersuchte den Plattenspieler und hätte ihn nur zu gern in seine Einzelteile zerlegt.
“Die Gehäuse werden in Port Washington gebaut, oben am Michigan-See”, klärte Allan Corley Freddie auf. “Ordentlich weit rauf, bis dahin, kannste glauben! Huben Bohmer leitet die Firma. Die Platten pressen wir in Grafton, ist ganz in der Nähe. Das macht sein älterer Bruder.”
Joseph stutzte.
Grafton, Bohmer?, dachte er. Irgendwie hatte er die Namen schon einmal gehört. Doch er kam nicht gleich darauf, die Namen gingen ihm aber nicht mehr aus dem Sinn.
Allan Corley hatte es nicht eilig, auf ihn wartete nur die kalte Sitzbank seines Fords – und er hatte den Gitarrenkoffer bemerkt.
“Was ist mit der Gitarre, lass doch mal was hören, Lemon!”
Und Lemon ließ sich nicht lange bitten.
“Okay, wo ist denn meine Süße! Zur Abwechslung mal Musik zum Anfassen, was?”, maulte er. Dann streckte er die Arme von sich, wie ein Baby, das in den Arm seiner Mutter will.

"Na gib schon her!"
So könnte es bleiben, dachte Joseph und schloß die Augen, als Lemon zu singen begann.

Aw, tell me where my easy rider's gone.
Tell me where my easy rider's gone.
Well, (anywhere these) women always in the wrong.

Your easy rider died on the road.
Man, the easy rider died on the road.
I'm a poor boy here and ain't got nowhere to go.

There's gonna be the time that a woman don't need no man.
Well it's gonna be a time (that) a woman don't need no man.
Say, baby, shut your mouth and don't be raisin' sand.
...

Es dämmerte bereits, als Lemon die Gitarre beiseite legte.
"Schade!", seufzte Freddie. Er war hundemüde.
Allan Corley aber war hellwach, es hatte ihn nicht länger im Stuhl gehalten und wie elektrisiert lief er hin und her.
"Du musst mitkommen, Lemon!", redete er aufgeregt auf den blinden Sänger ein.
"Jetzt!"
"Gleich!"
"Heute!"
Seine Stimme überschlug sich.
"In unser Aufnahmestudio! Hast du verstanden?"
"CHI-CA-GO!", setzte er nach.
"Ja, ich hab's verstanden."
"CHI-CA-GO", echote Lemon und richtete sich auf.
Das wär's! Chicago, allein der Name dieser Stadt klang schon

wie Musik und Lemon versuchte sich vorzustellen, wie es sein würde, im Studio zu sitzen und später die eigene Stimme aus dem Grammophon zu hören, und diese Vorstellung machte ihn ganz schwindelig.
Er konnte ja nicht ahnen, dass sich sein Traum erfüllen sollte und er ein paar Jahre später seinen ”Easy Rider Blues” im Studio von Paramount Records einspielen würde. Aber hätte Blind Lemon Jefferson in dieser Nacht so etwas wie eine Vorahnung gehabt, er hätte das Lied *niemals* gesungen.

“Mann, was gibt’s da lange zu überlegen?”, setzte Allan nach.
Da gibt’s wirklich nichts zu überlegen!, dachte Joseph, während ihm diese verdammten Namen keine Ruhe ließen.
Bohmer, Grafton? Die ganze Nacht hatte er versucht, sich zu erinnern, und endlich fiel es ihm ein.
Das waren doch die Zwillinge. Bohmer! Genau, die Jungs von der ROTTERDAM!
“Zwillinge?”, fragte er Allan unvermittelt. “Und ihre Mutter sagt ihnen, wo’s langgeht!”
“Ja, genau!” Allan glotzte ihn mit offenem Mund an, es dauerte einen Moment, bis er sich gefasst hatte.
“Stimmt, die beiden sind Zwillinge! Weiß aber keiner!”, antwortete er. “Und ihre Mutter?”, er zögerte. “Wie kommst du darauf? Woher...? ”
Joseph winkte ab.
“Nicht so wichtig!”, antwortete er und schlurfte zur Küche.
“Will jemand Kaffee?”

Allans Entschluß stand fest. Er hatte sich vorgenommen, Blind Lemon bei Paramount Records unterzubringen und für ihn selbst würde ja auch etwas dabei herausspringen. Aber er machte das nicht allein wegen der Prämie.

“Wir brauchen einfach *mehr* gute Musiker, Allan. Wenn dir unterwegs jemand über’n Weg laufen sollte, schnapp ihn dir! Die Leute können bei uns gutes Geld verdienen. Sag ihnen das, du weißt doch, wen wir suchen, und...”, hier hatte Nela Bohmer jedes Mal eine Pause eingelegt, bevor sie mit wichtiger Miene fortfuhr. “...und für dich gibt’s fünfzig Dollar extra!”

Allan Corley sah in die Runde, keiner sagte was. Joseph und Freddie schlürften ihren Kaffee. Sie sahen sich an und dachten an das kaputte Harmonium.
Lemon lehnte in der offenen Küchentür und träumte von Chicago.
“Wenn du mitkommst, Lemon, das ist...”, Allan Corley suchte nach Worten. “...wie ein Hauptgewinn in der Lotterie!” Er ließ nicht locker und übersah dabei Lemons breites Grinsen.
“Was Besseres kann dir gar nicht passieren.”
Allan ahnte nicht, wie Recht er hatte.
“Ich muss heute weiter, zuerst nach Post, dann nach Snyder”, verabschiedete er sich. “In ein paar Tagen komme ich noch mal vorbei. Überleg es dir!”

Allan Corley hielt Wort.
Eine Woche später stand er wieder vor der Tür. Lemon hatte jeden Tag auf der Veranda gesessen und auf ihn gewartet.
“Sag den Bohmers einen schönen Gruß von mir!”, sagte Joseph, als Allan sich am Nachmittag mit Lemon auf den Weg machte. “Ich habe die drei während der Überfahrt nach NewYork kennengelernt”, klärte er Allan auf. “Vielleicht erinnern sie sich.”
Dann wies er mit dem Kopf auf Lemon.
“Pass gut auf ihn auf!”

Wenig später fuhren auch Joseph und Freddie los – ohne Blind Lemon, ohne das Harmonium.
Am nächsten Morgen wollten die beiden in Farwell sein, nahe der Grenze nach New Mexiko.
Ein Sturm zog auf.
Heftiger Westwind jagte in dieser schlimmen Nacht finstere Wolkengebirge über die South Plains. Gelegentlich gaben hastige Lücken den Blick auf die Sterne frei. Die girlandenlangen Äste der Birken peitschten im Sturm. Die Vögel hatten aufgehört zu singen.
Joseph wünschte, dass diese Nacht bald zuende ginge. Er ahnte nicht, dass für ihn die schlimmste aller Nächte gerade erst begonnen hatte.

Kapitel 11

Einige Meilen außerhalb der Stadt warteten die Männer versteckt in einem Waldweg. Als das vereinbarte Zeichen gegeben wurde, fuhren sie vor und blockierten mit ihren Autos die Straße, die durch den Wald führte. Der Truck stemmte sich schnaufend gegen die stürmische Nacht und die Scheinwerfer suchten zittrig den Weg.
“Was ist los da vorne?”, fragte Joseph. Er beugte sich vor, um besser sehen zu können und dann erkannte er ein paar Autos.
“Ich weiß nicht, aber wenn das so weiter geht, kommen wir nie nach Farewell.” Freddie nahm den Fuß vom Gas. “Irgendwas stimmt nicht! Kein Mensch zu sehen, nur die Autos, die da rumstehen. Was meinst du?”
“Ein Unfall vielleicht?”, sagte Joseph und zuckte mit den Achseln. “Sollen wir aussteigen?” Er war sich nicht sicher. “Was meinst du, wollen wir umkehren?”
“Hier? Das wird nicht gehen!”
Sie sahen sich an, nickten und stiegen aus. Doch als sie auf die Autos zugingen, war es zu spät.

Farewell!
Plötzlich waren sie von Klansleuten umringt.
Die Männer in den weißen Kapuzengewändern richteten ihre Pistolen auf sie.
Joseph zuckte zusammen, als sich ein paar von den Männern auf ihn stürzten, ihn packten und vor sich her stießen.
Es dauerte nur wenige Augenblicke.
Nicht ein Wort war gefallen, die Autos setzten zurück, jemand steuerte Mobile Church in einen Waldweg. Joseph stemmte sich mit aller Kraft gegen die Männer. Sein Mund fühlte sich pelzig an.
"Was wollt ihr, was soll das?"
"Schnauze!", hörte er, dann drosch eine der Gestalten mit einer Ledergerte auf ihn ein.
Joseph wollte aufschreien, doch schon der erste Hieb scheuchte ihm die Luft aus der Lunge.
Freddie..., durchfuhr es ihn.
Fassungslos starrte Freddie die Kapuzenmänner an.
Er spürte den Lauf einer Pistole an seinem Kinn und rührte sich nicht. Aus den Augenwinkeln konnte er erkennen, dass sie Joseph von der Straße zerrten und auf ihn einschlugen.
"Wo ist der Nigger, wo habt ihr ihn gelassen?", fragte einer der Vermummten. "Wenn du nicht bald dein Maul aufmachst, geht es dir genauso."
"Er ist weg!", stammelte Freddie. "Unterwegs nach Chicago!"
"Diese Idioten!", rief jemand. "Verdammter Mist! Wieso ist der Nigger unterwegs nach Chicago? Na, red' schon! Los Mann!"
"Jemand hat ihn mitgenommen."
"Lass dir nicht jedes Wort aus der Nase ziehen. Was soll das heißen, jemand hat ihn mitgenommen?"
"Ein Vertreter aus Chicago", sagte Freddie. "Er hat dem

Pfarrer was gebracht und heute Morgen sind die beiden losgefahren."
"Was hat er dem Pfaffen gebracht?"
"Einen Phonographen."
Die Männer lachten.
"Na, das hat sich ja richtig gelohnt."
Freddie wollte etwas erwidern, doch einer der Männer ging ihm an die Gurgel und drückte zu, Freddie schnappte nach Luft und der Mann stopfte ihm einen Lappen in den Mund.
"Ich hoffe, es stimmt, was du uns da erzählst. Dann ist wenigstens das Problem schon mal aus der Welt. Aber wir hätten uns so gern selbst um den Spook gekümmert. Schade! Ein einziges Wort über unsere kleine Unterhaltung und wir bringen dich um!", sagte der Mann, und rammte ihm seinen Stiefel in den Unterleib. "Denk schön dran und vergiss nicht, wir schauen dir und deinem Alten genau auf die Finger. Wir werden euch Deutschen schon noch ordentliche Manieren beibringen. Also quatsch nicht rum und halt dein Maul!" Freddie stöhnte, seine Augen quollen vor. Er hatte das Gefühl, an dem stinkenden Fetzen zu ersticken, doch die Männer kümmerten sich nicht weiter darum. Sie fesselten Freddie an den nächsten Baum und verschwanden.
"Wir haben den ganzen Scheißtruck auf den Kopf gestellt – keine Spur von dem Nigger", rief eine Männerstimme.
"Wo ist der Spook, Pfaffe? Wo hast du deinen blinden Freund gelassen?"
Der Mann wartete nicht auf die Antwort. Joseph hörte das Pfeifen der Gerte – alles um ihn herum entfernte sich in rasendem Tempo. Seine Hände suchten Halt und griffen ins Leere.
"Der Nigger ist weg! Abgehauen nach Chicago!", hallte es aus einer fernen Welt. Joseph taumelte, er schüttelte sich wie ein Stier in der Arena. Er versuchte klar zu denken, doch der

Schmerz lähmte seine Gedanken – er fand keinen Ausweg.
Die Männer stießen ihn vor sich her, es bereitete ihnen großes Vergnügen. Lange hatten sie auf diesen Moment gewartet und sie trieben ihn immer weiter in den Wald, bis sie vor einem gewaltigen Krater Halt machten. Joseph schauderte, als er in den Abgrund sah. Höllenfeuer zuckten ihm entgegen und der Alptraum begann.
"Lasst mich!" Joseph bäumte sich auf, er sträubte sich mit ganzer Kraft. Vergebens!
"Bitte!", flehte er, als er die steile Piste hinunterstolperte und mit jedem Schritt in die Tiefe näherte er sich der Gewissheit, dass sie ihn umbringen würden.
Auf dem Grund der steinernen Hölle loderte ein brennendes Kreuz. In einem weiten Kreis um das Feuer warteten Josephs Richter – zwanzig Klansmänner, die Arme verschränkt, in ihre weißen Kapuzengewänder gehüllt. Ihre flackernden Schatten suchten vergeblich Halt an den schroffen Wänden des Steinbruchs.
Unten angekommen, sah er einen düsteren Schuppen, der sich in die Felswand duckte, das Tor weit geöffnet. Vom dunklen Gebälk der Hütte hing ein Strick, vom todbringenden Licht des Feuerkreuzes bestrahlt.
"Bitte nicht!", entfuhr es ihm.
Er wollte beten. Gott, warum läßt Du das zu?
Gott hörte ihn nicht.
Ist das deine Strafe? Für Hünfeld? Maria?, dachte er. *Hast du bis heute gewartet?*
Die Männer trieben ihn in ihre Mitte, rissen ihm grölend Jacke und Hemd herunter. Sie ließen sich nicht aufhalten.
Nichts ließ sich aufhalten.
Alles nahm seinen Lauf.
"Nein!", schrie er verzweifelt.

Oben, am Rand des Kessels, dort wo die Piste zum Steinbruch begann, wo sie steil nach unten zeigte, dort oben sah er Motor Chapel langsam hinunterrollen. Der Truck wurde schneller, immer schneller. Niemand schien hinter dem Lenkrad zu sitzen. Joseph schrie, er schrie in das Inferno hinein und der Vermummte neben ihm zog ihm die Gerte übers Gesicht. Joseph schmeckte Blut. Aus dem aufgeplatzten Augenlid tropfte es über seine Lippen. Er zuckte zusammen, kein Schmerz, nur ein Dröhnen, das ihn zu zerreißen drohte.
Der herrenlose Truck war mit gewaltiger Wucht in die Tiefe gerast, auf halbem Weg aus dem Gleichgewicht getrudelt und schließlich nach einem wahnwitzigen, hoffnungslosen Ritt auf zwei Rädern mit markerschütterndem Krachen auf die Sohle des Steinbruchs geschlagen.
Für einen Augenblick schien eine ohrenbetäubende Stille den Kessel auszufüllen, dann explodierte der Tank. Das Echo der Detonation hallte tausendfach, die Männer gingen in Deckung, der Truck bäumte sich ein letztes Mal auf, bevor er ächzend auseinanderbarst. Motor Chapel brannte lichterloh.
Doch dieses Schauspiel allein genügte den Männern nicht. Nackt stand Joseph zwischen ihnen. Zwei von ihnen hielten ihn fest, ein dritter stand hinter ihm und ließ die Ledergerte auf seinen Rücken krachen. Joseph stöhnte, er sank auf die Knie und glozte auf ein Paar Stiefel.
Das konnte nicht sein!
Er sah den Vermummten an.
Gerd?, dachte er.
Doch ihm blieb nicht die Zeit zum Nachdenken.
“Wir wollen hier keine Pfaffen, die herumspionieren!”
Wieder drosch die Gerte auf seinen Rücken und quetschte seine Haut in blutige, rohe Streifen. Alles schwamm vor seinen Augen. Sein Kopf schien zu bersten und ein irrwitziges

Dröhnen brachte Schimären zum Tanzen. Tränen schossen ihm ins Gesicht, seine Beine wollten ihm nicht länger gehorchen.
“Lass gefälligst unsere Frauen in Ruhe!”, dröhnte es.
Die Wucht der Hiebe ließ ihn zusammenzucken, das Tosen der Schmerzen blendete ihn. Er wollte nicht sterben.
Nein!, surrte es in seinem Kopf!
Gerd hat mich verraten!
“Und lass deine Finger von den Mexikanern!”, dröhnte es und es war das Letzte, was er hörte.
Der Stoß erwischte ihn mit ungeheurer Wucht. Alles fiel von ihm ab. Plötzlich war es seltsam ruhig geworden und ihm war, als beobachte er sich selbst und in eine nie zuvor empfundene Stille gehüllt, sah er sich in einen Abgrund schweben.
Sterben! Ist das Sterben?
Schweigend sahen die Klansmänner auf den leblosen Körper in ihrer Mitte. Aber es war nicht zuende. Nach einer Weile schüttete einer von ihnen einen Eimer Wasser über Joseph und holte ihn zurück ins Leben.
Ein stechender Geruch stieg ihm in die Nase.
“Hey! Wir sind doch noch gar nicht fertig mit dir!”, hörte er durch einen zähen Nebel rufen. “Was ist denn los mit dir, du schwule Sau?
Seit Monaten hatten die Klansmänner auf diesen Moment gewartet. Johlend richteten sie Joseph auf, bis er auf wackligen Füßen zwischen ihnen stand.
Sie beschmierten ihn mit Teer.
“Und Feuer fiel vom Himmel...”
Mit weit hervortretenden Augen starrte Joseph sie an.
Seine Haut verschmolz mit dem zähen Brei. Er wand sich zuckend und wünschte sich nichts sehnlicher, als tot zu sein.
Seine Haut glühte. Der Rücken war von den Schlägen zerfetzt, doch den Männern war das noch nicht genug. Einer von ihnen

schlitzte ein Kissen auf und begleitet vom Gegröle seiner Kumpane ließ der Mann eine Wolke von Federn auf Joseph hinabrieseln.
Joseph starrte an sich hinunter.
Was noch?
“Das war erst die Vorspeise!”
Der Schuppen!, durchfuhr es Joseph.
“Bitte!”, stammelte er. “Nicht!”
“War eigentlich für den Nigger gedacht!” Joseph hörte ein Lachen unter der Kapuze. “Schade drum!” Diese Stimme, dieses widerliche Lachen, hatte er schon einmal gehört.
“Hör gut zu!”, fuhr die Stimme fort. “Wenn du morgen nicht aus Slaton verschwunden bist, hängen wir dich auf.” Er stieß Joseph in den Schuppen. “Schau hin, genau an diesem Strick! Hast du verstanden, unsere Geduld ist am Ende. Und jetzt hau ab und lass dich hier nie wieder blicken!”, zischte die Stimme. “Mach schon! Hau ab!”

Joseph begriff es nicht sofort.
“Hau ab!”, hallte es in seinem Kopf, dann stolperte er los. Vorbei an Motor Chapel St. Peter, von der nicht mehr als das glühende Skelett in den Nachthimmel ragte.
Nur weg!
Friedlich lag die Straße vor ihm.
Nichts wies mehr auf den Überfall hin. Joseph versuchte Freddie zu rufen – doch sein Hals blieb zugeschnürt, keinen Ton bekam er heraus. Er quälte sich die Straße entlang, jeder Schritt ließ ihn verzweifeln.
Der Wind hatte hatte nachgelassen.
Der Sturm war weitergezogen, überall lagen zerfetzte Bäume und abgebrochene Äste herum.
Er sah sich nicht um.

Nur weiter!
Joseph wußte nicht, wie lange er gebraucht hatte, bis die ersten Häuser vor ihm auftauchten. Alles war ruhig als wenn nichts geschehen wäre! Kein Mensch war unterwegs.
Weit nach Mitternacht klopfte er an Dr. Nichols Haustür.
“Mein Gott, Joe! Kommen Sie rein!”, rief der Arzt entsetzt.
Er fragte nicht lange und zog Joseph ins Haus.
“Lauf rüber zu Trudi, sag ihr, was passiert ist! Und beeilt euch!”, weckte er seine Frau.
“Sie *müssen* ins Krankenhaus, Joe!”, sagte Elmer Nichols. “Wer war das?” Doch dann winkte er ab.
“Ich *muss* verschwinden, Doc!”, stöhnte Joseph und stemmte sich mit beiden Händen gegen die Wand des Sprechzimmers. Eine tosende Feuerwalze rollte auf ihn zu. “Machen Sie schon, waschen Sie das Zeug endlich ab!”, schrie er mit letzter Kraft, dann riss ihn die Walze fort.
Die Frauen hatten sich beeilt, Trudi schrie, als sie Joseph sah und Elmer Nichols wußte sich nicht anders zu helfen und hielt seine Hand vor ihren Mund. “Nehmen Sie sich doch zusammen, Trudi! Helfen Sie mir!”
Josephs Rücken war von blutigen Striemen gezeichnet, fingerbreite Schnitte durchzogen die Haut und überall war Teer!
Sie versuchten, die zähe Masse mit Terpentinöl von der Haut und aus den Wunden zu waschen. Sein Körper glich einem flammenden Teppich und behutsam puderten sie die versengte Haut mit Natron.
“Hören Sie mich, Joe?”, fragte Elmer Nichols, als Joseph langsam zu sich kam. “Joe? Sie müssen ins Krankenhaus!”
Joseph richtete sich auf.
“Das geht nicht, Doc!”, schrie er mit schmerzverzerrtem Gesicht. “Kümmert euch um Freddie! Ich weiss nicht, was sie mit ihm angestellt haben.”

“Kein Licht!” Joseph zuckte entsetzt zusammen.
Trudi konnte sich gar nicht beruhigen und weinte immer noch. Kopflos tappte sie durch die dunklen Zimmer des Pfarrhauses.
“Die Kerle wollten Lemon aufhängen.”, hörte sie Joseph stammeln, während er fahrig ein paar Habseligkeiten zusammensuchte. Geld hatte er keines mehr, seine Ersparnisse hatte er Angela gegeben und mit den paar Dollars in seiner Tasche würde er nicht weit kommen.
Joseph versuchte nachzudenken, wovon sollte er leben? Unterwegs? Der Humidor, vielleicht würde er die Zigarren zu Geld machen können?
Und die Kodak? Ja, vielleicht auch die Kodak!, dachte er.
“Wohin willst du denn jetzt?”, fragte Trudi, als er mit seiner Tasche vor ihr stand. Mit zitternden Händen schob er die Gardine ein Stück zur Seite und suchte mit fiebrigem Blick den nächlichen Horizont ab. Aber da war nichts!
“Ich weiß es nicht, Trudi, aber wenn ich nicht..., wenn ich nicht verschwinde, bringen sie mich um”, stammelte er.
Joseph traute sich nicht, sie anzusehen.
“Jetzt?”, fragte Trudi. “Mitten in der Nacht?”
Er hatte keine Ahnung.
“Ich weiß es doch nicht! Ich muss gehen!” Sie spürte seinen Händedruck, nein, er hielt sich fest – Joseph weinte.
“Alles habe ich falsch gemacht. Wirklich alles! Die Leute wollen mich hier nicht!” Es dauerte einen Moment, bis es aus ihm herausbrach. “Ich werde nicht zurückkommen!” sagte er mit tränenerstickter Stimme.
Trudi schluchzte, sie hatte Mühe, Hobo zurückzuhalten. Mit beiden Armen umklammerte sie den Hund und drückte ihn fest an sich.
“Passt gut auf euch auf, ihr zwei!” Joseph beugte sich vor, der Schmerz raubte ihm für einen Augenblick den Atem.

Er kraulte Hobo. “Mach’s gut, mein Alter. Ich kann dich jetzt nicht mitnehmen!”
Tränen rollten ihm über das Gesicht. Dann griff er hastig nach seiner Tasche.
“Einen von ihnen hab ich erkannt!”, flüsterte er, so, als ob er mit sich selbst spräche, und zog leise die Tür hinter sich zu.

Wolken verdeckten die Sterne, düster reckte sich St. Peter gegen den Nachthimmel.
Niemand war zu sehen.
Er war allein.
Allein!, durchzuckte es ihn und der Gedanke hatte etwas Endgültiges. Er hörte Hobo winseln und an der Tür kratzen, das Tier wollte sich gar nicht beruhigen. Joseph krümmte sich, alles in ihm zog sich zusammen, dann stolperte er los.
Immer wieder schaute er sich um, doch niemand schien ihm zu folgen. Er hetzte an den Baumwollfeldern entlang und nur das monotone Schnarren der Windräder begleitete ihn. Erst weit draußen, in Höhe von Mullins Farm, wollte er für ein paar Augenblicke verschnaufen.
Joseph japste nach Luft und kauerte sich erschöpft hinter ein paar Büsche – er saß in der Falle.
Dumpfe Schritte näherten sich. Joseph duckte sich.
Sie waren ihm also doch gefolgt!
Sein Herz pochte laut und schien das unheimliche Atmen noch übertönen zu wollen, das immer näher kam. Er schloss die Augen, doch nichts passierte.
Plötzlich hörte er ein Schnauben neben sich und er zuckte zusammen. Es dauerte eine Weile, bis er sich ganz sicher war und aus seinem Versteck traute. *Eine Pferdekoppel,* dachte er. Er hatte nur ein paar Pferde im Schlaf gestört.
Weiter!

Der Bahnhof lag auf der anderen Seite der Stadt und er gönnte sich keine Pause, hastete weiter durch die Felder, scheuchte dabei ein paar Rebhühner auf und ein wachsamer Hund bellte. Sonst blieb alles ruhig und noch sah er nirgendwo Licht.
Weiter!
Es blieb nicht mehr viel Zeit. Bis zur Dämmerung musste er die Santa Fe Station erreicht haben.
Weiter!
Endlich machte er die Umrisse des Bahnhofs vor sich aus. Er stolperte an den Gleisen entlang. Noch wenige Schritte.
Doch plötzlich blieb er wie vom Blitz getroffen stehen. In der Ferne meinte er das vertraute Blubbern der Harley zu hören. Freddie! War das möglich?
Gott sei Dank!, dachte er. *Der Doc hat ihn gefunden.*
Joseph verharrte, Hoffnung keimte in ihm auf und er hielt den Atem an, um in die Nacht zu horchen. Sein Herz schlug ihm bis zum Hals, ja, das Blubbern schien sich zu nähern. Dann war plötzlich nur noch Stille. Kein Laut, und einen Wimpernschlag später durchdrang das markerschütternde Brüllen eines Rindes diese Stille. Der Gesang der Harley war verklungen.
Joseph schüttelte sich. Hatte er den Verstand verloren?
Er hatte sich geirrt.
Weiter!
Enttäuscht schleppte er sich zur Station.
Dann hatte er es endlich geschafft.
Im Harvey House war noch alles dunkel.
Nur im Stationsgebäude brannte Licht. Durch das Fenster erkannte er Walter Bowen, den Stationsvorsteher. Bowen saß hinter seinem Schreibtisch und blätterte in einer Zeitung. Es war kurz vor fünf, der erste Zug würde erst in einer Stunde kommen. Joseph duckte sich und kroch unterhalb des Fensters entlang. Mit letzter Kraft erreichte er den Lagerschuppen und

schob die schwere Holztür beiseite.
Ein paar vergessene Baumwollballen moderten in einer Ecke und aufgescheuchte Ratten suchten quiekend das Weite. Joseph versuchte ruhig zu atmen, doch sein Herzschlag dröhnte in seinen Ohren, sein Kopf schien zu zerspringen. Seine Haut brannte wie Feuer.
Er hatte das Gefühl, ersticken zu müssen.
Verzweifelt schnappte er nach Luft.
Mit zitternden Fingern öffnete er den Hemdkragen.
Ihm wurde schwarz vor Augen.
Wo war Freddie? Hatten sie auch ihn laufen lassen?
Joseph war am Ende.
Er spürte die Erde unter seinen Füßen nachgeben, seine Beine wollten ihn nicht mehr tragen. Taumelnd erbrach er sich auf den Boden. Dann sackte er auf einen Baumwollballen.

Kapitel 12

Vergeblich hatte Freddie versucht, sich zu befreien und diesen verdammten Knebel auszuspucken. Längst hatte er jedes Zeitgefühl verloren und er hatte die Hoffnung aufgegeben, dass ihn in dieser Nacht noch jemand suchen würde. Ein Schaudern ergriff ihn, ihn fror. Der Sturm war weitergezogen und hatte nichts als seinen kalten Atem zurückgelassen.

Was hatten sie mit Joseph gemacht, und diese gewaltige Detonation – was hatte das alles zu bedeuten? Die Angst, eine Antwort auf seine Fragen zu finden, lähmte ihn, ließ ihn seine Gedanken nicht zuende bringen und er ahnte nicht, was wirklich geschehen war.

Als er das Schlagen einer Autotür hörte, befürchtete er zunächst, die Männer wären noch einmal zurückgekehrt. Er hielt den Atem an, als er Licht zwischen den Bäumen sah und er hörte Stimmen. Doch Licht und Stimmen entfernten sich und plötzlich war es wieder totenstill.

Vielleicht suchen sie mich, dachte er, das flackernde Licht zwischen den Bäumen hatte ihn für einen Moment hoffen lassen.

Er hörte seinen Namen rufen, doch so leise, als *hauche* jemand ängstlich seinen Namen in den Wald.
Freddie versuchte, sich bemerkbar zu machen, doch mehr als ein verzweifeltes Würgen brachte er nicht heraus, der Knebel rutschte immer tiefer in seinen Hals und er gab auf, wer auch immer nach ihm gesucht haben sollte, er hatte ihn nicht gefunden. Das Licht war verschwunden und auch das vage Rufen hörte er nicht mehr.
Er verlor allen Mut.
Aber dann tauchte doch noch jemand aus der Dunkelheit auf und Freddie sah einen gespenstischen Schatten zwischen den Bäumen tanzen. Ein glühendes Augenpaar blitzte ihn an.
"Hier steckst du! Gott sei Dank!", flüsterte Elmer Nichols, als er neben ihm stand. Er hielt die Petroleumlampe hoch und schaute sich wie ein gehetztes Tier nach allen Seiten um.
"Ist dir was passiert?"
Mit schnellen Schnitten befreite er Freddie.
"Nein, alles okay, Doc!", japste Freddie, nach Atem ringend. "Danke! Ich hatte nicht geglaubt, dass noch jemand kommt." Er massierte seine schmerzenden Handgelenke und im Schutz der Dunkelheit traute er sich dann zu fragen.
"Was ist mit Joe? Hat *er* Sie geschickt?"
Der Doktor nickte. "Später!", antwortete er und zerrte Freddie zur Straße. "Lass uns von hier verschwinden!"
Elmer Nichols fuhr so schnell er konnte zurück in die Stadt. Unterwegs erzählte er, wie es Joseph ergangen war, und Freddie hämmerte ohnmächtig mit der Faust gegen die Autotür, als er hörte, was mit Mobile Church passiert war. Tränen rollten ihm übers Gesicht.
Er lebt, Gott sei Dank!, dachte er. *Aber sie haben ihn halbtot geschlagen und Mobile Church liegt ausgebrannt im Steinbruch! Was sind das für Schweine? Und Lemon? Sie hätten ihn*

aufgeknüpft!, dachte er. Ihn schauderte bei dem Gedanken und er war froh, als sie endlich zurück in der Stadt waren.
“Setzen Sie mich hinter der Werkstatt ab!”
Elmer Nichols sah ihn an.
“Bitte, Doc! Ich will nicht, dass Mutter sich Sorgen macht. Ich muss wissen, wie es Joe geht.”
Vorsichtig öffnete Freddie die Tür zur Werkstatt. Er schob die Harley bis zur nächsten Straßenecke, bevor er losfuhr.

“Er ist weg!”, schrie Trudi hysterisch. Noch immer hockte sie in der Küche des Pfarrhauses. Hobo kratzte wie verrückt an der Tür, er wollte nach draußen und hörte nicht auf zu bellen.
“Joe hat immer nur gestammelt, dass sie ihn umbringen, wenn er nicht bis morgen verschwunden ist. Dass sie ihn sonst aufhängen würden.” Trudi schluchzte und vergrub ihr Gesicht zwischen den Händen. “Er hatte so schreckliche Schmerzen!” Sie zitterte am ganzen Körper.
“Als er in der Tür stand, hat er noch gesagt, dass er einen von den Kerlen erkannt hat, mehr weiß ich auch nicht.”
“Einen hat er erkannt? Hat er denn nicht gesagt, wen? Hat er dir nicht wenigstens gesagt, wohin er will?”
Sie schüttelte den Kopf.
“Bist du sicher?”
“Ja! Mehr hat er nicht gesagt.”, antwortete Trudi. “Er hat ein paar Sachen in seine Tasche geworfen und ist losgerannt. Es ging ja alles so schnell.”
Der Bahnhof!, schoss es Freddie durch den Kopf.
“Du bleibst, wo du bist!”, sagte er und zog Trudi vom Fenster. “Rühr dich nicht aus dem Haus, bis ich zurück bin. Und mach überall Licht! Hier passiert dir schon nichts! Hobo ist ja bei dir”, versuchte er sie zu beruhigen. “Ich finde Joe, bestimmt! So weit kann er ja noch nicht sein.”

Er stürzte nach draußen und startete das Motorrad.
Noch immer war es stockfinster.
Freddie fuhr vor zur Division Street und in Höhe der Vierten bog er ab auf eine staubige Piste, die mitten durch die Felder führte. Es war der kürzeste Weg zum Bahnhof.
Freddie raste Richtung Osten.
Es war der kürzeste Weg!
Aus dem Nichts tauchte das Longhorn plötzlich vor ihm auf. Wie eine Wand stand das Rind vor ihm! Freddie bremste, riss verzweifelt das Motorrad herum und versuchte, dem Tier mit seinen ausladenden Hörnern auszuweichen. Doch instinktiv hatte das Tier seinen mächtigen Schädel gesenkt. Krachend stürzte das schwere Motorrad in den massigen Körper. Knochen splitterten und als das Horn in seinen Bauch drang, ihn durchbohrte, spürte er nur einen dumpfen, weit entfernten Schmerz.
Eine matt schimmernde Blutlache sammelte sich im Staub.
Langsam wurde es hell.
Das Vorderrad der Harley surrte noch eine Ewigkeit, übertönt vom grausigen Todesruf des verendenden Rindes, der weithin die Felder erzittern ließ. Fassungslos starrte Alfred Neumann mit toten Augen in den Sonntagmorgen.

Die Mexikaner saßen allein im Abteil.
Sie hatten ihre Hüte tief ins Gesicht gezogen und schienen zu schlafen. Die drei wollten keinen Ärger, an jeder Station beobachteten sie, wer ein- oder ausstieg, denn in der letzten Zeit waren immer wieder Landsleute angepöbelt oder angegriffen worden.
Die Männer waren in Pyron, einem verschlafenen Städtchen, etwa zwanzig Meilen nördlich von Sweetwater, zugestiegen. Während sich von Osten langsam der Tag näherte, kämpfte

sich der Zug ächzend die zermürbenden Ausläufer der Double Mountains hinauf.

In Slaton setzte sich ein Mann in ihr Abteil. Nur wenige Reisende waren an dieser Station zugestiegen. Die Mexikaner ließen den Mann nicht aus den Augen, er schien sich nicht für sie zu interessieren. Plötzlich bekreuzigte sich einer der jungen Männer und sah seine Kumpane an. Sie nickten, ja, auch sie hatten das furchtbare Stöhnen gehört.
“Was hat er?”, fragten sie leise. “Kennst du ihn, Manuel? Wer ist das?”
“Ich glaube schon!”, antwortete der, der sich bekreuzigt hatte und den sie Manuel nannten. “Ist schon ein paar Jahre her, aber ich erinnere mich gut. Felipe hat ihn einmal mit in unsere Hütte gebracht. Ein einziges Mal nur”, sagte Manuel bitter. “Ich erinnere mich so gut, weil es danach Ärger gegeben hat und der alte Kahlich uns beinah von der Farm gejagt hätte.” Er wies vorsichtig mit dem Kopf auf den Mann in ihrem Abteil. “Das ist Padre José. Der Padre hat den Farmern damals ordentlich eingeheizt. Aber, mein Gott, ihr habt es ja mitbekommen! Hat alles nichts geholfen. Erst ist der Padre weggegangen, und dann Felipe. Lange her”, sagte er nachdenklich. “Ich hab ihn gar nicht erkannt, er sieht so verändert aus.”
“Vielleicht ist er betrunken?”
Manuel rollte mit den Augen.
“Nein, du Schwachkopf!”, antwortete er schroff. “Aber irgendetwas stimmt nicht!
Joseph nahm gar nicht wahr, dass er beobachtet wurde. Sein Rücken brannte wie Feuer. Nicht *einmal* lehnte er sich zurück und sein Oberkörper schwankte hin und her wie ein Schiff bei schwerer See.
Die drei konnten sich keinen Reim darauf machen.

“Wenn er nicht betrunken ist, was ist dann mit ihm los. Hört doch! Vielleicht hat er Schmerzen, so wie er stöhnt?”
Der Zug tuckerte weiter Richtung Lubbock.
Die Fahrgäste, die hier und an den nächsten Stationen zustiegen, kümmerten sich nicht um den stöhnenden Mann in ihrem Abteil, was wussten sie schon? Vielleicht hatte der Kerl getrunken? Es war Sonntagmorgen, sie wollten zur Kirche. Es ging sie nichts an.
Joseph kämpfte gegen die Schmerzen und zählte nur noch die Stationen.
Bis Amarillo muss ich durchhalten, hämmerte es in seinem Kopf. *Amarillo! Amarillo!*
Doch er schaffte es nicht.
Als der Zug die Bahnstation von Happy verlassen hatte, sackte Joseph in sich zusammen. Lautlos rutschte er von seinem Sitz und landete zusammengekrümmt auf dem Boden des Abteils. Und bis auf die Mexikaner schien niemand den Zwischenfall bemerkt zu haben.
“Padre? He, Padre!”, schüttelte Manuel ihn.
Die drei Männer versuchten, ihm aufzuhelfen, doch als sie ihn berührten, zuckte er zusammen. Sein Körper glühte.
Joseph blickte die drei aus fiebrigen Augen an, er stöhnte und nun murrten ein paar Reisende, doch niemand traute sich zu fragen, was los war. Die Mexikaner wollten keinen Ärger.
Entsetzt schraken sie zurück, als sie sein blutverschmiertes Hemd bemerkten. Joseph raffte sich auf, als er sah, dass die Männer ihm helfen wollten. Wankend, wie ein angeschlagener Boxer, stand er vor ihnen. Bereitwillig ließ er sich führen.
“Kommen Sie, Padre!”, sagte Manuel.
Meine Pequeños?, dachte Joseph.
Doch ihre Gesichter kannte er nicht.
“Hab ich euch schon mal gesehen?”, fragte er.

“Ich bin’s, Padre! Erkennen Sie mich? Manuel, von der Kahlich Farm in Sweetwater, Sie erinnern sich doch! Ich bin Agracianos und Ernestinas Sohn. Felipe ist mein Bruder!”
Joseph sah durch ihn hindurch. Tränen rollten über seine Wangen. Nein, er hatte Manuel nicht erkannt, aber er nickte.
“Sweetwater!”, stammelte Joseph. “Ja, ich weiß!”
Allmählich kam er wieder zu sich und er fasste Mut, hatten ihm die jungen Männer doch ihre Hilfe angeboten. Mit tränenerstickter Stimme erzählte er ihnen, was geschehen war und immer wieder schüttelte es ihn, als könne er es nicht fassen. War das nicht doch nur ein böser Traum? Oder war das alles in der vergangenen Nacht passiert?
Der Zug hielt in Canyon, hier hatten die drei aussteigen wollen, doch sie ließen Joseph nicht allein, fuhren eine Station weiter und brachten ihn zum Hospital von Amarillo.
“Bitte! Er braucht dringend Hilfe!”
Eine Schwester stand vor der Pforte des Hospitals und als sie Josephs blutgetränktes Hemd sah, rannte sie los.
“Wartet, ich hole einen Arzt!”, rief sie. Die Mexikaner hatten es plötzlich eilig, sie halfen Joseph auf eine Trage, die an der Wand, gleich hinter der Tür lehnte. “Padre, wir können nicht warten. Verstehen Sie? Aber wir bleiben in der Nähe.”
Schritte näherten sich, doch bevor ihnen jemand Fragen stellen konnten, waren sie verschwunden.

“Es sieht schlimm aus, aber er wird es überleben”, sagte kopfschüttelnd einer der Ärzte, der sich um die entzündeten Wunden des unbekannten Patienten bemühte.
“Warum hilft mir niemand?”, hörten die Schwestern und Ärzte ihn wimmern und noch ahnten sie nur, was geschehen war, aber niemand traute sich, es auszusprechen.
“Freddie! Martin!”, immer wieder rief der Unbekannte in sei-

nen Fieberträumen diese beiden Namen. Niemand wußte, wen er meinte, und als Joseph erwachte, vibrierte alles um ihn herum. Das Flirren der Schmerzen drohte ihn zu ersticken.
"Wie heißen Sie? Was ist passiert?", hörte er jemanden fragen.
"Wer waren die Männer? Wer hat Sie hierher gebracht?", wollte ein anderer wissen.
Doch die Antwort blieb aus.
"Wissen Sie, wie Sie heißen?", versuchte es der Arzt noch einmal.
Die Fragen verwirrten Joseph. Schweigend sah er die Menschen an, die sich um sein Bett versammelt hatten.
Welche Männer?, dachte er.
Er verstand die Fragen nicht, konnte darauf keine Antwort geben. Er war müde. Er wusste, wie er hieß. Reichte das nicht?
Erschöpft schloss er die Augen.

Als er wach wurde, einen Tag später, wie er annahm, versuchte er ruhig zu atmen. Es ging ihm etwas besser, doch ein Gewirr aus Stimmen trommelte schmerzhaft in seinen Ohren. Mühsam hob er den Kopf und schaute sich um. Acht Betten standen in dem Raum, im Bett nebenan schien ein Mexikaner zu liegen. Doch Joseph konnte ihn nicht sehen, das Bett war geradezu belagert, anscheinend hatte sich die ganze Familie um den Kranken versammelt.
Joseph sank zurück in sein Kissen, aus den Augenwinkeln sah er, wie sich einer der Besucher von nebenan plötzlich zu ihm drehte und an sein Bett trat.
"Felipe!"
Der Mexikaner drückte ihm die Handfläche auf den Mund.
"Pssst, Padre! Nicht sprechen!" Felipe beugte sich so dicht zu Joseph, dass sich ihre Köpfe beinahe berührten. "Padre, Sie müssen hier weg!", flüsterte Felipe. "Hier sind Sie nicht sicher.

Können Sie aufstehen? Glauben Sie, dass Sie gehen können, nur ein paar Schritte?"
Joseph nickte. "Ich versuch's", antwortete er, aber er verstand nicht. Alles drehte sich vor seinen Augen. Was sollte das?
"Woher weißt du überhaupt... Was machst du hier?", fragte er. Er erinnerte sich an ihre letzte Begegnung. Er sah die Reiter vor sich und er hörte Pancho Villa lachen. Doch an Manuel, Felipes Bruder, und an dessen Freunde, die ihn hierher gebracht hatten, erinnerte er sich nicht.
"*Sie* sind hinter mir her, oder?"
Felipe nickte, die Tür zum Krankenzimmer nicht aus den Augen lassend.
"Beeilen Sie sich! Ich hab Ihre Tasche."
"Meine Tasche?"
"Schnell, Padre! Wir haben nicht viel Zeit. Ich erklär's Ihnen später, kommen Sie!", drängte er.
Der Stationsflur dämmerte vor sich hin.
Zwei schlappe Ventilatoren drehten an der Decke monotone Kreise. Den Kampf gegen die lysolgeschwängerte Luft hatten sie längst aufgegeben.
Durch den Hinterausgang verließen die beiden das Krankenhaus. Niemand hatte sie gesehen. Sie standen auf der Rückseite des Gebäudes. Ein kühler Wind wehte, seit Tagen hatte es geregnet, jetzt nieselte es nur noch und Joseph schnappte gierig nach Luft.
Die Sonne war untergegangen.
"Nur ein paar Schritte noch!", sagte Felipe, als er den schwarzen Dodge aus der Seitenstraße kommen sah. Die Scheinwerfer blinkten kurz auf. Felipe schaute in alle Richtungen, kein Mensch war auf der Straße, dann hatten sie das Auto erreicht.
"Vamos, Padre! Warten Sie, ich helfe Ihnen. Legen Sie sich auf die Ladefläche!", forderte er Joseph auf. "Hier auf die Matte!"

Hastig begrub er Joseph unter einem Berg alter Baumwollsäcke. Joseph zitterte am ganzen Körper. Er schluckte und sah Felipe hilflos an.
"Ich versteh nicht!"
Nein, Joseph wußte nicht, was das alles zu bedeuten hatte.
Nur sein Kopf schaute aus den klammen Säcken heraus und Felipe bemerkte seinen panischen Blick.
"Ruhig, Padre, ganz ruhig! Keine Angst! Niemand darf Sie sehen. Verstehen Sie!", versuchte er Joseph zu erklären. Felipe deutete auf die letzten zwei Säcke. "Ich decke Sie damit zu, nur um sicher zu gehen! Wir fahren so vorsichtig, wie es geht, aber es dauert eine Weile, bis wir am Ziel sind. Nehmen Sie!"
Er reichte Joseph eine Fläschchen mit einer trüben Flüssigkeit.
"Das wird Ihnen helfen!"

Der Dodge fuhr nach Westen.
Die ganze Nacht hindurch kämpfte er sich über die aufgeweichten Pisten. Meile um Meile.
Doch Joseph spürte nichts von der holprigen Straße.
Er schlief.
Er schlief, als der Pickup die Grenze nach New Mexiko passierte und die Städte San Jon und Tucumcari hinter sich ließ.
Er schlief, als Manuel, Felipes Bruder, die Richtung änderte und den Dodge nach Süden steuerte. Nach Mitternacht erreichten sie eine Hütte. Ein paar Männer hielten hier Wache. Niemand wäre unbemerkt an ihnen vorbeigekommen und kein Mensch ahnte etwas von dem Pfad, der hinter der Hütte begann, zunächst durch ein ausgetrocknetes Flussbett führte und sich dann in zähen Windungen ein langgestrecktes, unwirtliches Tal entlang schlängelte. Manuel lenkte den Wagen in einen Stall, wo er unter einem Haufen Stroh verschwand. Ein paar Ponys standen bereit.

Die Männer hatten es eilig, sie sprachen kaum und nach einer kurzen Stärkung ging es weiter.
Felipe kannte den Weg.
Dorniges Gestrüpp rechts und links, dann endete das Tal und ein holpriger Pfad wand sich die Berge hinauf.
Joseph stöhnte, jeder Schlag, jede Unebenheit bereitete ihm Schmerzen. Die Männer beeilten sich.
Hinter den Bergen begann der neue Tag.

Zwei Frauen warteten auf der Hochebene. Die Morgensonne wärmte sie. Von hier oben hatten sie einen ungehinderten Blick über ockerleuchtende Bergketten bis zum Gipfel des Saddleback Mesa hinüber. Die Frauen ließen das Gespann nicht aus den Augen und verfolgten seinen mühsamen Aufstieg.
Das Haus, dessen Steine aus dem Berg geschlagen waren, stand einige hundert Meter weit zurück und duckte sich in eine grüne Senke. Ein paar Föhren und Sträucher gediehen inmitten der gelbbraunen Bergwüste, jemand hatte hier einen Kräutergarten angelegt – eine grüne Oase, genährt von frischem, glucksendem Quellwasser, das hinter dem Gehöft aus dem Fels sprudelte.
“Mama Olivia!”, rief Felipe, als er von dem Karren stieg. Er umarmte die alte Frau und küsste ihre faltigen Hände.
“Mein Junge!” Die Alte strich ihm über das Haar. “Gut, dass ihr da seid. Wir haben alles vorbereitet.”
“Felipe!”
Die junge Frau strahlte.
“Wir werden alles für deinen Freund tun!”
“Danke, Lucia! Ich danke dir! Aber seht mal, wen ich euch noch mitgebracht habe!”
“Manuel? Ich wusste gar nicht...?”, stotterte Lucia. “Wie lange mag das her sein?”

Die Alte lächelte, auch sie hatte den Jungen lange nicht gesehen und kniff Manuel liebevoll in die Wange.
Dann sah sie auf den Karren.
“Tragt ihn ins Haus!”, sagte Olivia. “Er wird bald aufwachen.”
Behutsam legten sie Joseph auf das Bett.
Im Zimmer war ein kühler Hauch von Kräutern zu spüren, die Olivia in ihrem Garten gesammelt hatte. Auf der Kommode neben dem Bett standen Tiegel mit Cremes und Flaschen mit Tinkturen, Binden lagen bereit, weiche Tücher und Lappen.
Lucia trug einen Kessel mit einem dampfenden Sud herein.
Dann schloss Olivia die Fensterläden.
“Lasst uns jetzt allein mit ihm!”, forderte sie die Brüder auf, als sie und Lucia begannen, Joseph auszuziehen.
“Auf dem Herd steht Kaffee für euch”, sagte sie und schubste die zwei sanft aus dem Zimmer.

Patrick Fynch hatte nicht gezählt, wie oft er an diesem Samstag auf die Ross Avenue hinunter geschaut hatte. Seit Stunden schon bewegte sich die Parade des KuKluxKlans durch die Straßen und noch immer zogen Männer in weißen Kutten Richtung Stadtzentrum. Die Bravorufe der Gaffer am Straßenrand gellten in seinen Ohren.
“Seh’n Sie sich das an!”, rief er aufgebracht. “Diese Halunken ziehen seelenruhig durch die Stadt und die Leute klatschen noch Beifall.”
Patrick Fynch schlug das Fenster zu und sah seinen Sekretär an. “Joseph ist noch immer wie vom Erdboden verschluckt. Oder haben Sie was Neues?”
Er winkte ab, er wußte, dass es *nichts* Neues gab.
“Verdammt noch mal, vielleicht marschieren die Kerle gerade in diesem Augenblick hier unten vorbei.” Aufgebracht stampfte er hin und her und fuhr sich nervös durch die Haare.

“Ich hätte Keller nicht zurückholen dürfen. Na, kommen Sie schon, Robert, sagen Sie doch was!”
“Was gibt’s da noch zu sagen?”, antwortete Robert. “Sicher, das wäre alles nicht passiert, wenn Sie ihn in St. Louis gelassen hätten. Aber jetzt ist es zu spät. Wir müssen alles versuchen, um Joseph zu finden! Wir dürfen jetzt nicht aufgeben, Exzellenz!”, forderte er, und sah dabei lange auf seine Hände. Er haßte sich für sein Nägelkauen. “Nirgendwo eine Spur von ihm. Selbst in Amarillo wissen die Leute nichts”, bedauerte Robert, der gerade von dort zurückgekehrt war. “Niemand hat eine Ahnung, wo er ist. Die Ärzte haben nur den Kopf geschüttelt. Sie haben keine Erklärung dafür, wie Joseph unbemerkt das Krankenhaus verlassen konnte. Sie haben mir nur von den Mexikanern erzählt, die ihn dort abgeliefert haben. Die haben sich aber aus dem Staub gemacht, bevor jemand Fragen stellen konnte. Und kein Mensch weiß, wie er es nach Amarillo geschafft hat.”
Robert schluckte.
“Es ist wie verhext! Auch in der Stadt hat ihn keiner gesehen. Er war einfach weg!”
“Einfach weg?”, regte sich der Bischof auf. “Ein Mensch verschwindet doch nicht einfach so. Irgendjemand muss ihn von da weggebracht haben. Diese Mexikaner vielleicht, oder..., oder der Klan hat ihn...?” Erschöpft ließ er sich in seinen Sessel fallen. “Ach was, Unsinn!” Er schüttelte den Kopf. “Aber was sollen wir noch tun? Denken Sie nur an die Belohnung!”, stöhnte Patrick Fynch. “Für 2500 Dollar kann man sich ein schönes Stück Land kaufen und ein Haus drauf bauen! Nichts!”, stöhnte er. “Kein Mensch hat sich gemeldet. In zwei Monaten nicht *ein* Hinweis! Die Leute sind froh, dass Keller aus Slaton verschwunden ist. Die warten einfach ab, was passiert. Der grausige Unfall vom jungen Neumann hat vielleicht

ein paar von ihnen aufgeschreckt und es kann sein, dass einige ein schlechtes Gewissen haben. Mag auch sein, dass einige etwas wissen. Uns bringt das keinen Schritt weiter", schimpfte er. "Die werden uns nicht helfen, keiner von denen will mit uns sprechen und zur Beichte kommen sie nicht, weil sie sich nicht trauen! Ach was, *uns* trauen sie nicht."
Patrick Fynch schluckte, er dachte an die Parade, die unter seinem Fenster vorbeizog. "Ich hab keine Ahnung. Wenn ich nur wüßte, ob er noch lebt!"
"Ja, das wüßte ich auch gern!", antwortete Robert leise. Seine Hände zitterten. Er hatte noch eine Verabredung an diesem Abend und ein eisiger Schauer lief ihm über den Rücken. Er ahnte, dass er dieses Mal nicht ungeschoren davonkommen würde. Robert schüttelte sich, als könne er bereits den Atem des Mannes riechen, den er in der Kathedrale treffen sollte.

Das war nicht das Abendläuten. Patrick Fynch schreckte aus seinem Sessel empor. Noch glühte der Rest seiner Havanna im Aschenbecher – lange konnte er nicht geschlafen haben.
Verstört öffnete er den Deckel seiner Taschenuhr und schüttelte den Kopf – für das Abendläuten war es noch zu früh. Er riss das Fenster auf, der Umzug hatte sich aufgelöst, ein paar Autos fuhren schon wieder auf der Ross Avenue und als er zur Kathedrale hinüber sah, klang das dumpfe Schlagen der großen Glocke herüber.
Irgendetwas stimmt nicht, dachte er und stürmte, zwei Stufen auf einmal nehmend, das Treppenhaus hinunter.
"Theresa, wo ist Robert?", schrie er die dicke Haushälterin an, die mit müden Schritten aus der Küche heranschlurfte und ihm den Weg versperrte.
"Weiß nicht", antwortete sie schwerfällig. Sie zuckte mit den Achseln während sie ihre rosigen Hände an der Schürze ab-

wischte. “Was ist los, warum läutet die Glocke?”, wollte sie wissen.
Der Bischof schob Theresa beiseite und stürzte aus dem Haus. Es war bereits dunkel, doch er konnte von weitem erkennen, dass die Eichentür vom Kirchturm weit offen stand. Mit einem einzigen Satz nahm er die letzten Stufen.
“Robert!”, rief er atemlos. “Robert, sind Sie hier?”, schrie er in den Kirchturm hinein.
Doch Patrick Fynch erhielt keine Antwort.
Er griff nach einer Petroleumlampe und tastete sich in das Innere. Der Turm war vom Dröhnen der mächtigen Glocke ganz und gar ausgefüllt und obwohl er nicht viel erkennen konnte, wich der Bischof entsetzt zurück, denn über ihm wogte der bizarre Schatten eines Todesengels auf und ab. Patrick Fynch konnte den Luftzug seiner Schwingen spüren. Ein kalter Schauer lief ihm über den Rücken. Verzweifelt suchte er nach seinen Zündhölzern.
Endlich!
Im flackernden Schein der Lampe erkannte er eine Gestalt zwischen den Glockensträngen. Ein Mann hing da mit dem Rücken zu ihm, baumelte wie ein schlaffer, übergroßer Hampelmann im Glockenturm. Eines der Seile war wie eine Schlinge um seinen Hals gezurrt, riss den leblosen Körper immer wieder hoch, hoch hinauf ins Dunkel und hatte ihm dabei längst das Genick gebrochen. Die Haut hing ihm in blutigen Fetzen am Hals herunter.
Robert!, fuhr es Fynch in den Magen.
Der Bischof würgte.
Er lehnte sich gegen die Backsteinwand des Kirchturms und würgte. Doch dann gab er sich einen Ruck und hängte sich mit seinem ganzen Gewicht an den Glockenstrang.
Allmählich verebbte das Hallen und die Glocke pendelte aus.

Patrick Fynch befreite den leblosen Körper aus der Schlinge und ließ ihn behutsam auf den Boden gleiten.
Das war nicht Robert!
Diesen Mann, aus dessen Mund ihm eine unförmige Zunge entgegenquoll und der ihn mit erstaunten Augen anzusehen schien, diesen Mann hatte er noch nie gesehen, dachte er.
Patrick Fynch irrte.
Als er sich zu dem Toten kniete, hörte er Schritte und drehte sich zur Tür.
"Robert, Gott sei Dank!"

Der unbekannte Tote im Glockenturm sorgte für erhebliche Aufregung in Dallas. Die Zeitungen berichteten tagelang über seinen grausigen Tod, doch es fand sich keine Erklärung dafür, wie der Mann in den Turm gelangt war, denn das Türschloss war unversehrt. Was hatte der Fremde im Turm zu suchen? Auch Bischof Fynch war zunächst ratlos, die Emittlungen des Marshals führten schließlich zu dem Ergebnis, dass es sich um einen tragischen Unfall handelte. Niemand schien den Mann zu kennen oder zu vermissen und als sich die Gemüter wieder beruhigt hatten, bot der Bischof an, den unbekannten Toten auf dem katholischen Friedhof von Dallas beizusetzen.
Patrick Fynch hatte inzwischen erfahren, was geschehen war.
"Niemand wird von mir erfahren, welche Schuld du auf dich geladen hast, Robert, davor schützt dich das Beichtgeheimnis. Doch gnade dir Gott! Denn nur Gott der Allmächtige allein kann dir deine schwere Sünde vergeben", sagte er fassungslos und es fiel ihm schwer, Robert zu segnen. "Und als Buße wird dir auferlegt..." Patrick Fynch hielt inne, nie zuvor hatte ihm jemand ein Verbrechen wie dieses gebeichtet. Er versuchte zu überlegen, doch er hatte keine Vorstellung, welche Buße für diese Sünde angemessen sein konnte.

“Nein, so kommst du mir nicht davon”, fuhr er fort. “Ich werde dir noch mitteilen, welche Buße ich dir auferlege.”
Zunächst bestand er aber darauf, dass Robert den Trauergottesdienst für den Unbekannten hielt. Ein Fotograf vom Dallas Standard war gekommen, auch ein paar Neugierige hatten sich um das Grab versammelt.
Aus sicherer Entfernung sah Lawrence P. Loomis ungerührt zu, wie der einfache Sarg in der staubigen Erde verschwand.

Wenige Wochen später schickte der Bischof seinen Sekretär nach Sweetwater. Die Gemeinde hatte seit Josephs Berufung nach Slaton vergeblich auf einen neuen Pfarrer gewartet und der Bischof hoffte, dass Robert in dieser Einöde kein weiteres Unheil würde anrichten können.
Nein, Robert richtete kein Unheil mehr an. Wenige Tage nach seiner Ankunft in Sweetwater hatte ihn ein Farmer erschlagen aufgefunden. Der Mann war zu dem abgelegenen Pfarrhaus hinausgefahren, um mit Robert über die Taufe seines Sohnes zu sprechen.
“Gnade dir Gott”, hatte Patrick Fynch Robert noch vor wenigen Wochen im Beichtstuhl gedroht, Gott aber war nicht gnädig gewesen und es schauderte den Bischof bei dem Gedanken. Die Leute von Sweetwater waren fassungslos, ein Fluch schien auf der Gemeinde zu liegen. Sie hatten kein Glück mit ihren Seelsorgern und sie sollten nie erfahren, wer den Pfarrer so brutal zugerichtet hatte, dass von seinem Gesicht nicht viel übrig geblieben war. Eine blutverschmierte Axt hatte man neben Roberts leblosem Körper gefunden. Doch es gab keinen Hinweis auf ein Motiv, es war nichts gestohlen worden.

Und was Slaton betraf, nun, Joseph war noch immer wie vom Erdboden verschwunden, seit vier Monaten schon fehlte jedes

Lebenszeichen von ihm und jetzt über seine Nachfolge nachzudenken, dafür war keine Zeit. Der Bischof mußte Robert beerdigen und er ahnte, dass man die Hintergründe für Roberts gewaltsamen Tod nie würde aufklären können, so wie auch der Tod an dem Unbekannten im Glockenturm nie aufgeklärt würde. Vielleicht war das so etwas wie ausgleichende Gerechtigkeit, wenn man im Fall dieser zwei Verbrechen, von deren Verbindung nur wenige Menschen etwas wussten, überhaupt von Gerechtigkeit sprechen konnte. Eines jedoch war sicher, Patrick Fynch würde schweigen. Lange hatte er gezögert, bis er endlich Richard Brennon in einem Brief über das, was in seiner Diözese geschehen war, informierte, in groben Zügen nur, aber doch so, dass sein Freund im Bilde war. Und solange sie keine andere Nachricht erhielten, wollten beide die Hoffnung nicht aufgeben, dass Joseph Keller noch am Leben war. Was sollten sie sonst auch tun?
Beten!
Ja, beten und warten, bis Gras über den Mord in Sweetwater und die Sache in Slaton gewachsen war.

Kapitel 13

In vier Monaten kann viel geschehen.
Patrick Fynch und Richard Brennon waren übereingekommen, abzuwarten, (wer wollte es ihnen verdenken!) vereint im Gebet und der Hoffnung, dass Joseph noch lebte.
Joseph lebte und hatte keine Ahnung davon, was seine Vorgesetzten umtrieb. Er war wieder zu Kräften gekommen, hatte das Schlimmste überstanden, Joseph lebte, weil ihn die beiden Frauen gepflegt, Tag und Nacht seine Verbände gewechselt und um sein Leben gekämpft hatten. Anders als seine Mitbrüder in Hünfeld damals, die inständig gebetet hatten dafür, dass Gott der Allmächtige ihn bald zu sich hole und Gras wachsen möge über die Sache (aber das mit dem Gras über Sachen wachsen lassen, das klappt auch nicht immer).

Die entzündeten Wunden auf seinem Rücken waren ordentlich verheilt, aber die Narben waren noch frisch und die Frauen hatten ihm extra ein weites Hemd herausgesucht. Die Hose aber war viel zu kurz für seine langen Beine, fand Joseph.

"So gefällst du mir!" Lucia klatschte vor Freude in die Hände, als Joseph aus seinem Zimmer trat.
"Ja, gut siehst du aus, gar nicht wie ein Padre!", sagte Olivia lachend.
"Und ihr meint wirklich, dass ich so rumlaufen kann?", fragte Joseph unsicher. "Auch mit dieser Hose?"
Die Frauen sahen sich an und nickten.
Die leuchtenden Augen Lucias waren der Alten dabei nicht entgangen.
Olivia hatte es kommen sehen.
Er sieht wirklich gut aus, dachte sie. *Wenn ich so jung wäre wie Lucia...*
Olivia schaute hoch zu Joseph und nickte zufrieden.
Seinen Bart hatte er wachsen lassen und die kastanienbraune Mähne unter einem fransigen Strohhut gebändigt. Etwas verwegen sah er schon aus. Doch dann drehte er sich einmal um sich selbst, damit sie ihn von allen Seiten betrachten konnten.
"Na gut, wenn ihr meint."
Nachmittagssonne flutete ins Haus, als er die Tür öffnete und die Frauen allein in der Küche zurück ließ.

"Er ist Priester." Olivia blickte nicht von der Schüssel auf, sondern putzte weiter Bohnen für den Eintopf. "Das darfst du nie vergessen!"
"Nein, er ist kein Priester", antwortete Lucia. "Nicht mehr, das hat er mir selbst gesagt."
Die Alte legte ihr Messer beiseite und sah Lucia an.
"So einfach ist das nicht!", antwortete Olivia. "Priester ist man sein Leben lang, José hat das nur gesagt, weil er verzweifelt ist und nach allem, was passiert ist, kann ich das gut verstehen. Aber wenn du ihn wirklich liebst, dann lass ihn in Ruhe! Glaub mir, wir haben alles für ihn getan. Du weißt das am besten, sei-

ne Verletzungen sind fast verheilt und bald werden ihn nur noch die Narben an diese schreckliche Nacht erinnern."
Sie überlegte einen Augenblick, bevor sie weitersprach.
"Aber seine Seele...?" Sie sah Lucia an. "Weißt du, *ich* kann für seine Seele nichts tun. *Du* schon! Also mach es nicht noch schlimmer, als es ist. Oder willst du ihm alles erzählen? Hast du ihm gesagt, warum du dich hier oben verstecken musst?
"Er hat mich nicht gefragt."
"Nicht gefragt?" Die Alte schüttelte den Kopf. "Warum sollte er dich fragen? José hat ganz andere Sorgen. Er macht sich Vorwürfe. Er denkt noch immer, dass er die Schuld am Tod seines Freundes trägt. Darüber kommt er einfach nicht hinweg und er hat Angst, er hat wirklich Angst, dass ihn die Leute vom Klan vielleicht doch finden – hier bei uns!"
Ein Lächeln huschte über ihr Gesicht.
"Nein, bei uns ist er sicher, aber das weiß er nicht. José läuft den ganzen Tag herum wie ein wildes Tier in einem Käfig. Ich glaube, er will hier weg."
Lucia nickte.
"Felipe hätte ihm lieber nichts erzählen sollen", sagte sie.
"Ach, der Junge hat doch gar nicht darüber nachgedacht, was er damit anrichtet, und jetzt ist es eh nicht mehr zu ändern", antwortete Olivia. "José ist unglücklich, er fühlt sich hier oben wie eingesperrt." Sie sah Lucia an. "Wir beide beide wissen ja, wie das ist. Und wer weiß...", dachte sie laut. "Vielleicht würde er es ja sogar bis St. Louis schaffen? Aber..."
"...aber das geht nicht", brach es aus Lucia heraus. "José muss genauso hier bleiben wie wir! Oder denkst du, ich könnte mit ihm gehen und ihn beschützen?"
Olivia schüttelte den Kopf. Sie lächelte und strich Lucia zärtlich über die Wange.
"Nein, mein Kind. Für dich gibt es nur einen Platz", sagte sie.

“Und der ist hier! Glaub mir, der Commandante würde niemanden gehen lassen, der von diesem Ort weiß, auch José nicht. Einmal hat José mich gesehen, morgens, als ich das Zeichen ins Tal gegeben habe, da hat er mich gefragt, ob er nicht an den Männern vorbei kommen könne.” Olivia schüttelte den Kopf. “Ich hab ihm gesagt, versuch‘s erst gar nicht! Denk nicht mal daran! Keiner kommt an der Hütte vorbei.”
Lucia nickte. Sie hatte Tränen in den Augen und sie lief aus dem Haus. Lange suchen mußte sie nicht, denn sie wußte, wo sie Joseph finden würde.

Er saß auf dem Felsvorsprung, genau dort, wo Olivia jeden Morgen auf das Zeichen aus dem Tal wartete, denn von hier hatte man den besten Blick. Er schaute über das Tal auf die dahinter liegende Bergkette. Die Abendsonne tat gut, und Lucia tat gut. Eine ganze Weile schon hockte sie schweigend an seiner Seite.
“Bist du glücklich?”, fragte sie ihn plötzlich.
“Ja, ich weiß nicht. Eigentlich sollte ich das sein”, antwortete Joseph. “Mir geht es gut, ihr tut alles für mich, hier oben ist es wunderschön und ich kann froh sein, dass ich noch lebe. Ja, ich lebe, aber ich muss so oft an Freddie denken. Er ist tot, und ich habe keine Ahnung, was mit ihm in dieser Nacht passiert ist. Es ist alles meine Schuld und ich kann hier nichts tun.”
Er sah sie lange an.
“Weißt du, ich habe einfach ein schlechtes Gewissen. Ich sitze hier neben dir und es ist das erste Mal in meinem Leben, dass ich mit einer Frau...”, er lächelte. “...nein, gleich mit zwei Frauen unter einem Dach lebe. Zuhause habe ich mich mal in ein Mädchen verliebt, ist lange her, das war kurz vor meiner Priesterweihe und es ist mir nicht sehr gut bekommen. Der Orden hat mich rausgeschmissen und dafür gesorgt, dass ich das

Mädchen nie wiedergesehen habe. Glaub mir, meine Heimat habe ich nur verlassen, weil ich keine andere Wahl hatte. Und hier? Ich habe immer versucht, ein guter Priester zu sein und alles für meine Gemeinden getan. Aber meine eigenen Leute haben mich verraten. Die haben mich fast totgeschlagen und die fahrbare Kirche in Brand gesteckt." Er schüttelte den Kopf. "Warum hat Gott das zugelassen?

Es gibt keinen Gott!", hätte er fast gesagt.

"Ich kann kein Priester mehr sein. Ach, ich weiß einfach nicht weiter. Ich habe mich so einsam gefühlt in den letzten Jahren. Und hier oben...", er sah Lucia an. "...hier bin ich nicht allein, aber ich fühle mich wie im Gefängnis."

Er sah sie an und lächelte.

"Es ist schön, dass du auf mich aufpasst, und es macht mich glücklich, dass ich weiß, dass ich Freunde habe."

"Freunde, mehr nicht?"

"Ja, Freunde!"

Lucia nahm seine Hand.

"Komm, ich muss dir etwas zeigen!", sagte sie. Sie stand auf und zog ihn weg von seinem Fels. Sie hätte ihn gern geküsst, doch sie traute sich nicht, seine Hand aber ließ sie nicht los.

Das Haus war aus dem Gestein errichtet worden, das die Berge hergegeben hatten und es war größer, als es auf den ersten Blick den Anschein hatte. Am Rande des Plateaus hatte Joseph die Stelle gefunden, wo man die Brocken aus dem Fels gehauen hatte, ein Steinbruch war dort entstanden und Joseph vermied es, dorthin zu gehen.

Lucia zog ihn ins Haus, vorbei an der Küche, wo Olivia noch immer mit dem Eintopf beschäftigt war. Schnell öffnete Lucia eine Tür und schob Joseph in ein düsteres Zimmer.

"Hilf mir! Wenn wir die Fensterläden beiseite schieben, können wir besser sehen."

Langsam gewöhnten sich seine Augen an das spärliche Licht. Durch die schmalen Öffnungen, die ihn mehr an Schießscharten erinnerten als an Fenster, drang nur wenig Sonne herein. Ein langer Tisch aus dunklem Holz beherrschte den Raum und bot wohl zehn Personen Platz. Ein Tischläufer aus Leinen und ein paar silberne Kerzenleuchter schmückten den Tisch, mehr nicht. Zwischen den schmalen Fenstern stand eine mächtige Vitrine. Vielleicht barg sie all das Silber, all die Schätze, von denen immer erzählt wurde. Doch Joseph hatte keinen Blick dafür, ihn interessierte nur das Klavier, das mit einem Samtvorhang zugedeckt rechts neben dem mächtigen Kamin an der Stirnseite des Zimmers stand.
"Ist es das? Wolltest du mir *das* zeigen?
"Ich dachte, du würdest dich freuen. Dieses Zimmer hat außer Olivia und mir noch niemand betreten. Nicht mal Felipe!"
"Wir halten hier alles in Ordnung, alles ist hergerichtet.", sagte sie. "Francisco war noch nie hier, aber er kann jederzeit kommen." Lucia zeigte auf eine Tür, links vom Kamin. "Sein Schlafzimmer."
"Francisco?", fragte Joseph erstaunt.
Sie nickte.
"Und das Klavier hat schon immer da gestanden?"
"Ja!"
"Und es hat noch niemand darauf gespielt?"
"Nein."
Ein Klavier aus Wurzelnußbaum war unter der schwarzen Decke zum Vorschein gekommen. Liebevoll strich Joseph über das polierte Holz.
"Ibach", las er verwundert und an der Seite des Klaviers fand er ein Messingschild: Importeur Emilio Dalhaus.
Joseph schüttelte ungläubig den Kopf, er konnte es nicht fassen, wußte er doch genau, wo das Klavier gebaut worden war.

"Wuppertal", sagte er.
Lucia sah ihn verständislos an.
Er setzte sich und öffnete den Deckel. Joseph spielte ein paar Akkorde an.
"Was ist los?", fragte Lucia, weil er nicht weiterspielte.
"Verstimmt, kein Wunder. Macht nichts. Hast du vielleicht irgendwo Noten gesehen?"
Lucia nickte, dann beugte sie sich zu ihm und küsste ihn.

Schweigend saßen die drei am Abend in der Küche. Joseph spürte, dass etwas nicht in Ordnung war, aber er fragte nicht, er war erschöpft, trank seinen Tee und ging in sein Zimmer.
In der Nacht schreckte er von seiner eigenen Stimme auf, so wie in etlichen Nächten zuvor – in seinen Träumen hatte er Freddie gesucht. Wieder und wieder hatte er seinen Namen gerufen. Regungslos lag Joseph auf dem Bett.
So kann es nicht weitergehen, dachte er und öffnete die Augen.
Der Bergwind verfing sich in den Holzläden, träge scheuerten sie in ihren Halterungen. Aber da war noch etwas.
Joseph hörte, dass jemand die Zimmertür öffnete.
Lucia stand plötzlich vor seinem Bett.
"Ich habe dich schreien hören", flüsterte sie und schlug die Decke zurück. Ihr Hemd glitt auf den Boden und sie legte sich zu ihm.
Ein betörender Duft ging von ihr aus.
Sie riecht wunderbar, so frisch, dachte er – und da war noch etwas anderes. Eine Spur von Vanille, und er überlegte, woran ihn dieser Duft erinnerte.
Maria? Das war schon so lange her.
Dufteten alle Frauen so?
Er hatte keine Ahnung.
Lucia schmiegte sich an ihn, warm und weich war sie.

Er schämte sich nicht, dass es ihn erregte. Er schämte sich auch nicht, dass *sie* es spürte.
Tränen rollten über sein Gesicht.
Er dachte an Hünfeld, an Maria. Ihr Bild hatte er nach all den Jahren verloren, nur ihr Duft war geblieben. Er hatte sie damals geküßt, als sie sich auf den Flügel gesetzt hatte. Und nun? Lucia! Wiederholte sich alles?
"Was hast du?", fragte Lucia.
"Kannst du dir vorstellen, wie das ist, sein ganzes Leben allein zu sein?", antwortete er. "Sich danach zu sehnen, jemanden zu haben, mit dem man sprechen kann, den man spürt, dem man seine Liebe zeigen kann? Ich habe mir das immer gewünscht, aber ich hatte immer nur meine Gemeinden. Kannst du dir vorstellen, wie sehr ich mich über jede Berührung von dir gefreut habe? Jede Nacht habe ich auf den nächsten Tag gewartet. Ich habe mich immer vor den Schmerzen gefürchtet, wenn ihr die Verbände gewechselt habt, und trotzdem konnte ich es nicht erwarten, bis du endlich gekommen bist."
Er schüttelte den Kopf und sah sie an.
"Ich habe mich so nach deiner Umarmung gesehnt."
Sie sagte kein Wort und plötzlich war sie über ihm.
"Nicht, Lucia!"
Lucia hielt seinen Kopf mit beiden Händen. Sie beugte sich zu ihm und er spürte sie. Um sich herum, ihre Brüste berührten seine Brust, er schloss die Augen und sie umarmten sich, klammerten sich aneinander und küssten sich.
"Warum nicht? Du hast mir doch gerade etwas anderes gesagt", flüsterte sie. "Oder hat Olivia etwa Recht?"
Womit sollte Olivia Recht haben?, dachte er.
Er wollte es gar nicht wissen.

Erschöpft lehnte sie an seiner Schulter. Joseph setzte sich auf und nahm sie in den Arm.
“Ich habe dich das nie gefragt, Lucia, aber warum lebt eine so schöne Frau wie du hier oben? Was machst du hier?”, fragte er.
“Ich bin Krankenschwester”, antwortete sie. “Mein Vater wollte, dass ich Medizin studiere und später seine Praxis übernehme. Doch dann kam alles ganz anders...” Tränen rollten über ihr Gesicht. “...manchmal hat man keine Wahl”, sagte sie leise. “Ich habe mir das hier nicht ausgesucht, genau wie du.”
“Und warum war *er* nie hier?”
“Ach, ich glaube, dem Commandante hat einfach nur gefallen, so hoch im Norden ein Versteck zu haben. Da, wo es keiner vermutet.”
Sie schmiegte sich an ihn.
“Lass uns über was anderes reden. Bleib hier!”, flüsterte sie. “Bei mir. Wir könnten es so schön haben. Du könntest mir auf dem Klavier vorspielen oder Unterricht geben. Und ich, ich könnte dir auch etwas beibringen.”
Joseph lächelte. “Ja, das ist wohl wahr, aber es geht nicht!”, sagte er. “Ich bin glücklich, jetzt. Hier mit dir. Trotzdem, ich kann nicht länger nur rumsitzen und abwarten. Ich muss einfach hier weg, und das hat nichts mit meinen Gefühlen für dich zu tun.”
“Aber du kannst gar nicht gehen”, antwortete Lucia trotzig. “Olivia kann hier nicht weg und ich auch nicht. Wer einmal hierher gekommen ist, kann nie mehr zurück. Das hat Felipe dir doch gesagt, oder? Bleib bei mir!”, bettelte sie.
“Lucia, ihr habt mir das Leben gerettet. *Du* hast mein Leben gerettet! Felipe hat mir erzählt, wem dieses Haus gehört”, antwortete Joseph. “Und er hat auch gesagt, dass ich nicht zurück kann. Aber schau, mir geht es wieder gut und das habe ich nur euch zu verdanken. Ich habe doch nicht gedacht, dass ich den

Rest meines Lebens auf diesem Berg verbringen soll. Niemand hat mich gefragt, ob ich das will."
"*Ich* frage dich! *Jetzt!*", sagte Lucia. "Felipe hatte keine Zeit, dich zu fragen."
"Lucia!", sagte Joseph. "Mach es mir doch nicht so schwer. Glaub mir, ich würde niemandem erzählen, was ich hier gesehen habe. Und dieses Versteck...? Ich hätte Pancho Villa auch früher schon verraten können und habe es nicht getan. Ich weiß ja nicht mal genau wo ich bin, aber ich fühle mich lebendig begraben."
"Der Commandante würde dich niemals gehen lassen, aber wenn du meinst, dann versuch es doch!", sagte sie traurig. "Ich dachte, du liebst mich."
Joseph drückte sie an sich.
"Lucia, ich liebe dich, ja! Wie soll ich dir das erklären? Vielleicht könnte ich hier mit dir leben, wer weiß, aber ich muss erst einmal Ordnung in mein Leben bringen, ein paar Sachen klären. Zurück nach Texas kann ich nicht, ich *muss* irgendwie sehen, dass ich nach St. Louis komme! Verstehst du? Meine Familie, meine Mutter und meine Schwestern, die wissen nicht, dass ich noch lebe und auch der Bischof..., mein Freund Martin, die denken doch, ich wäre tot. Vielleicht gibt es eine Möglichkeit und wir können zusammen von hier verschwinden? Vielleicht können wir die Männer irgendwie ablenken. Wenn du mir hilfst...?"
"Wie soll ich dir denn helfen? Kein Mensch kommt unbemerkt an dieser verdammten Hütte vorbei. Du kannst ja noch einmal Olivia fragen. Sie lebt schon so lange in diesem Haus und sie hat mir von einem Freund erzählt, der sie hier besucht hat. Nur ein einziges Mal sei er bei ihr gewesen. Mehr weiß ich nicht, aber ihr Freund ist nicht mehr da, wie du siehst."

Wochen vergingen. Joseph versuchte, Klavier zu spielen, doch er konnte die Musik nicht spüren und ganze Tage verbrachte er auf dem Felsen, blickte über das Tal, ohne etwas zu sehen. Er suchte einen Ausweg, doch er traute sich einfach nicht, Olivia um Hilfe zu bitten.

Eines Tages nahm Olivia ihn dann beiseite.
"Laß uns ein Stück gehen!", sagte sie. "Ich weiß nicht viel von deiner Musik, José. Aber ich fühle, dass du unglücklich bist. Von Tag zu Tag hört sich dein Klavierspiel trauriger an. Weißt du, Lucia hat mit mir gesprochen. Sie möchte, dass du bei ihr bleibst, doch sie würde alles für dich tun. Sie versteht, dass du fort willst." Olivia zeigte ins Tal. "Da unten kommt niemand vorbei, das habe ich dir schon gesagt. Aber es gibt eine andere Möglichkeit, von hier wegzukommen, und ich kann dir den Weg zeigen!" Sie zögerte, bis sie weitersprach. "Unter einer Bedingung, Lucia bleibt bei mir."
Er wollte etwas erwidern, doch Olivia ahnte, was er sagen wollte, sie schüttelte den Kopf.
"Nein, José, das geht nicht. Lucia kann nicht mit dir gehen. Sie weiß das und sie ist damit einverstanden. Gib mir ein paar Tage, wir müssen den richtigen Moment abwarten. Wir können erst aufbrechen, nachdem uns die Männer den Proviant hochgebracht haben. Dann bleibt uns eine Woche. Aber lass dir Zeit mit deiner Entscheidung!"

Joseph hatte sich entschieden.
Wie jeden Morgen kletterte Olivia auf den Felsvorsprung am Rand des Plateaus und sobald die Sonne hoch genug stand, gab sie das vereinbarte Zeichen hinunter und als sie es dreimal aus dem Tal zurückblinken sah, nickte sie.

“Wir beide haben Zeit bis morgen Früh”, sagte sie zu Lucia. “Dann müssen wir zurück sein.”
Es klang wie eine Drohung und war Verheißung zugleich.
Olivia marschierte los, ohne ein weiteres Wort zu verlieren und Lucia und Joseph folgten ihr. Er hatte während all der Wochen vergeblich versucht, einen anderen Weg ins Tal zu finden, doch es gab nur diesen Pfad, auf dem einmal pro Woche die Männer heraufkamen, um sie zu versorgen und auf dem auch er nach hier oben gelangt war.
Joseph wunderte sich, als Olivia zielstrebig auf die Bergwand zuging, die das Plateau nach Nordwesten begrenzte und etwa vierzig Meter senkrecht gen Himmel strebte.
Er ließ den Kopf in den Nacken fallen und musterte die Wand. In unerreichbarer Höhe darüber schwebte ein Bussard, der sie zu beobachten schien.
“Da hoch? Ich dachte, du bringst mich ins Tal.”
Skeptisch musterte Joseph die Alte.
“Ja!”, antwortete Olivia. “Tue ich auch, aber zuerst müssen wir in die Wand”, versuchte sie ihn zu beruhigen, als sie seinen Blick sah. “Zwanzig Meter vielleicht, nicht ganz nach oben. Ist wie Treppensteigen. Man muss die Stufen nur sehen.”
Joseph sah *nichts*.
Olivia zeigte auf einen Vorsprung, der sich aus dem Massiv hervorstreckte.
“Bis da! Sieht schlimmer aus, als es ist. Glaub mir! Vor der Mittagshitze müssen wir auf der anderen Seite sein. Wir haben nicht viel Zeit.”
Dann stieg sie in den Felsen.
“Bleibt dicht hinter mir, und nicht nach unten sehen!”, rief sie den beiden zu.
Meter um Meter folgte Joseph Olivia nach oben. Er war nassgeschwitzt. Am Vorsprung angelangt, zögerte er, denn er sah

Olivia plötzlich nicht mehr, sie war hinter dem Vorsprung verschwunden und er wußte nicht, was er tun sollte.
Ich kann nicht, keinen Schritt mehr!, dachte er.
Sein Herz raste. Das Hemd klebte ihm am Rücken und ihm war, als spüre er die Schläge, als höre er das Pfeifen der Ledergerte. Die Narben schienen zu bersten. Wie gelähmt starrte er auf den Fels. Das Bild des Steinbruchs tauchte vor ihm auf und plötzlich war die Angst wieder da.
Er sah nicht nach unten.
Nicht nach unten sehen!
Er klammerte sich an die Felswand und schloss die Augen. Dann spürte er eine Hand.
"Halt dich fest! Gleich hast du es geschafft! Weiter jetzt! Du wolltest doch deine Freiheit", hörte er Lucia drängen. "Na los! Wir passen schon auf. Nur noch einen Schritt!"
Joseph öffnete seine Augen.
Scharf zeichnete sich die dunkle Kontur des Bussards gegen das milchige Blau des Himmels ab. Der Vogel schien in der Luft zu stehen, als ob auch er wartete.
Ein Schritt nur, dachte Joseph und atmete tief durch.
Dann hatte er es geschafft, endlich stand er auf der anderen Seite der Felswand und als er nach oben sah, war der Bussard verschwunden. Erschöpft ließen sich die drei im Schatten eines Steinbrockens nieder, der wie eine Faust aus dem Geröll ragte. Sie nahmen nur einen Schluck Wasser, denn Olivia drängte.
"Wir haben nicht viel Zeit, wir müssen auch wieder zurück!"
Olivia sah Lucia an und Lucia nickte traurig. Ja, sie würde mit ihr zurückgehen.
Wortlos marschierten die drei durch die nicht enden wollende Steinwüste. Stunden waren sie unterwegs, sie hatten sich kaum eine Rast gegönnt, auch in der Mittagshitze nicht.

Noch immer flirrte die Luft über dem roten Gestein und ein diffuses Licht verwischte die Konturen der Berge.
Dann hatten sie ihr Ziel erreicht. Ein Tal breitete sich vor ihnen aus und Joseph folgte Olivias Blick. Tief unten in der Ebene erkannte er eine Straße. Er sah eine weiße Kirche und ein paar Häuser, die sich um sie scharten.
"Montoya!", klärte ihn Olivia auf. "Von dort ist es vielleicht noch ein halber Tagesritt bis Tucumcari, zur Bahnstation."
"Montoya? Tucumcari?", überlegte Joseph laut. "Also doch! New Mexiko!"
Die Alte nickte.
"Wolltest du nie weg?", fragte er Olivia.
"Früher schon." Olivia lächelte müde. "Sonst hätte ich den Weg wohl nicht gefunden. Die Liebe...!" Sie stockte. "Ach was, ich bin viel zu alt für sowas!", sagte sie. Sie reckte sich und küsste ihn auf die Wange. "Pass auf dich auf, Padre!", sagte sie und drückte ihm eine silberne Gürtelschnalle in die Hand. Dann flüsterte sie ihm etwas ins Ohr.
"Danke, Olivia!"
Er sah sie an.
"Ohne dich...", wollte er sich bedanken und stotterte, "...ohne dich..."
Doch Olivia schüttelte nur den Kopf.
"Schon gut", wehrte sie ab.
"Was wird mit euch?", fragte er.
"Lass mich nur machen!", antwortete Olivia. "Mach dir um uns keine Sorgen!"
"Vergiss mich nicht!", Lucia umarmte ihn und er spürte, dass sie am ganzen Körper zitterte. "Hörst du? Vergiss mich nicht in deinem St. Louis!", sagte sie weinend.
"Wie könnte ich dich vergessen", antwortete er und es tat ihm weh, sie weinen zu sehen. Alles in ihm verkrampfte sich.

Er fühlte sich schuldig. “Du hast mich gerettet, Lucia. Du hast Olivia gebeten, mir zu helfen.”
Mehr noch, sie hatte ihn ihre Wärme spüren lassen, hatte ihn zurück ins Leben geholt und ihm gezeigt, was es bedeutet, zu lieben.
Erst jetzt hatte er eine Vorstellung davon, was das hieß.
Er, der so vollmundig von Liebe gepredigt hatte – keine Ahnung hatte er gehabt.
Die Frauen mussten zurück.
Joseph fühlte sich elend, er hatte sich so danach gesehnt, nicht mehr allein zu sein und doch verließ er Lucia.
“Kommst du zurück?”, fragte sie.
Joseph zögerte. “Ich weiß nicht, ich..., ich liebe dich, Lucia. Verzeih mir!”, sagte er. Dann griff er seine Tasche und machte sich auf den Weg ins Tal. Doch er drehte sich noch einmal um. “Ja, ich komme zurück!”, rief er.
“St. Louis”, flüsterte sie. Immerzu wiederholte Lucia den Namen der Stadt. Tränen rollten über ihr Gesicht und sie sah nicht, dass Joseph längst hinter den Felsen verschwunden war.
“In Montoya gibt es eine Kneipe, gegenüber der Kirche, du kannst sie gar nicht verfehlen”, hatte Olivia ihm ins Ohr geflüstert, als sie ihm die silberne Gürtelschnalle in die Hand gedrückt hatte. “Zeig sie dem Wirt! Er heißt Antonio. Er wird dir bestimmt weiterhelfen.”
Doch je länger Joseph unterwegs war, desto unsicherer war er geworden. Er war wieder allein, doch niemand hatte ihn dazu gedrängt, ganz im Gegenteil.
Der Abstieg dauerte länger als gedacht, kein Mensch war ihm begegnet, nur das sehnsüchtige Zirpen der Grillen begleitete ihn, dann war es plötzlich dunkel geworden und sie verstummten. Die Sonne war innerhalb weniger Minuten untergegangen, hatte Platz für einen riesigen Mond gemacht, der mattschim-

mernd hinter den Bergen hervorgekommen war. Unten im Tal, auf der staubigen Piste, die Albuquerque und Amarillo verband, waren nur wenige Autos unterwegs und sobald der zittrige Schein der Lampen ihr Nahen ankündigte, duckte Joseph sich hinter den nächsten Busch.
Die Lichter des Dorfes blinzelten ihn verschlafen an und als er die ersten Häuser erreichte, hieß ihn eine Meute übermütiger Köter willkommen. Kläffend gaben sie ihm Geleit und nach ein paar Minuten durch die engen Gassen stand er vor der weißgetünchten Dorfkirche, die Olivia ihm schon vom Berg aus gezeigt hatte. Ein Brunnen plätscherte in der Mitte des holprigen Platzes, dahinter erkannte Joseph die Kneipe, die sich nahtlos in eine Reihe flacher Häuser fügte.

Ein paar Mexikaner saßen um einen Tisch und spielten Karten. Argwöhnisch musterten sie den Mann. Es kam nicht oft vor, dass sich ein Fremder in ihr Nest verirrte. Joseph grüßte freundlich, als er die rauchige Stube betrat und ging schnurstracks auf den Mann hinter der Theke zu.
"Bist du Antonio?"
"Möglich", antwortete der alte Mann mit den buschigen, grauen Augenbrauen. "Wer will das wissen?"
Als Joseph die Schnalle mit dem wasserblauen Türkis auf die Theke legte, zog der Alte nur eine Braue hoch. Er nahm die Schnalle vorsichtig in die Hand und begann zu buchstabieren: "Su-bi-mos a lo al-to del mon-te" – "Wir sind auf den Berg gestiegen."
Ja, er kannte die Zeile, die ein Silberschmied vor Jahren auf die Rückseite der Schnalle graviert hatte, und für einen Moment sah es so aus, als ob Antonio in die Vergangenheit schaute, sich an etwas erinnerte. Seine Augen glänzten.
"Olivia!", grummelte er.

“Ja!”, antwortete Joseph. “Sie hat mich zu dir geschickt. Kann ich über Nacht bleiben? Ich muss weiter nach Tucumcari!”
Der Alte nickte.
“Setz dich!”
Er stellte einen Krug Bier auf den Tisch. Dann verschwand er in der Küche und kehrte nach einer Weile mit ein paar Scheiben Brot und einer Schüssel voll dampfendem Ragout zurück.
“Kaninchen!”
Das Essen war köstlich und als Joseph fertig war, kramte er in seiner Tasche, bugsierte den Humidor hervor und bald waren die beiden in den würzigen Nebel ihrer Havannas gehüllt.
Joseph erzählte Antonio von Slaton, von Felipe und seinen Freunden, dem Versteck in den Bergen, von Olivia und Lucia.
“Ich vermisse Lucia jetzt schon”, sagte er.
Antonio hatte ihn nicht unterbrochen, hin und wieder hatte er zustimmend genickt und während Joseph erzählte, hatte der Alte zwei Gläser geholt und eine Flasche Mescal auf den Tisch gestellt. Zögernd begann er, von Olivia zu erzählen.
“Eines Tages hat sie hier vor mir gestanden, wie aus dem Nichts ist sie aufgetaucht. Plötzlich war sie da und wir haben uns verliebt. Wie das so ist, wenn man jung ist.”
Joseph hörte nur mit halbem Ohr zu, er dachte an Lucia und er fühlte sich elend. Hatten die zwei es geschafft? Waren sie unbemerkt zurückgekehrt? Er spülte seinen Schmerz mit Schnaps herunter und es sah so aus, als habe der Mescal ihm die Tränen in die Augen getrieben.
“Olivia ist nie lange bei mir geblieben, immer nur eine Nacht, am nächsten Morgen war sie wieder fort”, sagte Antonio. “Sie wollte immer wieder zurück in die Berge.”
Ganz leise war er geworden, hatte sich über den Tisch gebeugt, nur noch geflüstert und seine Augen leuchteten.
“Doch einmal...”, erinnerte er sich. “...einmal hat sie mich mit-

genommen. Auf den Berg. *Mein Berg*, hat sie immer gesagt, und ich durfte nicht darüber reden, das habe ich ihr versprechen müssen, und als sie dann ein paar Wochen später wieder ins Dorf gekommen ist, habe ich ihr diese Schnalle geschenkt", sagte er traurig. "Hätte ihr wohl besser einen Ring schenken sollen, aber..."
Erschöpft lehnte sich Antonio zurück.
"Alte Geschichten!", winkte er ab.
Die Männer vom Nachbartisch hatten ihre Karten längst beiseite gelegt und waren näher gerückt, angezogen von Antonios Geschichte, denn Geschichten hörten sie für ihr Leben gern, und von den Zigarren, die der Fremde in dieser reichverzierten Holzkiste mit sich herumschleppte. Nur der liebe Gott allein konnte wissen, warum er das tat. Joseph hatte die leuchtenden Augen der Männer bemerkt, es war ein schöner Abend, und er hatte ein paar von seinen Havannas spendiert.

Nach dem Frühstück spannte Antonio sein Maultier vor den Karren.
"In ein paar Stunden sind wir da. Komm hoch, setz dich zu mir!", sagte er zu Joseph.
Der schwang sich neben Antonio und der Maulesel trottete los. Joseph war sich nicht mehr sicher, ob die Entscheidung richtig gewesen war, nach Tucumcari zu fahren. Wortlos saß er neben dem Alten. Zurück nach Texas? – daran war nicht zu denken! Zu Martin nach O'Fallon, dahin würde er es vielleicht schaffen. Mußte er nicht allen erzählen, was geschehen war, dass er lebte? Oder rannte er davon, war er zu feige, sich für Lucia zu entscheiden? Es war zum Verzweifeln! Lucia ging ihm nicht mehr aus dem Kopf.
Warum war er nicht bei ihr geblieben?
Der Karren holperte weiter Richtung Osten.

Antonio ahnte wohl, was Joseph beschäftigte und sie waren schon einige Meilen aus dem Dorf, als er endlich fragte.
"Was ist eigentlich los mit dir, José? Was bedrückt dich? Worüber denkst du nach?" Der Alte setzte nach. "Ich werde das Gefühl nicht los, du weißt nicht, was du willst. Suchst du nun Gott oder die Liebe?"
Joseph schluckte, er brauchte einen Moment, bis er seine Fassung wiederfand. Antonio hatte es auf den Punkt gebracht.
"So einfach ist das alles nicht, aber wenn du mich *so* fragst, Gott habe ich bis jetzt vergeblich gesucht", antwortete Joseph kleinlaut.
Dann wies er mit dem Kopf Richtung Berge.
"Die Liebe habe ich da oben gefunden!"
"Sieht aber nicht so aus! Ich habe das Gefühl, du läufst gerade vor der Liebe davon", sagte Antonio. "Weißt du, manchmal muss man dem Glück auch eine Chance geben, und wenn du Lucia liebst, was gibt es da zu überlegen?"
"Was ist denn mit dir?", fragte Joseph trotzig. "Mit dir und Olivia? In Montoya darauf warten, dass sie zurückkommt eines Tages? Ist das vielleicht besser? Du hast gut reden. Hast du dem Glück vielleicht eine Chance gegeben?"
Antonio stöhnte.
Ein Ruck ging plötzlich durch seinen Körper, der Alte stemmte sich in die Zügel und brachte den Karren zum Halten.
Schweigend saßen sie nebeneinander und starrten auf die staubige Piste. Am Horizont flirrte die Luft in der sengenden Mittagshitze, die Sonne brannte gnadenlos von einem schier endlos blauen Himmel auf die beiden herunter. Manchmal kommt einem ein kurzer Augenblick vor wie eine Ewigkeit.
"*Quien calla otorga* - keine Antwort ist auch eine Antwort", brummelte Antonio schließlich.
Er wischte sich den Schweiß von der Stirn.

“Laß uns umkehren! Die Männer haben bestimmt noch nicht bemerkt, dass du nicht mehr da bist.” Antonio zögerte einen Moment, ehe er weitersprach. “Was hältst du davon, wenn ich mitkomme? Wir gehen zusammen auf den Berg!”, schlug er vor. “Was meinst du?”
Joseph sah ihn an und nickte. Der Alte wendete den Karren. Träge zuckelte das Maultier zurück.
“Du hast Recht”, sagte Joseph. “Wir sollten dem Glück eine Chance geben!”

“Everything will be okay in the end.
If it’s not okay, it’s not the end.”

Unbekannt

Epilog

Das Kloster der Schwestern von O'Fallon, Misssouri, liegt versteckt hinter üppigen Eichen in einem weitläufigen Park. Von der North Main Street kommend gelangt man über eine geteerte Zufahrt, den Gebäudekomplex aus roten Ziegelsteinen mit dem Priesterhaus davor rechts liegen lassend, zum Friedhof des Konvents. Eine Mauer aus gegossenen Zementsteinen umrahmt den Gottesacker.

Hier finden die Schwestern des Ordens ihre letzte Ruhestätte. Von der schmiedeeisernen Pforte des Friedhofs aus zählt man in sieben Reihen hintereinander jeweils fünfzig Grabsteine in gleichmäßigem Abstand nebeneinander, alle aus hellgrauem Granit. Die Steine haben die Form eines Pults; hinten einige Zentimeter höher als vorne. So kann man die Namen der Verstorbenen auch aus größerer Entfernung gut lesen – auf jedem Stein zwei. Die Platten sind zum Eingang ausgerichtet und ragen aus einem saftigen Rasen hervor, der die eingefriedete Fläche wie ein üppiger, grüner Teppich vollkommen bedeckt. Auf einem Stein steht der Name von Schwester Margaret Mary.

Blickt man von der Pforte nach links, fallen in der ersten Reihe zwei Kreuze aus weißem Marmor auf, die die strenge Ordnung der Grabplatten unterbrechen. Die Kreuze überragen die Friedhofsmauer um einiges.
Auf dem Sockel des rechten, niedrigeren Kreuzes steht der Name von Joseph Keller. Im Dezember 1939 starb er in Milwaukee, Wisconsin. Die Schwestern erfüllten seinen letzten Wunsch und er wurde am Tag nach Weihnachten auf ihrem Friedhof in O'Fallon, Missouri, beigesetzt. Das linke Kreuz ist mannshoch. Im April 1981 hat man Martin Hellriegel an der Seite seines Freundes zur letzten Ruhe gebettet.
Was aus Lucia geworden ist, ist nicht überliefert, ihre Spur verliert sich in den Bergen New Mexikos.

Danksagung

Danke Susel. Ohne deine grenzenlose Geduld, deine Hilfe und deine Kritik, ohne deinen Trost hätte ich diesen Roman nie schreiben können.
Meine Mutter hat mir vor einigen Jahren die Fotoalben meines Großonkels, Joseph Keller, geschenkt und sie hat mir, so weit sie sich erinnern konnte, seine Geschichte erzählt. Ich bin ihr zu großem Dank verpflichtet.
Danke, Onkel Joseph! Du hast das Leben in Texas mit deiner Eastman Brownie Camera festgehalten. Deine Bilder haben mir wunderbare Geschichten erzählt.
Den Schwestern von O'Fallon möchte ich danken. Sie haben mich in ihr Kloster eingeladen und mir von Joseph Keller und seinem Freund Martin Hellriegel berichtet. Mein besonderer Dank gilt Schwester Margaret Mary. Ja, es gab sie wirklich! Wenige Wochen vor ihrem hundertsten Geburtstag lernte ich sie in O'Fallon kennen.
Ganz besonderer Dank gilt Theda Krohm-Linke. Sie hat mich in Somerset West, Südafrika, besucht, um mit mir an meinem Roman zu arbeiten.
Auch bei Ilse Baumgarten, Jutta Beuke und Susanne Härtel möchte ich mich bedanken.
Milly Fischbach möchte ich danken. Sie hat mir die alten Briefe und Postkarten vorgelesen, die ich nicht lesen konnte und sie hat daran geglaubt, dass ich die Geschichte zuende bringe.
Bei meinem Freund Roland Eschlbeck möchte ich mich für den Cover-Entwurf bedanken – Roland ist der Beste!
"Pictorial St. Louis", diese Website war ein Glücksfund. Bis zum Jahr 1875 hat Camille N. Dry die Stadt St. Louis aus der Vogelperspektive gezeichnet und ich verstehe bis heute nicht,

wie er das angestellt hat. Die Gebäude des Kenrick Seminars an der Cass Avenue und Clemens House, nebenan, in dem Mark Twain gewohnt hat, habe ich auf Blatt 52 entdeckt.
Bedanken möchte ich mich auch bei einem Mitarbeiter der Jazz-Abteilung von Ludwig Beck, München. Er ist ein Fan von Blind Lemon Jefferson und hat mir alle lieferbaren CD's mit Original-Aufnahmen besorgt. Blind Lemon ist tatsächlich von einem Talent-Scout von Paramount Records in Texas entdeckt worden und ging 1925 nach Chicago.
Dank den Lesern der ersten Fassungen des Manuskripts, die mir mit konstruktiver Kritik weitergeholfen haben.
Ich danke dem Archiv von Ellis Island. Auf einem Microfilm habe ich die Passagierliste der ROTTERDAM vom 29. August 1912 entdeckt. Das Dampfschiff war auf der Atlantik-Route unterwegs. Joseph Keller ist an diesem Tag an Bord gegangen.
Dank dem Archiv der Universität von Austin, Texas. Tom Molini, vom Kenrick Seminar, St. Louis. Bruder Schellmann, vom Provinzarchiv des Oblatenklosters in Mainz. Den Archiven der Universitäten in Bonn, Hannover, Hildesheim, Köln und Münster. Helmut Becker vom Katholischen Archiv Heppenheim und Dr. Ludwig Hellriegel, Buch.
Danke Jeannette Linder von St. Joseph, Slaton, Texas. Sie hat mir Einsicht in das Archiv der Katholischen Gemeinde gewährt. Becky Ford und Debbie Abston haben mich ungestört im Slaton Museum stöbern lassen.
Ohne Google wäre ich niemals so weit mit meinen Recherchen gekommen, auch das muss einmal erwähnt werden. Die freie Enzyklopädie Wikipedia war ebenfalls eine große Hilfe.